馬全忠 著

權把加州作汴州

一個中國書生移民的話

臺灣學生書局 印行

FOR MY PARENTS
            WIFE MARJORIE
            CHILDREN: ALLEN & IRENE
                            MARK & STEPHANIE AND
                            GARY
            GRANDCHILDREN: ELTON AND
                                    ELSA

SAN FRANCISCO
NOVEMBER 11, 1996

前言

美國人說：「你們這些移民都是最不愛國的人。」

聽了，我當然慚愧，慚愧，慚愧。

對這種批評，我的回答是：「我們並非不愛自己的國家，只是不愛國家的那個政府。」

在中國的傳統政治社會制度下，每逢改朝換代的過渡階段，知識分子最難處。若他維護舊勢力，就被斥爲抱殘守缺，頑固落伍；若他投身新勢力，即使自許爲識時務，知進步，最後仍落個貳臣臭名。

一個初夏的雨天，到紐約等城一遊，返來後曾記下：偕愛妻故友，同登摩天樓頂，仰望烟雨濛濛，俯視車水馬龍。遊子天涯唯我！嘆書生無用，頌揚，貶抑總落空！歸去乎？兩悠悠親恩友情！

本集中各篇大都登載於舊金山星島日報副刊，係以「老讀者」或「司馬文」等署名發表。

星島爲我曾服務的三報之一，另兩家爲少年中國晨報與世界日報。全部文稿承蒙至好唐兄達聰嚴核精編並且賜文指教，義重惠宏，永誌不忘。

馬全忠於美國加州舊金山寓所
中華民國八十六年（一九九七年）七月七日

權把加州作汴州
——一個中國書生移民的話

目次

故國情懷

放眼世界

且看美國

舊金山與加州

讀書隨筆

節日雜譚

附錄

·權把加州作汴州·

觀今與懷古

隔海看兩岸

一個中國幾個政府？

一個中國幾個政府？答案是：一個中國不只一個政府，中國的現狀如此，中國的歷史一向如此。讓我們從近百年的事實看起。

公元一九四九年（中華民國三十八年）十月一日，毛澤東宣佈在北京建立中華人民共和國，成立中央人民政府。同時設在南京的中華民國政府，先遷到廣州，再遷至重慶，最後遷到台北迄今。這兩個中國政府彼此不相承認，不和平的已共存將近五十年的歲月。

一九一一年（清朝宣統三年）十月十日，革命軍武昌起義成功，先成立軍政府，後在南京成立中華民國臨時政府，孫中山先生當選爲臨時大總統。於是中國出現南北兩個政府，次年滿清政府結束，袁世凱即將南京的中華民國政府遷到北京。

民國八年五月十三日，廣州成立護法軍政府。民國十年五月五日，中山先生任『非常大總統』。民國十二年一月，中山先生成立『建國政府』，通稱大元帥府。民國十三年十一月廿一日，廣州成立『中華民國臨時政府』。民國十四年七月一日，廣州成立『國民政府』。民國十五年十二月十七日，國民政府自廣州遷至武昌並宣佈以武漢三鎮爲首都。民國十六年一月，國民政府暫時移駐南昌。民國十六年四月十八日，南京成立國民政府。民國十六年六月十八日，張作霖在北京成立『安國軍政府』。民國十六年八月十九日，武漢國民政府宣佈遷往南京與南京國民政府合併，史稱『寧漢合作』。

民國十七年（一九二八年）十二月廿五日，毛澤東在井崗山成立『蘇維埃政府』。民國十九年九月九日，閻錫山與馮玉祥在北京成立中華民國政府。民國二十年五月廿八日，汪精衛與李宗仁在廣州成立國民政府。

民國二十年（一九三一年）十一月七日，中國共產黨在江西瑞金召開『全國第一次工農代表大會』，成立『中華蘇維埃共和國臨時中央政府』，選毛澤東爲主席。民國二十年十二月七日，汪精衛與白崇禧在廣州成立『國民政府』。民國廿一年三月九日，僞『滿洲國』在長春成立，清廢帝溥儀爲『執政』。民國廿二年十一月二十日，蔣光鼐與李濟琛在福州召開『中國人民臨時代表大會』，宣佈成立『中華共和國人民政府』。民國廿五年八月十九日，李宗仁與白崇禧在桂林成立『中華民國人民抗日救國政府』。民國廿六年九月六日，陝甘寧蘇維埃政府改爲『陝甘寧邊區政府』，轄陝西、甘肅、寧夏等三省的二十三個縣，以延安爲首府。民國廿六年十一月廿日，國民政府宣佈遷往重慶。

民國廿七年（一九三八年）一月一日，中國對日本抗戰期間，王克敏與湯爾和等漢奸在北平（北京）成立僞『臨時政府』。民國廿七年三月廿七日，漢奸梁鴻志與溫宗堯等在南京成立『中華民國維新政府』。民國廿七年九月廿二日，北平僞臨時政府與南京僞維新政府合流，在北平成立『聯合委員會』。民國廿九年三月廿九日，漢奸汪精衛與周佛海等在南京成立中華民國『中央政府』。

民國三十四年（一九四五年）四月廿四日，毛澤東發表『論聯合政府』報告，要求改組國民黨政府與成立無產階級領導下的『民主聯合政府』。民國三十五年五月五日，國民政府自戰時首都重慶遷回首都南京。民國三十八年一月廿四日，國民政府宣佈自南京遷往廣州。民國三十八年九月七日，國民政府宣佈自廣州遷到重慶。民國三十八年十月一日，中華人民共和國中央人民政府在北京成立，毛澤東任主席。民國三十八年十二月一日，中華民國政府自四川遷到台灣省台北市。民國三十九年三月一日，蔣介石宣佈復任中華民國政府總統。

當中華民國成立與中華人民共和國成立相距的四十年期間，尚有『蒙古人民共和國政府』、『西藏政府』、冀東『自治政府』、『蒙疆自治政府』，以及新疆境內的『東土耳其斯坦共和國政府』等。

中國歷史上明明白白的寫著，當不只一個政府同時出現於這塊土地上時，必然發生一個相同的問題：統一，達到統一目標的方式也是相同的一種：戰爭。而且不只是古老的中國如此，年輕的美國也如此。一百三十多年前，當合衆國出現北南兩個政府時，也是經由四年之久的內戰才達成統一目標的。今日，台灣海峽兩岸的統一問題的最後解決方式能不走中外歷史循環的道路嗎？

（星島日報，一九九五年十一月九日）

致台灣駐美外交官員的公開信

這封公開信的目的是替台灣駐美國的外交官員收集一些『報告』資料，但在正題之前先寫幾段或許不是『多餘的話』。

二十年前，筆者剛從台灣來到舊金山，那時候只有中華民國政府的外交官派駐美國。一位出生於清末而在史丹福大學深造過的先生很感慨的說，自滿清政府以來，中國的外交官從未做點保護華僑的工作。

聽了之後，我隨口說：『中國是弱國，弱國哪有外交！』

他說：『不錯，弱國無外交。可是，現在（指二十年前）中國強了，華僑不但受不到祖國的保護，反而遭到種種的迫害！』筆者無言以對。

他又說：『你從台灣來，應該曉得多些。台灣的外交官只會欺侮留學生，留學生處處受氣。』

筆者感到黯然。我也說些外交界的事情。在台灣許多人都說，駐於國外的官員所做的外交工作不會多過『內交』工作，因爲有一個似是又似非的理論：『外交是內政的延長』。因此，外交官員除了迎送陪伴到國外『公幹兼私幹』的官吏、委員與代表等之外，主要的日常業務就是做報告。

外交官的報告種類多多，到了台北便成爲『機密』文件，機密內容究竟是什麼呢？其中包括哪些華僑擁護台北，哪些華僑親近北京，哪些人在搞『台灣獨立運動』……。他們將當地的華文與英文或其他文字的報紙雜誌上的東西抄下來或剪下來，以機密報告方式發回台灣、外交部、國防部、僑務委員會、總統府及國民黨中央黨部等機構，便將它們作爲政策決定的參考與根據。

筆者相信，台灣駐美國（當然不只美國）的外交官員今天的工作範圍不會比二十年前有太多的改變，但有一點改變是可以肯定的：報告哪些人在搞『反對台灣獨立運動』或者反對李登輝集團。這份公開信的目的就在乎此。

我收集了十數天的華人讀者最多的星島日報與世界日報，將兩報有關台灣情勢也就是有關李登輝與總統選舉的輿論文字加以整理與統計，希望外交官員將它們也作爲『機密』報告發回台北，供作決策的參考，更希望能產生一點實際的作用，達到所謂『外交是內政的延長』的目的。（但這些文章的全文並不包括在此公開信裡。）

十天的星島日報係自二月十日到廿一日（春節兩天休刊），其輿論版『星島廣場』共刊登文章三十篇（包括兩文的數天連載），除了七篇外，其餘二十三篇都與台灣局勢有關，足證華僑人士對台灣問題的嚴重而眞誠的關切。這些文章的題目例如：『李登輝鮮讀古史』，『中共是否有對台統一時間表？』『斥章孝嚴』，『論對台海局勢發展的幼稚心理和可能前景』，『李登輝夢想兩岸變兩國』，『新的挑戰』，『如此實質外交』以及『王作榮無恥的行徑一段往事』等等。

十五天的世界日報係自二月十一日到廿五日，其輿論版『世界論壇』與『金山論壇』皆爲每星期祇出版一次（『星島廣場』版係每天刊出）。因此，選取的世界日報天數雖然較星島日報的天數多了五天，但實際上僅有兩版的『世界論壇』及三版的『金山論壇』。這兩個輿論版共刊登文章二十篇，除了四篇外，其餘十六篇都與台灣局勢有關，這是華僑界深刻關心台灣問題的又一明證。這些文章的題目例如：『兩岸關係的困境與展望』，『李登輝的最、醉、罪！』『中共可能突襲台灣外島的警惕』，『從台海緊張情勢論美國對華政策』以及『王作榮閉嘴！』等等。

此類關切台灣情勢的文字必將繼續出現於報紙上，但願台灣的外交官員繼續加以注意！

（星島日報，一九九六年三月一日）

總統府四朝元老評李登輝

在美國的華文報紙上與台灣的報紙上，不斷登載有關談論與批評李登輝的文字，這些文章自然具有相當高的可讀性，而且大都是以李登輝近年來的言行，尤其是自他的『台灣人的悲哀』談話發表以來的一言一行爲論據。但是，迄今卻仍未看到曾經直接替李登輝服務過的人士的談論──至少在美國是如此，他們或許有某種忌諱。今天，筆者這篇拙文則是依據李登輝的『中華民國在台灣』的總統府的『四朝元老』的親歷經驗寫成的。

在一九四九（民國三十八年）到一九九六（民國八十五年）的四十七年期間，依照中華民國的法統來說，共有四位總統：蔣介石、嚴家淦、蔣經國與李登輝。在台北的總統府服務過的人士數以千計，但位居四朝元老並曾直接爲蔣、嚴、蔣、李服務的巨公並不多。一位退休的四朝元老舉出一項足以代表四位總統性格與作風的實例作爲臧否人物的標準，也正是評判李登輝今天的言行的最佳尺度。

總統府的『重臣』有一項責任重大而光榮的職務是執筆為總統起草講演詞與聲明等文件，也就是帝王時代的『聖旨』或『詔書』。

在總統府元老們的眼裡，四位總統中以蔣介石最尊重部屬。就像歷代帝王一樣，他有權作決定、下命令，但是講演詞、宣言或聲明的草擬則是文人的專長，他絕不『擅自越權』。每逢國家節慶大典，需要發表文告演說時，他的慣例是下一紙手條，指示要點，至於文件內容的長短，用字的斟酌，辭句的潤飾等，則完全交付與部屬。在登台發表時，他按照稿子一字一句的宣讀下去直到結尾為止。不論將來的歷史家對蔣介石的評論如何，而他在尊重部屬這一點上是獲得總統的文膽人士深深欽敬的。

嚴家淦於一九七五年蔣介石逝世後以副總統繼任為總統。嚴氏是位財政經濟專家，十分精明，是位十足的明哲保身人物，台灣政界給他一個綽號『嚴推事』。當他擔任總統的三年期間，儘可能減少發表演講文告的次數，而且將這些文件的內容儘可能的精簡，他不為總統府文膽人士增添麻煩，自然得到他們的好評。

蔣經國於一九七八年就任總統並選了謝東閔為副總統。但他在八四年連任時選了李登輝為副總統。蔣經國在擔任總統的十年期間，在文告事務方面，大體上仍遵守其『父皇』的作法，每逢重大時機要發表演講或聲明時，他也是下張條子，指示若干要點，但文章仍由總統府的文膽人物去做。不過，他的習慣是，照著講演稿或聲明稿讀唸，但是到了末尾，他常常增添若干他自己的意見或詞句，表示他有自己的一套。這是蔣氏父子兩總統的一個不同之點。

一九八八年一月蔣經國病逝，李登輝像嚴家淦一樣以副總統繼任大統。李登輝在擔任總統的最初兩年間，他自己曉得實力有限，謹守分寸，遷就環境，還不敢顯露其像今天這般的獨夫眞面目。但是，在李登輝獲得連任總統之後，他的獨夫作風立即開始施展出來，祇不過最初僅有總統府人士感受到，外界尚需等待一段時日。

在李登輝的眼裡，他是美國一流大學的『博士』，演說辭、聲明都是簡單輕易的小事，不需要他人代庖，總統府的文膽人物首先『無用文之地』，唯有走爲上計。於是，從李登輝的口裡說出『我是摩西』、『我在廿二歲以前是大日本帝國的臣民』、『國民黨只有兩歲』、『我將把你們帶到一個想不到的地方』、『他媽』……。

李登輝口口聲聲不離上帝、不離聖經，但是他卻忘了，『上帝要毀滅一個人，先使他瘋狂。』阿門！

（星島日報，一九九六年三月三日）

台灣有槍炮，戰爭問題多，不論勝敗都悲慘

在有關目前台灣情勢的文章與口頭討論中，幾乎都涉及兩個要點：中共軍隊會不會進攻台灣與美國會不會參加戰爭。這兩大問題牽連到中共、台灣及美國三方面，到今天爲止，三有關方面的立場都已有明確的表示，祇不過『信不信由你』。三方面的立場是：

中共的領導階層說，若台灣搞獨立，外力干預中國內政，中共就攻打台灣而且不惜一切代價。台灣的李登輝說，他有『十八個劇本』對付中共的攻擊，但他不敢說獨立，也不肯說台灣與大陸統一。台獨頭子彭明敏說，若中共攻擊台灣，『美國一定援助』，他的口氣好像他是美國總統加上美國國會與兩億多美國國民的發言人！美國官員們說，若中共進攻台灣，美國將依據『台灣關係法』行事，至於美軍是否參加戰爭『將視情況而定』。

本文則是以中共軍隊進攻台灣及美國以軍隊協助台灣對共軍作戰爲假想情況。

談台灣戰爭宜從頭說起。一九四九年（民國三十八年）蔣介石率衆退守台灣島，在一九

五四年『中、美共同防衛條約』簽訂以前的大約五年期間，台灣海峽每隔些時日便發生零星的海、空軍戰鬥，台灣方面日夜準備應付中共的攻台軍事行動，除了國軍的備戰外，並且聘請美國、德國及日本的軍事顧問協助防務的策劃。但在中、美防衛條約簽訂之後，由於美國公開承諾防衛台灣，使台灣局勢進入一個『海峽無戰事』的階段，直到一九五八年八月廿三日的『金門砲戰』又引起大家對台灣的注意，而『八二三』砲戰也是美軍直接參與台海戰爭的起因。

據曾經於四十年前在台灣高級軍事機構服務過的人士回憶說，當年的德國軍事顧問對台灣的防衛提出過一項最重要的戰爭原則：海島上不能作防禦戰，最後的結局不外『全體壯烈犧牲』，硫黃島之戰爲典型的例子。因爲在一次戰役之後，不論誰勝誰敗，都需要兵員的補充，而台灣的壯丁有限（當時台灣祇有八百萬人口），經過若干次戰役之後，兵員補充發生問題，戰爭自然打不下去了。今天，台灣人口增加到兩千餘萬，但相對的大陸人口增加的數字更龐大。所以，德國軍事顧問的戰爭原則現在仍然是適用的。

『師出有名』是句俗話，也是至理名言，中外戰爭中有許多例證。中共已經明白宣佈，『台灣獨立』、『分裂祖國』、『外力干預內政』，北京即揮軍攻台，『保衛祖國領土』，師出有名。李登輝與彭明敏用什麼來號召『人民』抵抗與犧牲呢？四十餘年前若共軍攻台，有不少大陸來的軍人願爲蔣介石犧牲。今天，若共軍攻台，有幾人肯爲李、彭拼命？再就具體數字來說，台灣陸軍最多不過四十五萬，大陸有三百萬，而且台灣部隊有實際作戰經驗的比例很低，士兵聽到槍砲聲會有如何的反響更是個大問號？

再談空軍：自第二次世界大戰以來，陸海空三軍爲軍事力量的三鼎足，陸軍爲戰爭最後的決定者的地位並沒有多大的變化。科威特戰爭在美軍實施一個月久的空軍與海軍攻擊之後始發動地面攻擊而獲得勝利。海軍在戰爭中的地位於二次大戰中已證明大幅度的貶值，中途島海空大戰是最有力的證據。制空權對陸、海軍的戰鬥都有決定性的作用。

台灣空軍兵力不超過飛機五百架，而大陸有軍機約六千架。飛機不論軍用民用，和其他『機器』一樣，任何時間總有一定比例的飛機在『生病住院』而不能全數的使用，在戰爭中問題更多。台灣只有新竹、台中清泉崗、岡山及屏東幾個重要空軍基地。中共使用飛彈及冒險犧牲若干架轟炸機將島上機場設施摧毀之後，則台灣的軍機變成『無家之機』，而且軍機載油量有限，無法在空中徘徊很久。科威特戰爭期間，伊拉克的空軍基地多被美機摧毀，它的數百架飛機只好飛往鄰邦伊朗『逃難』。台灣空軍飛機在戰爭中的命運不會好過伊拉克的空軍。

台灣的海軍是三軍中最弱的一環，艦隻總數不過百餘，而且大都是舊式輕型的，平日訓練演習可以，緝私、救難與巡邏可以，但在列陣作戰，尤其在沒有空軍的掩護情況下，這些小艦艇容易成爲共軍飛機與戰艦的『活動靶子』，經不起幾次對戰之後，很快就喪失了戰鬥能力。

陸軍兵員有限，空軍飛機難以爲恃，海軍艦艇陳舊，加上軍人沒有戰爭的崇高目的。這種戰爭有獲勝的機會嗎？李登輝、彭明敏之輩有沒有看過一本中外戰爭史書？

中共軍隊進攻台灣，美國派軍支援台灣。中共下令攻擊台灣，美國依據『台灣關係法』的規定出兵援助台灣，但是美國不能以聯合國的名義軍援台灣，因爲北京政府在聯合國安全理事會能使用否決權阻止任何不利於中共的提案。而且依照美國法律規定，總統由於緊急情勢以行政命令方式派美軍出國作戰以一百二十天爲限，若不能獲得國會批准授權即必需撤軍返國。雷根總統一九八三年派兵協助格瑞納達驅逐古巴軍人事件是例證。科威特戰爭是先有聯合國的決議及國會通過戰爭授權案後，布希總統才採取軍事行動的。

中共軍隊進攻台灣美國派軍支援台灣，將是美國半世紀以來第二次以武力協助台灣。美國於一九五八年八月『金門砲戰』期間，依據『中、美共同防衛條約』的規定第一次派軍隊支援台灣。據『美國國外戰爭退伍軍人協會』出版的『保衛自由之火』一書中說，在一九五八年八月到一九五九年一月期間，美國曾派出混合部隊大約三〇、〇〇〇人支援台灣，並且說：『美軍能以執行其戰略任務而沒有任何傷亡。』

若美國第二次出兵援台，絕非三萬人能夠完成任務的。不論未來的台灣戰爭規模如何，美軍參加對抗中共軍隊攻台的結果只有兩種情勢：勝或敗。勝了，美軍『任務完成撤兵返國』，台灣在飛彈、炸彈、砲彈交織的情況下早已變成一片瓦礫。北京會認輸、大陸人民會甘心嗎？若中共經過一段時日後再次進攻台灣，美國會三度援台嗎？敗了，美國必像越戰一樣狼狽撤退，台灣也是瓦礫一片。共軍佔據台灣能不替那些爲『保衛祖國領土反抗美帝干涉』而犧牲的愛國同志報復嗎？

中共軍隊攻擊台灣，美國軍隊捲入戰火，不論勝敗將只有『台灣人悲哀！』

（星島日報，一九九六年三月四日）

爲四位台灣總統候選人預卜出路

陳履安：入山出家修行。

彭明敏：再度亡命美國。

林洋港：養銳待機再動。

李登輝：前往北京做官。

台灣舉行總統選舉塵埃落地，李登輝當選，四位候選人各奔前程，筆者『靈機』一閃，爲四人的未來作一卜測，筆者自信雖不正中，至少落於半徑以內，以下是些註釋。

可憐的陳履安：用可憐甚至可悲來形容這個陳誠的兒子是有道理的。在競選開始時，有部份人以『還不錯』來評論他。但是隨著競選活動的發展，『還不錯』三字消失了，那些原先對他持同情的人開始搖頭嘆氣。有的說他毫無政治家氣派，有的說他好像個三期肺病的人，有的說趕快關掉電視機不忍看到他的可憐相……。其實，凡是對台灣政治劇場稍有觀察經驗的人對他的這一段演出並不大感意外。

李登輝先任陳履安爲國防部長，再讓他升任監察院長，只不過爲了籠絡陳誠遺留在軍中的一些殘餘勢力。此舉正如同他派章（蔣）孝嚴擔任僑務委員長的用心完全相同。章孝嚴較陳履安聰明一分，爲了保持做官的飯碗，不得不昧著良心替李登輝的種種謬論捧場。陳履安站出來競選與李登輝對抗，等於李登輝減少一個政治『包袱』。陳履安參加這場政治戰是輸定了，敗定了。他再也沒有了做部長做院長的機會，他沒有任何專長可賣，當然也沒有自殺的勇氣。那麼，他在選後的出路是什麼呢？對他說最輕易的一途是前往台灣新竹的獅頭山出家修行，以成『正果』，死而後已。

可惜的彭明敏：彭明敏是台灣的所謂『青年才俊』之一，很年輕就做了國立台灣大學的政治系主任。最初他只能說是一個走開明路線的知識份子。後來他與一批有政治野心的長老會教徒合流一起走上『台獨』之路，最後他在台灣國民黨當局壓迫之下獲得外力協助，逃到美國做政治難民。美國一向以『民主』、『自由』的口號來收容外國的政治亡命份子並予以暗中支持，俟機讓他們返回其本國參與政權的爭奪。這種例子很多，韓國的李承晚是典型的一個。

彭明敏在美國流亡三十年之久，當然很了解美國人的這套政治把戲。於是，在台灣政治情勢對他有利的條件下，他滿懷信心的返回台灣，想做一個台灣的李承晚。一部份台灣人士也認爲彭明敏爭取政權的資格較其他獨立派份子爲優越。

彭明敏曾在美國生活數十年，而且以政治學者爲標榜，但他忽略了一點。美國支持的外國政治亡命份子，都是反對他們自己國家的政府『不民主』、『不自由』或者對美國『不友好』，而並非支持他們從其國家中割裂出一片領土另建一個新國家——彭明敏集團的政治目的。半世紀前當台灣情勢動盪之際，美國曾『試圖』支持親美的軍事領袖孫立人將軍組織政府來取代蔣介石總統的政府而不是另建一個國家。

進一步說，如果台灣不是中國——不論是中華民國或中華人民共和國——的一部份或一個省而原本爲一個獨立國家的話，彭明敏以反對派領袖身份返國競選獲得勝利的機會理應相當大的。一位政治學家選擇了一條錯誤的政治路線，怎不使人爲他感到可惜！競選失敗，他在台灣沒有根基，也沒有『金權』，但他應該記得『走爲上策』：再度到美國做政治亡命者。然而，彭明敏爲了『台灣共和國開國大總統』之夢，已經宣誓放棄他的美國公民籍。一個歸化的美國公民在宣誓放棄美國國籍之後，依法能否第二度獲得公民身份，則屬於移民案件問題矣！

可敬的林洋港：台灣政界早有一種說法：蔣經國生前考慮的副總統人選中有孫運璿、林洋港與李登輝等數人。孫因健康不佳妨礙其政治生涯，林因爲『政治色彩過強』失掉了更上層樓的機會。於是李登輝以『專家』、『學者』及『篤實』等條件獲蔣提拔爲副總統。今天，不少人將目前的台灣情勢歸咎於蔣經國『選錯了繼承人！』

林洋港在總統競選中的確採取了『篤實』的作風，他既不像李登輝那般的張牙舞爪、胡謅亂扯、說出自欺欺民的荒唐話，也不似陳履安那麼的可憐相，更不是彭明敏那樣的強詞奪理，硬說『台灣人不是中國人。』在競選過程中，林洋港獲得的喝采聲雖然不太多，但也沒有人對他加以惡言惡語的批評。林洋港的形象將不因落選而受到嚴重的影響，他在台灣有基本的本錢，他不需要入山修行，也不需要出國流亡，他需要運用智慧養精蓄銳，待機再動。

可憎的李登輝：這一個月來的事件與評論等已經足夠李登輝吃了。他這個『博士』應該領受到教訓：北京已經控制住他的命運、控制住台灣的命運，甚至控制住和平與戰爭的鑰匙。他當選爲總統，未來只有一條半路可走。他是個有紀錄的投機份子，他絕不敢掛起『明獨』的旗幟，他唯有繼續嘗試以『中華民國在台灣』爲幌子的『暗獨』伎倆。但當他發現這是走上死路時，他會馬上中止，所以這只能算是『半條路』。他的一條活路是中國統一也是他的投降。他可以仿效六十年前張學良的『東北易幟』模式，演出李氏第十九個劇本：『台灣易幟』。

如此一來，中共理當以李登輝『對於祖國的和平統一作出一定的貢獻』而賞賜他一個『中華人民共和國副主席』的頭銜讓他去北京做官。（張學良曾以『東北易幟』換來陸海空軍副總司令名義，蔣介石爲總司令。）

（星島日報，一九九六年三月廿四日）

中國大陸外人入出境新法令

北京政府於今年（一九九四）七月十五日通過「新華通訊社」發表「中華人民共和國外國人入境出境管理法實施細則」的法令全文，長達八千字。此項新法令不僅與一般外國人士有關，也與衆多美國華裔有關，因爲依照北京政府於一九八〇年九月一日發表的「國籍法」規定，「中華人民共和國不承認中國公民具有雙重國籍」，並且鼓勵華僑自願加入僑居地國籍。

因此，許多已經取得美國國籍的華裔人士，在法律上一律是「外國人」身份。例如最近報載，柏克萊加州大學校長田長霖與數學家陳省身膺選爲「外籍的」中國科學院院士。所以，持美國護照的華裔人士，有必要曉得北京的此項最新法令，以免在前往中國大陸作公私旅行時遇到不便。本文的主旨在綜合分析北京入出境新法令的重要內容。

此「外國人入境出境管理法實施細則」全文包括八章五十七條，長達中文八千字，對許多事項都有詳細的規定。不過有若干規定的文字是比較泛泛的與不明確的，在實際執行時將難免引起解釋的問題。

據「新華社」發表的法令全文中說，此細則最初於一九八六年十二月三日經國務院批准，並於一九八六年十二月二十七日由公安部與外交部發佈，而於一九九四年七月十三日經國務院批准修訂，並於一九九四年七月十五日由公安部與外交部發佈，而且自發佈之日起施行。因此，這是中國大陸方面已經在執行中的一項與外籍人士——包括美籍華裔——很有關係的法規。

這項與探親、訪問及旅行等有關的新法令中共有八章，各章的內容如次：第一章爲入境，包括自第一條到第九條。第二章爲入出境證件檢查，包括自第十條到第十五條。第三章爲居留，包括自第十六條到第二十八條。第四章爲住宿登記，包括自第二十九條到第三十三條。第五章爲旅行，包括自第三十四條到第三十七條。第六章爲出境，包括自第三十八條到第三十九條。第七章爲處罰，包括自第四十條到第五十一條。第八章爲其他規定，包括自第五十二條到第五十七條即最後一條：「本實施細則自發佈之日起施行。」在這八章中，以第三章居留包括的條款最多，計有十三條，其次爲第七章處罰，計有十二條。就入出境當事人來說，對處罰的規定應該特別注意。

從希望或準備赴中國大陸一行的外國人士觀點來說，在此八章五十七條的法令中，最關緊要的應該是「不准入境」的限制規定，其次是旅行限制規定與處罰規定，再次是住宿登記與居留規定，以及入境簽證與入出境證件檢查等規定。

北京當局不准哪些外國人入境？在該法第一章第七條內說：「下列外國人不准入境：

㈠被中國政府驅逐出境，未滿不准入境年限的；

㈡被認爲入境後可能進行恐怖、暴力、顚覆活動的；

㈢被認爲入境後可能進行走私、販毒、賣淫活動的；

㈣患有精神病和痲瘋病、愛滋病、性病、開放性肺結核病等傳染病的；

㈤不能保障其在中國期間所需費用的；

㈥被認爲入境後可能進行危害我國國家安全和利益的其他活動的。」

在這六點不准入境的限制規定中，㈠、㈢、㈣與㈤計四項的理由很具體與明確，自然不致發生解釋的疑問。但㈡與㈥兩項的理由則並無具體的列述，「恐怖」、「暴力」、「顚覆」、「危害我國國家安全和利益」，都是相當抽象的名辭，亦即一般所謂的「政治性限制」，在遇到這類案件時，「是、否」不准入境的決定權自然完全操在執行此法令人員的手裡，在此種情況下，就難免引起法令解釋問題或其他爭議。

與第七條有關的是第十二條的規定：「對下列外國人，邊防檢查站有權阻止入境或者出境：

㈠未持有效護照、證件或者簽證的；

㈡持僞造、塗改或者他人護照、證件的；

㈢拒絕接受查驗證件的；

㈣公安部或者國家安全部通知不准入境、出境的。」

在外國人入境之後，並將受到活動的限制，此等限制包括三類：住宿、旅行與居留。

在住宿限制方面，該法第四章內有詳細的規定。外國人不論在賓館、飯店、旅店、招待所、學校等企業、事業單位或者機關、團體及其他中國機構內住宿時，必需出示有效護照或者居留證件，及塡寫臨時住宿登記表。外國人若在中國居民家中住宿，在城鎭的，須於抵達後二十四小時內，由留宿人或者外國人本人持住宿人的護照、證件及留宿人的戶口簿到當地公安機關辦理登記。外國人若住在農村的中國人家裡，須於七十二小時內向當地派出所或戶籍辦公室申報。外國人若住於在中國的外國機構內，或者住於在中國的外國人家裡，以及長期在中國居留的外國人亦有類似的限制。

旅行限制對外國人當然是十分重要的規定。有關旅行的規定載於該法第五章內。外國人獲得的旅行證的有效期限爲一年，但不得超過外國人所持簽證或居留證件的有效期限。外國人若欲前往不對外國人開放的市、縣旅行，須事先向所在市、縣公安局申請旅行證，在獲准後方可前往旅行。外國人未獲得允許，不准進入不對外國人開放的場所。至於哪些是開放的市、縣、場所，及哪些是不開放的市、縣、場所，在該法內並未列明，外國人需另行設法獲知。

在居留限制方面包括兩種：「外國人居留證」發給在中國居留一年以上的外國人，及

「外國人臨時居留證」發給在中國居留不滿一年的外國人。在該法第三章內，對居留證的申請手續、有效期與使用等亦有種種規定。

有關處罰的規定共有十二條之多，載於該法的第七章內。處罰的方式包括警告、罰金、拘留、限期出境、驅逐出境以及情節嚴重，構成犯罪的，將依法追究刑事責任。

在罰金方面，罰款數字最低者爲人民幣五十元，而最高者爲一萬元，數字的大小依違反該法條文的不同而定。

該法第四十條規定，「對非法入出中國國境的外國人，可以處一千元以上、一萬元以下的罰款，或者處三日以上、十日以下的拘留，也可以並處限期出境或者驅逐出境；情節嚴重，構成犯罪的，依法追究刑事責任。」

罰款最鉅的「罪名」是「私自僱用外國人」。違法的單位和個人，「在終止其僱用行爲的同時，可以處五千元以上、五萬元以下的罰款，並責令其承擔遣送私自僱用的外國人的全部費用。」此處之「單位和個人」應指中國人而言。

在該法第七章「處罰」內列明的罰則中，以罰款五百元以下的「罪名」項目最多，其中包括：外國人居留證上項目內容改變而未向當地公安局辦理變更登記，外國人居留地點變更而未向公安局辦理登記，年滿十六歲以上的外國人未隨身攜帶居留證件或者護照以備查驗，未經批准而前往不對外國人開放的地區旅行，以及未經允許而進入不對外國人開放的場所等等。

如果外國人在中國非法居留的話，每非法居留一日，將罰款五百元，總額不超過五千元，或者處三日以上、十日以下的拘留；情節嚴重的，並處限期出境。

如果外國人僞造、塗改、冒用、轉讓、買賣簽證、證件的話，在吊銷或者收繳原簽證、證件並沒收其非法所得的同時，將處一千元以上、一萬元以下的罰款，或者處三日以上、十日以下的拘留，也可以併處限期出境；情節嚴重，構成犯罪的，依法追究刑事責任。

受到某項處罰的外國人，自然不一定無條件的接受中國治安當局所決定的處罰種類與處罰程度。若外國人士對公安機關的處罰表示不服時，可依照該法第五十條中的規定，在接到處罰通知之日起十五日內，通過原裁決機關或者直接向上級公安機關提出申訴，上一級公安機關自接到申訴案之日起十五日內作出最後的裁決。該法中並且規定，遭處罰的外國人士也可以直接向當地的人民法院提起訴訟。

在北京最新經過修訂與公佈的外國人入出境管理法實施細則中，有若干項規定與其他國家的此類法令大致相同，例如：在第一章「入境」的第一條中說：「外國人入境，應當向中國的外交代表機關、領事機關或者外交部授權的其他駐外機關申請辦理簽證。」

該條款中並且規定，若外國人持有中國國內被授權單位的函電，並持有與中國有外交關係或者官方貿易往來國家的普通護照，因特殊事由確需緊急入境而來不及在中國駐外機關申請辦理簽證的，可以向公安部授權的「口岸簽證機關」申請辦理簽證（即通稱的「落地簽證」）。設有口岸簽證機關的大陸城市如次：北京、上海、天津、大連、福州、廈門、西安、桂林、杭州、昆明、廣州白雲機場、深圳（羅湖、蛇口）及珠海（拱北）。

該法中也列述中國的簽證種類及簽證規定等事項。簽證種類與世界其他國家的簽證種類大致相同，計分為外交簽證、禮遇簽證、公務簽證及普通簽證共四種。其中普通簽證又細分為八種，係根據外國人申請入境事由的不同，在簽證上以相應的漢語拼音字母加以標明，例如「L」字簽證代表觀光及探親等事務，「F」字簽證代表訪問、考察及經商等事務，及「J」字簽證代表新聞記者採訪事務等。

（星島周刊，一九九四年八月廿八日）

附：吳弘達案『依法處理』

不管用多大的聲音抗議拘禁，也不論有多少人呼籲釋放，北京政府都不會將吳弘達放出牢門，因為北京曉得吳案決不能引起『沙漠風暴』，因為北京一再聲明吳案要『依法處理』。

在呼籲抗議的同時，大家也應該看看『法』。如果將北京的法律看一下的話，就很容易對吳案獲得一個預知的下場：他將被起訴、被審訊、被判刑。但是，最後為了『避免嚴重影響兩國關係』，他將被下令驅逐出境，而且以後永遠不准再進入中國。

北京政府於一九九四年七月十五日公佈實施的『中華人民共和國外國人入境出境管理法實施細則』（可參閱星島周刊去年八月廿八日刊載之專文）中明白的規定，外國人犯法將受到的處罰包括：警告、罰金、拘留、限期出境、驅逐出境，以及情節嚴重，構成犯罪的，將『依法追究刑事責任』。

哪些行爲構成犯法？該法中也有詳細的規定，其中有非法入境、非法居留、不隨身攜帶護照或者居留證、未經批准前往不對外國人開放地區旅行，以及僞造、塗改、冒用、轉讓、買賣簽證、證件等行爲。

該法中並且規定，『入境後可能進行恐怖、暴力、顛覆活動』或『可能進行危害我國國家安全和利益的其他活動』的行爲都是非法的。

吳弘達持美國護照入境，依照北京法律規定他具有外國人的身份，就必需受該法的約束。至於『依法追究刑事責任』如何來追究，及追究的結果如何，祗有看北京的宣佈了。

不過，應提醒的一點是，中共的做法有個公式：不論任何事件如果視作『法律問題』對它有利，它就咬定那是法律問題；如果視作『政治問題』對它有利，它就堅持那是政治問題。這個行爲公式十分重要。

（星島日報副刊一九九五年四月）

故國情懷

鍾山青，秦淮碧，長江空自流

「到如今，惟有蔣山青，秦淮碧。」七百年前的南京令一位詩人如此的感慨。

「到如今，惟有蔣山青，秦淮碧。」七百年後的今天，南京給遊人的觀感依然如此。南京的鍾山又名紫金山，東吳時易名爲蔣山，宋代復稱鍾山。

「蔣山青，秦淮碧」是元朝詩人薩都剌的名句，是其「滿江紅・金陵懷古」的結尾。其原詞全文爲：「六代豪華春去也，更無消息。空悵望，山川形勝，已非疇昔。王謝堂前雙燕子，烏衣巷口曾識。聽夜深，寂寞打孤城，春潮急。思往事，愁如織；懷故國，空陳蹟。但荒煙衰草，亂鴉斜日，玉樹歌殘秋露冷，胭脂井坏寒螿泣。到如今，惟有蔣山青，秦淮碧。」

薩都剌並且在其另一闋名詞「念奴嬌・登石頭城」中道：「石頭城上，望天低吳楚，眼空無物。」「落日無人松徑冷，鬼火高低明滅。」「傷心千古，秦淮一片明月。」

薩都剌的詞作是歷代衆多文人墨客留下的對南京懷念與哀傷的作品之一。他們的作品主題大都是依據諸葛亮對南京的評語：「鍾山龍盤，石頭虎踞」而稱頌其山川形勢，昔日的繁華景象，有感於歷代的盛衰變幻，人事滄桑，弔古警今，流露出濃厚與深沉的感情，使後人讀者不禁起共鳴的心聲。金陵、秣陵、建業、建康、白下、江寧、石頭城等皆是南京的別名。

唐、宋兩代文人這類的作品尤其多，其中最常爲人引用的是杜牧的「泊秦淮」，劉禹錫的「烏衣巷」，與韋莊的「金陵圖」等詩篇。他們三位大作家中，杜牧的天賦最高，一般都稱頌他的詩「最多情」，而忽略了他的政治理論與軍事學識。杜牧的「進士論文」「阿房宮賦」是一篇極具價値的政論宏文，他以十一個字來形容一切專制獨裁統治下的「民心」：「使天下之人，不敢言而敢怒。」法國大革命，辛亥革命，及天安門「六四」事件等等都是明證。「孫子兵法」不僅是中國最偉大的一部軍事理論著述，也是世界各國極其珍視的一部兵學鉅著，而詩人杜牧的孫子兵法註釋，則是這部專門著作不可缺少的輔助內容。

杜牧的「泊秦淮」全文：「煙籠寒水月籠沙，夜泊秦淮近酒家。商女不知亡國恨，隔江猶唱后庭花。」

劉禹錫的「烏衣巷」說：「朱雀橋邊野草花，烏衣巷口夕陽斜。舊時王謝堂前燕，飛入尋常百姓家。」

韋莊的「金陵圖」道：「江雨霏霏江草齊，六朝如夢鳥空啼。無情最是台城柳，依舊煙籠十里堤。」

詩仙李白有兩首常見的與南京有關的詩：「登金陵鳳凰台」與「金陵酒肆留別」。前者中的名句是：「鳳凰台上鳳凰遊，鳳去台空江自流。吳宮花草埋幽徑，晉代衣冠成古丘。」後者中的名句是：「請君試問東流水，別意與之誰短長。」

宋代的大政治家王安石，民族英雄文天祥，詩人周邦彥等都有懷念南京的詩詞。文天祥的「金陵驛」尤其爲人稱頌，「金陵驛」與「過零丁洋」（其中有千古名言：人生自古誰無死，留取丹心照汗青。）爲代表文天祥偉大氣節的詩作。「過零丁洋」是文天祥於被元軍俘囚後在航船途中寫的，而「金陵驛」則是他在被元軍押赴燕京（北京）途中，路過金陵停留期間寫的。前一首寫於公元一二七九年（南宋祥興二年）一月間，後一首寫於同年夏天。文天祥在「金陵驛」中已經明白的表現出「成仁取義」殉國的決心。「金陵驛」的全詩如次：

「草合離宮轉夕暉，孤雲飄泊復何依？山河風景原無異，城郭人民半已非。滿地蘆花和我老，舊家燕子傍誰飛？從今別卻江南路，化作啼鵑帶血歸。」

宋朝大文學家與大政治改革家王安石，有兩闋金陵懷古詞：「南鄉子」與「桂枝香」，都是千古傳誦的珠璣之作。「南鄉子」的全文是：「自古帝王州，郁郁葱葱佳氣浮。四百年來成一夢，堪愁。晉代衣冠成古丘。繞水恣行遊。上盡層城更上樓。往事悠悠君莫問，回頭。檻外長江空自流。」

明末民族英雄史可法於一六四五年戎馬倥偬之際寫下了「燕子磯口占」：「來家不面母，

咫尺猶千里。磯頭灑清淚，滴滴沉江底！」過了不久，他就在「揚州十日」中殉國。

明亡清繼，又增添了不少懷念南京的詩文。王士禎，鄭板橋及孔尚任等的詩詞與戲曲都是匠心之作。而一九四九年以後的南京如何？筆者在海外期待讀到類似的新作！

王士禎在「秦淮雜詩」中寫道：「年來腸斷秣陵舟，夢繞秦淮水上樓。十日雨絲風片裡，濃春煙景似殘秋。」

「流不斷，長江淼：拔不倒，鍾山峭。剩古碑荒塚，淡鴉殘照。碧葉傷心亡國柳，紅牆墮淚南朝廟。問孝陵松柏幾多存？年年少。」——鄭板橋的「滿江紅·金陵懷古。」

孔尚任的戲曲「桃花扇」如此的收場：「將五十年興亡看飽。那烏衣巷不姓王，莫愁湖鬼夜哭，鳳凰台棲梟鳥。殘山夢最眞，舊境丟難掉，不信這輿圖換稿。謅一套哀江南，放悲聲唱到老。」

（星島日報副刊，一九九三年五月二日）

建都南京國祚悲傷

大陸出版的「中國現代史大事記」在一九四九年四月二十一日條下寫道：「中國人民解放軍於凌晨發起渡江戰役。劉伯承、鄧小平、張際春等指揮的第二野戰軍，和陳毅，粟裕，譚震林指揮的第三野戰軍，在西起九江東北的湖口，東至江陰，長達五百公里的戰線上，分三路強渡長江。中路人民解放軍突破安慶、蕪湖的防線，二十四小時內渡過三十萬人，並佔領繁昌、銅陵兩縣城，及青陽、荻港、魯港等廣大地區。西路人民解放軍解放彭澤東北的馬當要塞。東路人民解放軍解放江浦縣城。」及廿三日寫道：「人民解放軍解放南京和浦口。」廿八日南京軍管會成立，劉伯承任主任，宋任窮任副主任。

一九三七年十二月十三日美國紐約時報第一版刊登的上海專電報導：「日本軍隊在坦克車掩護下，於清晨四時攻佔中山門，並開始湧入南京城內。據日軍司令部說，南京陷落逼在眼前。昨晚南京天氣晴朗，半圓月懸空，戰鬥通宵未停。日軍昨天攻抵玄武湖畔。在昨天日沒之前，南京城上已遍插日本太陽旗幟。日軍首先攻陷光華門與中華門一帶地區。中國軍隊在南京證明其予敵重創的能力，並在極端堅苦的情況下誓死抵抗。待遇與裝備皆差的中國軍隊，迫使日軍在各城門地區每一寸土地都付出驚人的代價。」

這兩筆記載是南京建都史上近五十年的兩次厄運。

從大陸旅遊回來的人士在談到今日南京的現狀時，最常提到的是建築雄偉，維護完善的中山陵。同時，他們也稱讚從南京市中山門外到中山陵的「陵園大道」（當年還沒有高速公路這個名詞）兩旁法國梧桐樹最美麗、可愛、令人留戀。但是，沒有人曉得——或者很少人曉得——這些可愛的梧桐樹是中國抗戰期間汪精衛僞政府的一點「建設」，因爲他曾經是國父中山先生的信徒，做些奉獻，或爲企求中山先生在天之靈的赦罪。

這些「陵園大道」上的梧桐樹，五十多年來確是飽經滄桑，迄今已經是日寇鐵蹄，國民政府及人民政府的「三朝元老」，也是南京建都史上許多改朝換代的「無情柳」之一。

半世紀前也就是中國對日本抗戰的末期，在戰時首都重慶曾掀起一場中國建都問題的論戰，當時聚集在重慶、成都及昆明等大都市的歷史家、地理家、政論家與一般高級知識份子紛紛投入建都問題的文字戰場上。

在大約一年久的期間，建都問題成爲戰時大後方的報紙、雜誌、演講會及座談會的第一號課題。在建都問題筆戰與舌戰中，自古代開始，所有的中國史上的政治中心——國都或者說京城——都被一一的提出來加以分析與研究。這些歷史名城當中，份量最重的幾個是：長安、洛陽、開封、南京、北京、杭州、成都、許昌及武漢等。

專家與學者們對中國歷代首都的文化背景、經濟情況、地理環境及戰略形勢等一一加以詳盡與深刻的剖析之後，得到一個幾乎一致的結論：首都建在北方，國勢強盛，國祚長久，首都建在南方，國勢脆弱，國祚悲傷。因此，有相當多的專家提出率直的建議，主張在抗戰勝利之後，政府將首都自南京遷往北平（北京）。他們的最重要的理論基礎是，數千年來，中國的問題——國家的威脅——都來自北方。翻閱歷史就會瞭解此種說法。

在建都論戰退潮後不久，美國兩個原子炸彈使日本在一夜之間向中、美、英、蘇同盟國投降。勝利突然來臨，「還都」、還鄉的聲浪壓倒了一切。一九四六年（民國三十五年）五月五日，國民政府正式自重慶遷回南京。一九四九年四月廿三日，人民解放軍進入南京，國民政府在南京只度過兩年十一個月的日子。抗戰前國民政府在南京亦僅統治十年。

歷史重演又重演。一九一二年一月，中華民國成立，臨時大總統孫中山先生宣佈以南京爲首都，到了三月間袁世凱繼任大總統，便將首都遷到北京。

一八五三年（清咸豐三年），洪秀全的太平天國建都南京並易名爲「天京」，到一八六四年（清同治三年），曾國荃軍隊攻下南京，太平天國滅亡，其間只有十一年。

一三六八年，朱元璋的明朝以南京爲首都。一四〇二年（明建文帝四年），燕王朱棣從北京率軍南下攻陷南京，次年宣佈遷都北京（一四二一年北京皇宮建成正式遷都）。

將史書繼續向「前」翻閱，便是今天我們常談的南京「六朝金粉」：孫吳（存在五十九年）、東晉、宋、齊、梁、陳各朝代。其中除了偏安的東晉以南京爲首都統治一〇二年（公元三一七年至四一九年）爲壽命最久的朝代外，宋、齊、梁、陳等四朝代在首都南京總共存在了一六八年（公元四二〇年至五八八年），而且這六個朝代都不曾統一全國。公元九三七年，南唐以南京爲首都，至九七五年宋太祖趙匡胤的軍隊攻佔南京而亡。

南京（金陵、秣陵、建康，建業，白下，江寧，石頭城）是作者大學求學的地方，一別四十五年。每當讀到歷代文人懷念南京的詩文時，總會令人懷疑，這一頁一頁歷史的種因究竟是「天命」還是「人爲」？

（星島日報副刊，一九九三年四月廿五日）

南京的六次投降

公元一九四九年（中華民國三十八年）四月二十三日，中國共產黨領導下的『人民解放軍』攻佔南京，國民黨政府開始南遷，十月一日中華人民共和國正式建立並以北京爲首都，迄今已四十五週年，此次南京之戰在中國歷代史上是京城南京的第六次陷落，從歷史上我們可以看出這幾次首都南京投降的情形與其意義。

公元二八〇年，晉武帝司馬炎的軍隊攻克南京，吳國滅亡。公元五八九年，隋文帝楊堅的軍隊攻佔南京，陳國滅亡。公元九七五年，宋太祖趙匡胤的軍隊攻克南京，南唐滅亡。公元一二七六年，元世祖忽必烈的軍隊先後攻佔南京與臨安（杭州），南宋政府開始南遷，終至於滅亡。公元一六四五年，清世祖福臨的軍隊攻克南京，南明政府開始南遷，最後在台灣滅亡。公元一九四九年，共產黨軍隊攻佔南京，中華民國政府開始南遷，最後渡海到台灣島。

三百多年一次戰爭

歷史上的六次首都南京戰役有若干共同的特點：平均每隔三百多年發生戰爭一次，中國北方新興起的勢力戰勝南方的舊勢力，舊朝代（政府）立即滅亡或變成流亡政權而中國歸於統一，以及舊朝代（政府）失敗的基本理由相同：當政者無能、專制、昏昧、暴虐與淫糜，內部爭權與衝突，天災與戰亂使大衆生活窮困，以及社會秩序瓦解。

此種歷史循環的現象照羅貫中的理論是：『天下大勢，分久必合，合久必分。』明朝以後的歷史他自然沒有親見的機會。這些歷史性的關鍵時代，用英國大文豪狄更斯的話來說是：『這是最好的時代，也是最壞的時代；這是最智慧的時代，也是最愚蠢的時代；這是最光明的時代；也是最黑暗的時代。』

晉軍水陸進攻吳國

我們來看看這幾次京城南京之戰。

公元二七九年冬天，晉武帝的水陸大軍二萬衆分路進攻吳國，『鎭東大將軍司馬由向涂中，安東將軍王渾、揚州刺史周浚向牛渚，建威將軍王戎向武昌，平南將軍胡奮向夏口，鎭南將軍杜預向江陵，龍驤將軍王濬、廣武將軍唐彬浮江東下，太尉賈充爲大都督，量宜處要。』

吳國的軍隊有的瓦解，有的投降。晉軍在短短幾個月內便攻陷了吳國京城南京，吳國末帝孫皓向首先進入南京的晉軍總司令王濬投降，不久被押送到晉國京城洛陽，過了四年便死於洛陽。

晉軍消滅吳國之戰最威風的軍人是水軍總司令王濬。唐代詩人劉禹錫的七言律詩『西塞山懷古』所述的即這頁歷史：『王濬樓船下益州，金陵王氣黯然收，千尋鐵鎖沉江底，一片降旛出石頭。人世幾回傷往事，山形依舊枕寒流，從今四海爲家日，故壘蕭蕭蘆荻秋。』

韓擒虎步騎圍金陵

公元五八九年春天，隋文帝楊堅派大將韓擒虎——這個名字富有趣味——『大舉伐陳』，他率軍五百人夜襲采石，攻佔姑蘇等要津，然後與另一部隋軍合計『步騎兩萬』圍攻陳國首都南京。韓擒虎『以精騎五百，直入朱雀門』進入宮門，京城內的文武百官紛紛逃走，只剩下陳朝的末代皇帝陳叔寶與他的愛妃張麗華，不抵抗也不死節，卻想出一條歷史上亡國君主最荒唐的『妙計』，用繩子將他們男女三人縛住吊繫入宮內的景陽井裡，想學井底之蛙藏身。隋軍士兵到處搜尋陳叔寶，有人報告他躲入井底，『既而軍人窺井，呼之，不應，欲下石，乃聞叫聲，以繩引之，驚其太重，及出，乃與張貴妃、孔貴嬪同束而上。』（司馬光『資治通鑑陳紀』評語）那口井後來變成南京的名勝『胭脂井』，又名『辱井』。

這批陳朝囚犯中，張貴妃被斬首，陳後主等被隋軍押到京城長安，最後死於洛陽。於是『六朝金粉』中的最後一個朝代滅亡，分裂達兩百年久的中國本土在隋朝君主楊堅手裡復歸於統一。

從南京投降的最後一幕中，可以看出陳朝領導集團的腐敗、墮落情形，除了亡國之外，自然沒有二途。不過這位末代皇帝陳叔寶在文學史上卻頗有『名氣』，他的作品『玉樹後庭花』是後人常常引用與提及的。

唐代文學家杜牧的作品『臺城曲』的內容就是陳後主的荒唐故事。他在詩中說：『門外韓擒虎，樓頭張麗華。誰憐容足地，卻羨井中蛙！』這確是最佳的諷刺詩。

趙匡胤兵陷石頭城

公元九七四年冬天，宋太祖趙匡胤派大將曹彬進攻南唐，不到半年的時間便攻陷南唐京城南京，南唐後主李煜投降，被押送到宋朝京城開封，趙匡胤封他爲『違命侯』，過了兩年，於公元九七七年被宋太宗趙光義下毒害死。

南唐本是個小國，在宋太祖消滅後蜀與南漢之後，南唐已感到生死威脅，後主李煜『性驕侈，好聲色，又喜浮屠，爲高談，不恤政事。』李煜自知無力與宋朝對抗，便自動將國號貶爲『江南』，改稱『國主』，向宋太祖納貢乞憐，企求苟延小帝王的生活，但是一心一意要統一天下的趙匡胤自然『臥榻旁豈容他人酣睡！』於是派大軍攻陷南京，消滅了南唐。

李煜雖然以好聲色、迷信佛教、荒廢政事終致於亡國，但他的文學天才卻在中國文學史上佔了重要的一頁，尤其是他的詞作。他留下的名篇很多，當他在宋室做俘虜期間寫了不少感慨亡國身世，情致淒慘的詞，其中最著名的是『憶江南』，懷念當年的金粉生活：『多少恨，昨夜夢魂中，還似舊時遊上苑，車如流水馬如龍，花月正春風。』

忽必烈派伯顏攻宋

公元一二七四年夏天，元世祖忽必烈派伯顏率大軍進攻南京，從襄陽沿漢水入長江南下，次年攻陷南京（南京是南宋的行都），然後以南京為江南的總部，於一二七六年分兵三路會攻南宋首都臨安（杭州）。伯顏在佔領臨安後，將南宋當政的謝太后與恭帝俘虜押往北方，同時，南宋的民族英雄文天祥等擁立端宗（趙昰）於福州，開始流亡，一邊繼續抵抗，一邊步步逃難。一二七八年，宋端宗逝世，其弟趙昺繼帝位，並遷政府到厓山。一二七九年，元軍又攻陷厓山，陸秀夫先使妻子跳海，然後他負著宋朝末代兒皇帝趙昺一同溺死，宋朝隨著滅亡。

文天祥在厓山之戰前已被元兵俘虜押於軍中，他有一長篇『目擊厓山』詩哀悼宋朝最後的一幕，其中說：『一朝天昏風雨惡，炮火雷飛箭星落。誰雄誰雌頃刻分，流屍浮血洋水渾。

昨夜南船滿厓岸，今朝衹有北船在，昨夜兩邊桴鼓鳴，今夜船船鼾睡聲。』

多鐸破揚州入南京

公元一六四四年冬天，清世祖福臨依照攝政王多爾袞的軍事計劃，派和碩豫親王多鐸（清太祖努爾哈赤的第十五子，多爾袞的同母弟）率清兵南下，分路進攻南明。各地明軍非潰即降，次年二月間進至揚州，遇到史可法少數將士的浴血抵抗，眞正是壯烈成仁，在明史上寫下了泣天地動鬼神的一頁。史可法的衣冠塚在揚州城外的梅花嶺，是今天的一處觀光名勝。在『揚州十日』屠城之後不久，南明首都南京在清軍『馬到即降』，多鐸進入南京。

南明有『貪、淫、酗酒、不孝、虐下、不讀書、干預有司』等七大罪惡的小皇帝福王朱由崧，與兩大奸臣馬士英及阮大鋮等一夥開始向南流亡，其後經過明魯王朱以海，明唐王朱聿鍵，與明末代皇帝桂王朱由榔三個『監國』共約十六年的時間，到公元一六六一年明朝在大陸上的殘餘勢力終於完全被清朝消滅。但是，鄭成功已於一六五六年佔據海島台灣，繼續爲明朝的法統維持了廿二年，到一六八三年清軍在施琅指揮下攻佔台灣，使中國統一於滿清政府之下。

清初文學家孔尚任在其『哀江南』詞中，對南京淪陷後的情形寫得最爲深刻動人：『山松野草帶花挑，猛抬頭秣陵重到。殘軍留廢壘，瘦馬臥空壕；村郭蕭條，城對著夕陽道。』，

「將五十年興亡看飽。殘山夢最眞，舊境丟難掉，不信這輿圖換稿。謅一套哀江南，放悲聲唱到老。」

朱毛三路強渡長江

公元一九四九年四月廿一日，中國共產黨主席毛澤東與中國人民解放軍總司令朱德，向人民解放軍發佈『奮勇前進，解放全中國』的命令。

人民解放軍於廿一日清晨發動渡長江戰役。劉伯承、鄧小平與張際春等指揮下的第二野戰軍部隊，及陳毅、粟裕、譚震林等指揮下的第三野戰軍部隊，在西起九江東北的湖口，東至江陰長達五百公里的前線上，分三路強渡長江。中路解放軍突破安慶與蕪湖間的國軍防線，在廿四小時內渡過共軍三十萬人，佔領繁昌及銅陵等城。西路解放軍佔領馬當要塞。東路解放軍佔領江浦縣城。當解放軍向首都南京進迫之際，國民黨政府於廿二日開始向上海及廣州遷移。廿三日解放軍進入南京，廿八日南京軍事管制委員會成立，由劉伯承任主任及宋任窮任副主任。

這是中國史上一千七百年期間首都南京第六次投降，也是一個新朝代的開端，五個月後中華人民共和國在北京成立，而中華民國政府自廣州再遷到重慶、成都、最後偏安在海島台灣，迄今已經四十五個寒暑。台灣海峽兩岸『統一』之聲日益響亮，羅貫中的『天下分合』

理論再一次驗證之期諒在不遠。

現謹抄錄國民黨元老于公右任的詩篇作爲本文的結束：『破碎山河期再造，顚連師友念同遊，中山陵樹年年綠，種樹于郎今白頭。』

（星島日報副刊，一九九四年五月廿二日）

蔣經國記南京棄守前後

公元一九四九年（中華民國三十八年）是中國歷史上的一個重要的里程碑，是一個朝代取代另一個朝代的開始，也是在中國的君主時代結束之後，從一個『黨主』時代步入另一個『黨主』時代的開始。

一九四九年有兩個歷史性的日子：四月二十三日，共產黨的軍隊攻陷首都南京，國民黨政府開始南遷流亡。十月一日，中華人民共和國在北京建國，使中國的朝代增加了一個。

手稿日記細述存亡

對國民黨政府來說，四月廿三日是一個沉痛的日子，而四十五年前的四月廿三日更是個永遠難忘的日子。如果回頭看看那個時代的情形，應該是有一定價值的。

在民國三十八年一月廿一日蔣介石總統宣佈『引退』之後，『太子』蔣經國（那時候一般人的稱呼）與少數親信人物隨著『老蔣』到處奔波流亡，蔣經國每天將其父子們活動的情形逐日記下來，爲後人留下許多値得一看的史料。

在南京失陷後的第十年即一九五九年，蔣經國在台北將他的日記加以整理，撰成大約十萬字的手稿：『危急存亡之秋』。又過了十年即一九六九年南京事件二十週年之際，蔣經國始將他的『危急存亡之秋』印成一本小冊子。他的小冊子雖然屬於機密文件，但有少數流傳到外面，從他的日記中可以看出南京失陷前後『危急』階段的實況，正如同蔣經國自己所說的：『在這裡所記述的許多事實和經過，不問其成敗得失，都足以供我全國軍民引爲殷鑑，即在千百年以後，亦將仍有其歷史的價値。』今天，老蔣、小蔣都已『魂歸南京』，讓我們來看看半世紀以前的『危急』之秋。

三十八年（一九四九）四月二十日，中共軍隊五十萬衆開始全面向江南進攻，在進攻之前曾利用『和談』的機會，在江北整補大軍，達四個月之久。

李宗仁要脅回廣西

蔣經國寫道：『下午五時後，張岳軍（張群）、吳禮卿（吳忠信）兩先生由南京來（奉化溪口）見父親，報告京中研討共匪所提條款之會議經過及其結果，並言李宗仁仍暗示要父親『出國』，且以不能負責，即日回桂爲要脅，父親不爲所動。

『晚間，陳毅匪軍大舉渡江，江陰要塞守備部隊戴逆戎光叛變。』

廿一日：『黃紹竑飛往香港，匪首朱德發佈命令，全面進攻。昨晚陳毅匪部廿四、廿五、廿七各軍，已於荻港舊縣附近地區渡江。我八十八軍於今日向繁昌撤退，陳匪廿三、廿八、廿九各軍，亦於江陰以西、申港一帶強行渡江。』

廿二日：『和談既已破裂，父親仍持原有主張，爲使李宗仁能全權負責主政，不致動搖規避起見，乃於本日邀約李宗仁與何應欽、張岳軍、吳忠信、王世杰諸先生在杭州舉行會議。

『李宗仁首先即席說明：「和平方針既告失敗，請求蔣總裁復職」。父親爲求內部團結，共同反共，奮鬥到底起見，懇切說明今日祗討論時局之政策，而不涉及人事之變動。

『會談決定於本黨中央常務委員會之下設「非常委員會」，俾本黨經由此一決策機構協助李宗仁，凡政府重大政策，先在黨中獲致協議，再由政府依法定程序實施。

『李於會後即回南京，白崇禧逕返漢口。何應欽（行政院長）於夜間在南京發表公告，申明團結反共，奮鬥到底之方針。』

南京棄守太原失陷

廿三日：『李宗仁飛往桂林。國軍撤離南京。和談代表邵力子、張治中等投匪。時局益趨嚴重，留穗（廣州）本黨中央委員及立法、監察委員百餘人集會，要求父親蒞臨指導，俾克應付非常。父親於今日上午自杭州飛返溪口。』

廿四日：『南京業經棄守，太原亦於本日淪陷，梁敦厚等五百餘同志壯烈殉職。內外形勢已臨絕望邊緣，前途充滿暗影，精神之抑鬱與內心之沉痛不可言狀，正山雨欲來風滿樓之情景也。竊念家園雖好，未可久居。乃決計將妻兒送往台灣暫住，以免後顧之憂，得以盡瘁國事。上午在慈庵與夏功權處理有關離開溪口之事務，下午妻兒飛台，遍地烽煙，未往送行，此心亦有所不忍也。

準備軍艦隨時起航

『中午，奉父親囑咐說：「把船隻準備好，明天我們要走了。」我當即請示此行的目的地點，父親沒有回答。當時祇好準備一艘軍艦，聽候命令。艦名太康，艦長黎玉璽中校（後來在台灣任海軍總司令等職）晚間問我：「你知道不知道領袖明天準備到什麼地方去？」我回答說：「我也不知道。不過以這次取道水路看來，目的不外兩個地方：一是基隆，一是廈門。」黎艦長甚以爲然。』

四月廿五日是蔣氏父子一生中最難忘的一天，他們與溪口老家辭別，祖墳泣別，大陸權勢告別，而且是『別時容易見時難！』不論是擁護他們的人，反對他們的人，祇要站在人性方面一想，都會感到淒慘與同情的。

蔣經國寫道：『昨日妻兒走了，傍晚到豐鎬房家中探望，冷落非常，觸景傷懷。』

倉皇辭廟悲痛難言

『上午，隨父親辭別先祖母墓，再走上飛鳳山頂，極目四望，溪山無語，雖未流淚，但悲痛之情，難以言宣。本想再到豐鎬房探視一次，而心又有所不忍；又想向鄉間父老辭行，心更有所不忍，蓋看了他們，又無法攜其同走，徒增依依之戀耳，終於不告而別。天氣陰沉，益增傷痛。大好河山，幾無立錐之地！且溪口為祖宗廬墓所在，今一旦拋別，其沉痛之心情，更非筆墨所能形容於萬一。誰爲爲之，孰令致之？一息尚存，誓必重回故土。

『下午三時拜別祖堂，離開故里，乘車至方門附近海邊，再步行至象山口岸登艦，何時重返家園，殊難逆料矣。

『登艦後，父親才說出要去的地方：

「到上海去！」』

出人意表冒險入滬

『這眞是出人意料之外。共匪已經渡過長江，上海情勢非常危急，此時到上海去，簡直是重大冒險。但是，父親對於這些，毫不介意，因爲放不下自己沉重的革命責任，就顧不得自身的安全，而定要在最危險的時機，到最危險的地方去了！父親一生冒險犯難，又豈獨此而已哉！』

廿六日：太康兵艦於本日上午進入吳淞口，下午一時到達上海黃埔江之復興島。抵埠後，父親即開始接見徐次辰、顧祝同、周至柔、桂永清、郭懺、湯恩伯、毛人鳳、陳大慶、石覺、谷正綱、陳良諸氏，聽取報告，並指示方略，夜宿島上。

在野之身誓言奮戰

廿七日：『父親爲要表明「和談」破裂的責任，爲要揭發共匪的陰謀，爲要宣示本黨和自己個人的立場，乃以中國國民黨總裁身份發表文告，謂：當此國家民族存亡生死之交，中正願以在野之身，追隨我愛國軍民同胞之後，擁護李（宗仁）代總統暨何（應欽）院長領導作戰，奮鬥到底。』

『我們住在島上，離市區太遠，對於那些前來謁見和請示的人員，很多不便。因此，父親要遷往市區，命我到市區去準備住所。我聽了這話，十分驚訝，立刻向父親報告說：「時局已經這麼嚴重和緊張，市區內危險萬分，怎麼還可以搬進市區去住呢？」

『父親很嚴厲地說：「危險！你知道，難道我還不知道？」我不敢違拗父親的意旨，祇好遵命辦理了，上午進城在市區金神父路的勵志社佈置父親住所，下午遷居。

『父親整天處理有關保衛上海的許多問題，時或召集地方人士會商，時或召集黃埔軍校同學訓話，幾無一刻休息。而在每次講話的時候，總是懇切坦白的告訴他們說：「成敗在此一舉，我們必須用全力來應付危難。」

承認過失人民受苦

『父親最後還對我說：「這幾年來，因爲要想國家自由、民族獨立之希望過切，所以用心過急，使人民遭遇到很大的痛苦。」這幾句話，深刻反映了父親悲天憫人的心情。』

廿八日：『緯（國）弟自台來滬，講述台灣之情況甚詳。』

蔣氏父子在炮火聲中的上海逗留到五月七日，蔣經國寫道：『早晨六時，江靜輪由上海復興島啓碇，船出吳淞口外，我才起身。太陽高照大海，顯現著美麗而雄偉的晨景。國事不堪設想，祇有向天禱告，保護我父的安全和健康。』他們先到舟山群島，後來轉往澎湖群島的馬公，最後到達台灣。

（星島日報副刊，一九九四年四月廿四日）

蔣總統辭世消息震動舊金山

自從我國蔣總統在台北崩殂消息傳至國外五天以來，舊金山華僑社會每日都在以悲傷哀悼的心情懷念這位領導中華民國一生的偉人的永逝。在中華總會館主持下的華埠社團，正在籌備舉行隆重的全僑追悼大會，以表達這個美國華僑最衆多的都市對故總統的敬仰與愛戴。同時，華埠領袖們一致相信，中華民國在兩位新領袖嚴總統與蔣院長的領導之下，定能奮勵自強，力行故總統蔣公的偉大遺訓，繼承未竟的志業，達成三民主義新中國的建立，以告慰蔣總統在天之靈。

舊金山華僑人士對於蔣總統逝世感到嚴重與切膚的關心，自從本地時間五日中午消息傳到此間以來，每天都有許多僑胞，尤其是年長的僑胞，守坐於華埠僑報社裡等待每天報紙的出版。華埠的三家日報每天都加印報紙，供應僑社的需要。

蔣總統辭世的電訊，於上星期六中午傳至舊金山，全市的重要廣播電視台如：哥倫比亞公司、美國廣播公司及國家廣播公司等，立刻傳遍金山灣地區。華埠的少年中國晨報、金山時報及星島日報，於午後三時左右都印發號外，遍貼華埠要道。由於適逢週末，華埠鬧區來往的中、西人士特別多，這個重大消息傳佈得也格外廣泛。赫斯特報團所屬的英文舊金山評論報，也在晚報的第一版上以大號標題報導蔣總統去世的新聞。

第二天是星期日例假，但是，由於蔣總統逝世帶來的悲悽，華埠僑胞不論在什麼公私場合，都丟開了休閒的心情，而注意這宗關係國家與個人的大事。領導華埠僑社數十年的國策顧問黃仁俊發表談話說：「今天是我們華僑最悲痛的日子，也是所有自由中國人和全世界自由人最悲傷的日子。」他說，蔣總統從二十四歲起就獻身革命，今年八十九歲，一生把自己獻給黨和國家，領導北伐、抗戰及反共復國，豐功偉業，是個最了不起的領袖。黃氏特別提到蔣總統的重視僑社，關懷和愛護僑胞。他說：「每次我晉見總統的時候，他總是一定要我代他向僑胞候安致意。」

另一位經常住於加州省城的僑領、監察委員鄺瑤普說，他聽到蔣總統逝世的消息後十分難過。他說：「蔣總統對黨國的貢獻太大了。」他說：「我最後一次晉見 蔣總統是在一九四八即民國三十七年。總統在那次會晤中曾殷殷垂詢粵籍監察委員的名額，對海外僑務非常關懷。」他接著說：「蔣總統逝世，是中國和全世界的最大損失。」鄺委員幼年時在美國追隨國父中山先生革命，是國民黨元老之一。國大代表江思聰對於 蔣總統的仙逝也同樣的感到至深的悲悼。同時，他說：「我們必須化悲痛爲力量，恪遵蔣公遺訓，來完成其未竟的事業。」

華僑反共總會主席莫翔興說：「蔣總統逝世對我們來說是失去一位最偉大的領袖，對世界反共大業說是失去一位最有經驗的導師。」莫氏於民國六十一年新年與數位僑領返國向蔣總統致敬，總統接見他們的照片恭掛在他的客廳裡。莫翔興也是國立政治大學金山區校友會的會長，他對於親手創辦政大的蔣校長的去世，有更深一層的師生悲悼之情。

中華民國政府在金山區的最高官方代表李裕生總領事，對於蔣總統的仙逝表示深感哀悼與悲傷。他與總領事館的全體同仁，都綴佩黑紗一個月，並在此一個月期間，停止一切社交宴會及娛樂活動等。我國總領事館自六日起下半旗一個月對蔣總統誌哀。該館並特設置簽名簿，供僑胞及友邦人士簽名誌哀。

位於華埠市德頓街的中國國民黨駐美總支部，在大禮堂內設置蔣總裁靈位，並備有簽名簿，供該黨黨員同志及愛國僑胞行禮致哀及簽名。

整個華埠的各僑團，都奉到中華總會館的通知，下半旗三十天，向 蔣總統誌哀。同時，我國駐舊金山的各機關團體亦都下半旗一個月，向蔣總統誌哀，其中包括位於舊金山商業區的中華航空公司分公司。

在這五天當中，華埠的社團與個人，紛紛以唁電致台北，向蔣總統致哀，並將不斷的有更多唁電發往國內。同時，他們又以賀電上嚴總統，誓言永遠擁護政府、支持國策。

經常在華埠報上發表時論及詩篇的僑社文化界聞人黃社經，特撰「恭悼蔣總裁升遐」五言律詩一首，表達其哀思。這首詩全文是：「音傳星遽殞，慟若喪吾親，功業蓋千古，言行啓兆民。五全求一統，十屆特重申，奮鬥謀光復，賢明最感人。」

蔣總統逝世消息是全世界重視的大事，大舊金山地區新聞單位對此事的廣泛報導是最好的明證，除了本市的華、英文報紙外，世界性的紐約時報西部版，華爾街日報西部版，及基督教科學箴言報西部版等，對於蔣總統去世新聞的報導，以及我國未來國策的分析等，都刊於極顯著的地位。這些美國的輿論權威與我國僑胞的看法一致，此即中華民國的基本國策將繼續不變。

舊金山華埠的三家日報都在長篇社論中，表示僑社對蔣總統逝世的至深哀悼及對蔣總統一生貢獻國家的讚頌與欽敬。歷史最久的少年中國晨報在「哀悼蔣總統仙逝」的社論中結論稱：「我們全國軍民，務須團結一致，擔當此光復大陸未竟任務，達成蔣公遺志，以慰英靈。」

舊金山兩家英文日報亦連日均刊登有關蔣總統逝世的消息及台北發出的傳眞照片。赫斯特報系的舊金山評論報除在第一版刊載逝世電訊及照片外，並在內頁刊登長篇特稿，介紹蔣總統的生平事業。評論報並於九日發表一篇社論，爲文悼念蔣總統。該報開首便說：「在美國人心目中，蔣介石曾經是抵抗日本的象徵，與抗日時代的英雄人物。」接著並稱頌在蔣總統領導下，我國在台灣實行土地改革的成就，以及我國成爲今天世界上重要工業國家。其結論稱：「不論各人的好惡如何，蔣公是他的時代中的一位了不起的人物。」

另一家英文紀事報也連日刊登有關蔣總統逝世的電訊及照片，並發表社論悼念我國已故領袖。文中特別提到蔣總統爲二次世界大戰期間四巨頭中的最高壽者。

更値得重視的是英文舊金山評論報的特稿：「蔣總統的革命與戰爭生活」，幾佔一整版的二分之一以上，全文譯爲中文，可達三千字，是一篇很完整的報導。由於蔣總統的一生與我國現代歷史具有一體兩面的關係。因此，這篇蔣總統的生平，實際上是我國六十年來的國家大事紀要。

評論報開首稱：「蔣總統是一位革命家，曾協助推翻中國的最後一個帝制朝代，在第二次世界大戰中領導中國抗戰，後來在經過二十世紀之最激烈的國內衝突之後，受挫於共產黨。」該報稱，蔣總統自一九一一年推翻滿清開始，直到一九四九年撤離中國大陸爲止，繼續從事於革命戰爭幾達四十年之久。

該報在描述蔣總統的生性時，特別強調他的銳利目光逼人，顯示出內在的堅強與毅力，這種個性使他成爲中國的主宰者。接著該文作者敍述蔣總統出生時代的背景，及其在國內及到日本留學的經過。

評論報對於蔣總統畢生與共黨作戰的幾個階段都有詳盡的記述，其中包括在上海的清黨工作，在江西與湖南的剿共戰鬥，以及抗戰期間對付共黨的暗自擴充實力，以至於勝利後在大陸上的剿共戰爭等。在抗戰前夕發生的西安事變，也是該文注意的大事之一。

蔣總統領導我國對日抗戰，是其一生事業中贏得全世界讚佩的一頁。評論報提到我們的艱苦抗戰曾使我國生靈犧牲達六千萬衆。該報特別的說：「蔣總統的軍隊退至內地重慶。這位中華民國領袖，在一九四一年以後，很少獲得當時尙係孤立主義的美國的援助。」

評論報對於我國大陸淪於鐵幕的原因講得十分明確，它說：「蘇俄根據它與美國在雅爾達簽定的秘密協定，在大戰就要結束之際，攫取了中國東北的大部分地區。蘇俄將他們自日本人方面獲得的武器給予中國共產黨，於是，蔣總統遭到了強大的共黨部隊。」接著該文記敍馬歇爾調停的失敗、與我國政府播遷台灣，以及由於韓戰爆發，美國改變對華政策，派遣美國第七艦隊巡邏台灣海峽，保護中華民國。

該報說，在韓戰發生後的二十年間，「美國以大約四十億美元的軍事與經濟援助供給中華民國，使台灣成爲一個經濟繁榮的地方。」

這篇長文的結尾稱，蔣總統因顧慮美國可能終於背棄中華民國，所以經常保持備戰狀態，並維持一支強大的軍力。

（台北聯合報，一九七五年四月）

三峽憶遊：兩岸爲何無猿鳴？

三峽，三峽，三峽。旅遊季節來臨，人人在談三峽。

先是洛杉磯的唐君夫婦大陸觀光歸來，在電話中說：「一定要趁早去看看三峽，不然，眞的會遺憾終生。」接著甫從大陸遊覽後回到東灣的陳君夫婦道：「年輕時無機會看三峽，現在再不去，必然要後悔的。」台北的王君也在信中說，幾位老朋友計劃，暑假先去大陸遊玩三峽，然後再到美國探親、訪友。

華文報紙刊登的巨幅旅遊廣告：「告別長江三峽紀念遊，十七天，兩千四百九十九元。」「熱線：長江三峽。」「長江三峽大足遊……。」

三峽熱的理由只有一個：三峽水庫將來建成後，就沒有機會看到「中國大峽谷」的眞面目了！沒料到這個理由與半世紀前作者看三峽的理由一字不差。

中國對日本抗戰的後期，國民政府爲了戰後的重建與發展，請來一位美國水利專家薩凡奇。他爲我們提出一項遠程的能源發展計劃：興建長江三峽水庫，並且依據美國田納西流域水利系統「TVA」爲我們擬個類似的名稱：「YVA」，中文是「楊（子江）域安」計劃。

「楊域安」計劃出現後，一般人開始注意三峽，恰與今日的情形相同，「一定要看看三峽，否則將來……。」就在這個理由下，作者等一行七位大學同學，於一九四六年夏天，從重慶搭輪船，穿過久仰久盼的三峽，經過宜昌、漢口等沿江大都市抵達首都南京。當年的七友中，潘君明志從外交界退休後現僑居德州休士頓，王君九齡現住在大陸青島，楊君光洲與鄭君人貴早年在台灣先後病逝，其餘兩位留在大陸沒有消息！

在看三峽之前還作一些準備。北魏學者酈道元的「水經注」中的「江水篇」是必讀的文章，因爲它是介紹三峽風光最早、最美、最有系統的著作。作者花了大約兩個月的時間，將全部「水經注」二十多冊讀完，可惜，現在只記得它的名句：「巴東三峽巫峽長，猿鳴三聲淚沾裳！」

三峽是抗戰期間大後方最後的門戶。日寇敵軍屢次沿長江西犯，都被我軍阻擋在峽口以外，只有一次敵軍迂迴過勝地黃陵廟攻到三斗坪附近，曾使戰時首都重慶一度空氣緊張。我們穿過三峽時，大戰剛結束一年，戰爭的痕跡仍然處處可見。作者與室友王君及潘君從宜昌步行到南津關及三遊洞等峽口勝地遊玩。南津關曾經過多次戰役，市鎮幾乎全毀於敵軍砲火之下。三遊洞是三峽重要名勝之一，洞的四週皆是峭壁懸崖，我守軍留下來的防禦工事堡壘掩體等都很完整。

我們乘的是當時所謂的巨型「小火輪」，號稱三百噸，似乎與今天舊金山的地下電車大小差不多。因爲大戰剛結束，長江交通工具困難，許多復員還鄉的人只好冒險搭乘木船，我們學生有機會乘輪船已經是很幸運了。

清晨從萬縣開船，中午穿過三峽，傍晚抵達宜昌，在船上度過最長的一天。火輪進入瞿塘峽口，精神開始緊張，乘客擠在船頭或船尾——俗語說坐在船頭怕風，坐在船尾怕浪。因爲兩岸儘是萬丈高山，刀削峭壁，千萬名勝都羅列在插天的峰頂，江面極窄，必需仰臉向上看，而且兩岸各有絕景，不得不左看右顧。同時，船上有人介紹說明一峰一峽的故事，又要在簿子上記下個要點，在這種眼到、耳到、手到的情況下，在船上度過了最長的一日。需要一提的是，三峽最驚險的灩澦堆後來已被炸毀，今天過三峽已沒有見面的機會了。

奉節、白帝城、灩澦堆，巫山十二峰，巴東、香溪口、三斗坪、黃陵廟、南津關及宜昌，是三峽沿途的重要名勝與地名。

五十年前我們這類所謂「流亡學生」既沒有照相機，更想不到電視錄影機，只有一本土紙簿子與兩枝鉛筆，留下滴滴點點的紀述。

船在三峽水面徐進，眼向群峰間搜索，心想雲中神女芳容，耳在靜待岸上猿鳴，雲絮在峰巒間飛舞，江面不時洒下一陣霧雨，雲雨俱現，只可惜白天神女未入夢，老猿也許正在洞裡午睡吧！

半個世紀過去，三峽日記早已不知紙落何處？但是，作者讀過歷代許多文人名士撰寫的三峽風光詩文，一一都是精粹超級之作，愈讀愈愛之篇，這裡是一千兩百年前，詩仙李白留給讀者的一首多麼輕鬆愉快的詩篇：

「朝辭白帝彩雲間，千里江陵一日還，兩岸猿聲啼不住，輕舟已過萬重山。」

請細讀一段好文章：「自三峽七百里中，兩岸連山，略無闕處。重岩疊嶂，隱天蔽日，自非亭午夜分，不見曦月。至於夏水襄陵，沿溯阻絕，或王命急宣，有時朝發白帝，暮到江陵，其間千二百里，雖乘奔御風，不以疾也。春冬之時，則素湍綠潭，回清倒影。絕巘多生怪柏，懸泉瀑布，飛漱其間，清榮峻茂，良多趣味。每至晴初霜旦，林寒澗肅，常有高猿長嘯，屬引凄異，空谷傳響，哀轉久絕。故漁者歌曰：巴東三峽巫峽長，猿鳴三聲淚沾裳！」

這是北魏時代的地理學者與文學家酈道元，在其鉅著「水經注」的「江水」章內對長江三峽最早、最美與最獲稱頌的紀述。一千五百年來，凡是研究三峽，遊覽三峽，或者嚮往三峽的人士幾乎都熟知或必讀此篇。

中國歷代文人，不但讀萬卷書，而且行萬里路。他們喜愛名川名山，因爲大自然是他們吟詩撰記最豐富的素材。長江三峽在他們的詩文著作中佔重要的地位。李白、杜甫、王勃、白居易、蘇軾（東坡）、陸游（放翁）、范成大……都爲我們留下極珍貴，極具可讀性的三峽遊覽作品。

自酈道元的「江水」以來，唐朝的天才文學家王勃的「入蜀紀行詩序」，唐代大詩人白居易的「三遊洞序」，宋朝的民族詩人陸游的「入蜀記」，以及南宋的詩人與外交家范成大的「吳船錄」等等，皆是卓絕的三峽遊記。

唐憲宗元和十三年（公元八一八年），白居易自江州（江西九江）赴忠州（四川忠縣）任新職，在夷陵（湖北宜昌）途中與另一位大詩人元稹（微之）相遇，於是白居易與其弟白行簡及元稹同行到三峽的西陵峽口山間遊玩一處無名的山洞。他們在遊洞之後，由白居易執筆寫成一篇「三遊洞序」。三位名人一遊，無名洞變成大名洞。

「三遊洞序」中告訴我們：「初見石，如疊如削；其怪者如引臂，如垂幢。次見泉，如瀉如洒。其奇者如懸練，如不絕線。」並說：「又以吾三人始遊，故目爲三遊洞。洞在峽州上二十里北峰下，兩崖相嵌間。欲將來好事者知，故備書其事。」

范成大在其「吳船錄」中寫道：「巫峽山最嘉處，不問陰晴，常多雲氣，映帶飄拂，不可繪畫。余兩過其下，所見皆然。」他在船出三峽之後說：「然自出夷陵（湖北宜昌），至是回首西望，則杳然不復一點，惟蒼煙落日，雲平無際，有登高懷遠之嘆而已！」

蘇東坡的「灩澦堆賦」與「巫山賦」皆屬上乘作品，只是一般讀者讀起來比較吃力些。

以三峽爲題的詩篇更多，有的是三峽全景的寫照，有的是個別峰峽的讚頌，各有各的筆法，各有各的韻味，湊成一個三峽詩歌藝廊，任你盡情的欣賞，再欣賞。

圍繞著文學大師宋玉創作的「巫山神女」的綺夢，多少作家都沉醉於這個幻夢裡。李白、杜甫、張九齡、劉禹錫、李賀、閻立本、蘇軾、陸游……爲此美夢增添一層又一層的神秘。

詩聖杜甫「夔州歌」十首絕句中的第一首：「中巴之東巴東山，江水開闢流其間。白帝高爲三峽鎭，瞿塘險過百牢關。」

詩仙李白於唐肅宗時遭流放貴州途中，登巫山最高峰，給後人寫下名作「巫山枕障」：「巫山枕障畫高丘，白帝城邊樹色秋。朝雲夜入無行處，巴水橫天更不流。」

張九齡與李賀各有一首「巫山高」，都涉及神女與猿啼，張作的全詩是：「巫山與天近，煙景常清熒。此中楚王夢，夢尋神女靈。神女去已久，白雲空冥冥。唯有巴猿嘯，哀音不可聽。」李作的全文云：「碧叢叢，高插天，大江翻瀾神曳煙。楚魂尋夢風颸然，曉風飛雨生苔錢。瑤姬一去一千年，丁香筇竹啼老猿。古祠近月蟾桂寒，椒花墜紅濕雲間。」

傳說秭歸縣治即宋玉住宅的舊址，南宋詩人范成大的「宋玉宅」詩道：「悲秋人去語難工，搖落空山草木風。猶有市人傳舊事，酒壚還在宋家東。」

唐代初期詩人楊炯對西陵峽風景稱讚說：「絕壁聳萬仞，長波射千里。」

劉禹錫的「巫山神女廟」詩：「巫山十二郁蒼蒼，片石亭亭號女郎。曉霧乍開疑卷幔，山花欲謝似殘妝。星河好夜聞清珮，雲雨歸時帶異香。何事神仙九天上，人間來就楚襄王？」

「瞿塘峽」是清代詩人兼畫家張問陶的作品：「峽雨濛濛竟日閑，扁舟眞落畫圖間。便將萬管玲瓏筆，難寫瞿塘兩岸山。」

「十二巫山見九峰，船頭彩翠滿秋空。朝雲暮雨渾虛語，一夜猿啼明月中。」——南宋愛國詩人陸游（放翁）的「三峽歌」。

（星島日報副刊，一九九三年九月十二日與十九日）

回憶戰時的中國報紙

一九九二年八月一日出版的星島日報，是作者保存的若干份紀念性報紙之一，拿起這一天的星島日報令人回憶中國對日本抗戰期間的報界情形，如果作一個比較，那將是新聞界的一大新聞。

八月一日星島日報慶祝創刊五十四周年的特刊全份包括：要聞部分五大張半計廿二版，美西版六大張半計廿六版，生活享受部分五大張計二十版，以及大都會週報三大張計廿四版，這一天的報紙總共有二十大張。如果將這一天的星島日報與抗戰期間任何一家中國報紙來比較，今天的讀者一定視爲「天方夜譚」。

這一天的報紙張數相當於戰時一家大報全月報紙總數（三十到卅一大張）的三分之二，也相當於戰時小報或晚報（每天出版半大張）四十天出版報紙的總數。

如果在戰時看到這份星島日報的話，作者與其他許多讀者會將「大都會」周刊五彩精印的封面女郎照片剪下來貼在學生宿舍的牆壁上。

中國戰時物資極缺乏，重慶等大後方城市的報紙都用手工造的土紙印刷，質料差，容易破爛，只能用黑色油墨印刷，沒有彩色照片，更沒有人造衛星現場傳真照片。報上祗有「人頭」照片，而且一個人頭照片要用到十次，百次，……。以戰時首都重慶爲例，大型日報每天出版一大張計四版，第一版與第四版爲廣告與副刊，第二版與第三版爲新聞，通常第二版刊戰爭消息、中國要聞與世界要聞，以及社論或專論等稿件，第三版爲國際新聞、地方消息及一般論文，副刊大都在第四版上半版的地位。

戰時因物資困難，紙張與印刷條件都很差，使報紙業務遭到限制，而且有嚴厲的新聞檢查制度，自然使報紙內容也受到約束，重慶銷路最大的大公報據說每天有七萬多份。

有時候打開報紙一看，出現了空白，稱爲「開天窗」，那就是新聞被扣刪了，來不及補稿的結果，共產黨經營的新華日報上，「開天窗」的情形較多。

重慶的報紙有十多家：中立的大公報，國民黨的中央日報，軍方的掃蕩報，中共的新華日報，財經派的時事新報，天主教的益世報、國民公報、新蜀報、商務日報、（三家地方派系報紙）、自由派的新民報晚刊及英文自由西報等，美國人辦的英文上海大美晚報，曾在重慶印行過短時期的週報版。

重慶報界與全國各界各行各業人士一樣，都飽受戰爭的刧難。其中最值得一提的是民國廿八年（一九三九年）五月三日與四日敵機大轟炸中新聞界所表現的同仇敵愾與團結合作精神，多家報社毀於炸彈中，電力斷了，編輯部沒有了，印刷工廠變成瓦礫堆，他們只能在防空避難室內工作，人員、設備與物資等皆成問題，於是組成一個重慶各報聯合辦事處，出版「聯合版」為讀者服務。

重慶各報聯合版是戰時中國新聞界的一件大事，此聯合版自那年五月六日開始到八月十二日終止，持續三個月之久，然後各報恢復自行出版發行。

戰時報界有不少趣事值得流傳，這裡僅僅提出一個到今天依然很有可讀性的「故事」。「新華掃蕩中央！」是共黨訓練出來的報童在街頭叫喊賣報的口號，這個宣傳技巧眞是所謂「絕妙好辭」，天才之作，後來據說國民黨人員發現了這個「秘密」，於是強迫那些報童將他們的口號顚倒過來叫：「中央掃蕩新華！」無論如何，國民黨已吃了一次敗仗，一直到五十年後的今天，共產黨的宣傳戰總是居於上風，採取攻勢的。

（星島日報副刊，一九九三年一月廿五日）

回憶台灣初期的報紙

最近聽到幾位來自台灣的知識份子說，許多人不願看今天的台灣報紙，因爲報紙失掉了「報格」。那麼，讓我們看看昨天的台灣報紙如何。

這裡所說的「台灣初期」，是指自一九四五年（民國卅四年）中國對日本抗戰勝利台灣省光復，到一九五五年（民國四十四年）的大約十年期間。

這段期間台灣的報紙與台灣一般社會情況相同，都是貧困的。印報的白報紙依靠政府「配給」，廣告依靠機關或企業公司「配合」，食米依靠政府「配給」，以及最重要的是，國內外新聞大都依靠通訊社供給。

台灣初期的報紙，由於收入有限，經營困難，有的被迫停刊，例如和平日報、華北新聞及東南晚報等，有的實行合併經營，例如全民日報、民族報及經濟時報等。

在台灣光復後的第二年作者到了台灣，最初住在台灣南部的一個小鎮上，那時，當我們夜間從台北搭火車南返時，次晨在高雄火車站買份報紙打開一看，雖然報頭印著當天——假定是三月三日的日期，但全部內容於啓程前在台北已經看過了，原來台北報社運到南部（高雄那時還沒有報社）出售的報紙，只把某天報紙的日期改印為次日，用火車運到南部等地作爲「當天的報紙」。這叫做「一天報紙兩天賣」，應該列爲中國報業史上的趣聞之一。

那期間，台灣三大城市各有一家報紙：台北的台灣新生報，台中的和平日報，及台南的中華日報，台灣沒有晚報，更沒有民營報紙，新生報是當時台灣行政長官公署（後改爲省政府）的機關報，和平日報是軍方的代表，而中華日報是國民黨的喉舌。

台灣早期的民營報紙是自由日報，一九四六年（民國卅五年）在台中市創刊，自由日報是作者認識台灣報紙的媒介，由於友人的輾轉介紹，還是學生讀者的我做了台灣自由日報「駐京（南京）記者」。只可惜，不久台灣發生了「二二八事變」，自由日報沒有繼續出版。同時，台灣新生報駐京記者是姚朋學兄，他到台北後入新生報曾做到社長職位。

台灣的第一家晚報是自立晚報，一九四七年在台北市創刊，數十年來經過幾度改組，今天仍在出版中。

台灣的第一家英文報紙「中國日報」於一九四九年六月創刊，由於台灣的英文印刷設備很落後，中國日報是用打字油印裝訂成冊的形式出版的。以鉛字印刷的英文報紙「中國郵報」於一九五二年創刊，但是每天只出版半大張兩版而已。

那期間，台灣的日報每天出版一大張半，晚報出版四開一張即半大張，每逢重大紀念日各報增出特刊一兩大張，及每年春節五天期間，台北各報出版「聯合版」一張，由規模大的報社負責，其餘各報都休假。

那時代，台灣報紙與一般人的經濟情況無異，都感到窮困，沒有大的工商業，自然沒有鉅額的廣告費收入。各報的廣告的兩大支柱是政府公告及電影廣告，政府機構按照各報的發行情況將公告啓事等廣告分配給各報刊登，電影廣告則由電影公司將廣告分配給各報登刊，而且台灣初期的電影廣告經常是報上佔篇幅最大的廣告。

那時期，台灣的報紙除了廣告的「配給」制度外，印報的白報紙（稱爲新聞紙）也由政府當局加以分配，因爲台灣生產的印報紙不多，更沒有外匯進口所謂「洋報紙」使用。這種由政府配給的白報紙的價格比較低廉，爲了防止在市面上私售，於生產過程中在紙上印了一條紅線作特別標誌，因此稱爲「紅線紙」。

在紙張配給與廣告配給制度之外，報社人員與政府公務人員享受同等的廉價食米配給福利。

報紙最重要的一項當然是新聞，雖然新聞沒有明確的配給制度，但實際上台灣報紙大都依靠中央通訊社供應新聞稿，尤其是國際新聞完全依賴該社，因爲各報沒有財力與人力訂購外國通訊社英文新聞稿譯爲中文後刊用。

台灣初期報紙的銷售數字有多少？那時是報界的最高機密，五十年後的今天，這仍然是台灣報界的最高機密，那時四位數字的銷路被宣傳爲數萬份，正如同今天台灣報紙六位數字的銷路被宣傳爲百餘萬份的情形，因爲台灣迄今一直沒有像美國報業的那種公開發行檢查制度。不過那期間，台灣「最大報紙」的頭銜由台灣新生報轉到從南京遷來的中央日報手裡則是個事實。

台灣初期的報紙，自一九五〇年韓國戰爭爆發與美國宣佈防衛台灣的政策後，開始有了發展，因爲大局逐漸穩定，經濟情況徐徐好轉。近廿年來，台灣報業的確獲得驚人的發展，但是今天在美國聽到「不願看台灣報紙」的論調，也確是作者一九七三年離開台灣時所未曾料到的。

（星島日報副刊，一九九三年一月卅一日）

台灣新聞界「三老」俱凋謝

享壽一百歲的台灣新聞界耆宿曾虛白先生於今年一月初逝世。他是台灣新聞界「三老」中最後去世的一位，其他兩位是馬星野先生與成舍我先生。曾、馬、成三位的去世代表中國報界一個時代的結束。這個時代可稱為「文人辦報」時代或者「書生辦報」時代。

書生辦報時代開始於清朝末葉，從中國大陸綿延到台灣（一九四九年以後的大陸報界是例外），大約有一世紀之久。書生辦報時代隨著時代的演變而改變，在台灣已經走到了盡頭。專家學者們將今日台灣報界的情勢稱為「報閥時代」，文人書生變成為「報閥」的「報工」與「報奴」，令人嘆息！

翻開將近百年來的中國新聞史看看，投身報業的幾乎完全是文人書生或者說高級知識分子，其中也包括不少共產主義者。一九四九年大陸政權易主，新聞界人士很顯明的分為兩派，擁護共產黨的繼續留在大陸，其代表人物如王芸生、徐鑄成、范長江及陳銘德等等。反對共產黨的到了台灣或香港，如陶希聖、許孝炎、潘公展、程滄波、蕭同茲、董顯光、馬星野、曾虛白、成舍我、陳訓畬、陶百川及胡健中等等。

在一九四九年到一九八〇年的三十年期間，曾虛白、馬星野與成舍我三位是台灣新聞界最受敬重的報人，因為他們都是書生出身，文人辦報的「明星報人」。他們終生過著新聞工作者的生活，除了從事新聞事業工作外，並且致力於新聞工作人才的培植亦即新聞教育工作。今天，在台灣新聞機構服務的人士中，極大多數是馬星野的學生，或曾虛白的學生，或成舍我的學生。他們三老中以曾先生的年紀最長，被譽為新聞界的「人瑞」。

一九五〇年代前後，台灣的中國廣播公司電台有個廣播評論節目「談天下事」，內容以評論國際時事為主，由曾虛白主持。那時代，台灣與外界的交往不多，外國報章雜誌很少，更沒有電視，一般人的國際知識極有限。由於他擔任中央通訊社社長兼中國廣播公司副總經理職務，資料方便。他的「談天下事」主要內容是綜合美國紐約時報、時代雜誌與新聞周刊的文章而成的——曾老的一個「業務秘密」。

據一位曾在中央社服務的友人說，有一次美國新聞界代表團到台北訪問曾先生，當他與外賓們一一握手時，也伸手與那位部屬握手而使他趕快報告說「社長，我是社裡的。」

台灣新聞界有個職業組織「台北市新聞記者公會」，每年舉行一次理事長（主席）選舉。有一年改選時，事先協調由曾先生做理事長，但是開票結果，他以一票之差落選，使其他理事們感到驚訝，以為有人未履行協議。後來才曉得曾本人的一票投給了別人，因為「我不能自己投自己呀！」

有人或許不曉得曾虛白，但很可能曉得他的作家父親曾樸（孟樸）。曾樸的名著「孽海花」（以賽金花故事爲內容的小說）到今天大陸上仍然有售。曾虛白父子都是文化人士，他跟父親開「眞善美書店」，辦「眞善美雜誌」，後來在大陸時代在「庸報」、「大晚報」及英文「大陸報」工作，對日抗戰期間擔任與外國駐華記者天天打交道的中央宣傳部國際宣傳處長，新聞局副局長，及到台灣後擔任中央社社長，中國廣播公司代總經理，以及政治大學新聞研究所長等有關新聞事業的職位。但是，出人意料的是，曾虛白在其百歲生涯的最後階段，看破紅塵，皈依佛門，不久便駕返西天樂土。

馬星野先生在台灣新聞界被尊稱爲「馬老師」，不論是否曾經做過馬先生的門生，大家以他爲師爲榮。一九八六年馬老師來美國訪問——可能是他一生最後一次來美國，舊金山他的學生與故舊們設宴歡迎。他對作者說，他希望將其一生的著作加以整理出版。當時我建議他最好請姚朋兄（馬先生的學生，時任中央日報社長）將其著述加以整理，然後交中華日報總編輯與學生書局董事長馮愛群兄安排出版，因爲他曉得學生書局出版許多新聞學書籍。在海外迄今未看到馬先生新聞學著作出版的消息，委實令人極感遺憾！

馬星野先生在南京擔任中央日報社長，該報一九四九年遷到台灣後繼續擔任社長，其後有短期間擔任外交使節，返台後擔任中央通訊社社長與董事長到退休爲止。他雖然一直擔任國民黨最高新聞機構的領導人，但是除在文字如社論與評論方面奉行官方的政策外，他對報社與通訊社的經營管理，尤其是對重大新聞的處理則完全按照一般新聞機構的傳統作法。這自然與他在美國米蘇里新聞學院受的新聞教育有關，該校曾以「傑出校友」榮銜頒贈予馬星野先生。

當馬先生主持中央通訊社社務期間，黨政大權實際上都掌在蔣經國手裡。遇有重大國內外新聞發生需要了解當局的立場與政策反響時，馬先生大都要通過與蔣經國私交密切的魏景蒙（時任新聞局長，蔣經國任總統時他擔任顧問）。因爲馬先生是在作新聞服務而非做官，這是他最值得欽敬的一點。魏景蒙是新聞界的「花花公子」，後來繼馬先生擔任中央社社長。

一般人認爲黨營報紙「當然賠錢」。但是，中央日報在馬先生領導期間，每年將一定數目的盈餘繳給國民黨中央，因爲他是以一位現代新聞事業家辦報紙而非黨幹部做黨官。在中央社期間，他將該社行了數十年久的舊體制大加改革，將美國兩大通訊社美聯社與合衆國際社的優點引進到中央社內。他首創中國新聞社供應專欄特稿的服務，他約請的第一位專欄作家是享譽國際的林語堂博士。

新聞界人士一致認爲馬星野先生對中國新聞界最有價值與影響力最深遠的貢獻是新聞事業人才的培育，在大陸時代他創設的政治大學新聞學系，一直到今天該校新聞系與新聞研究所在台灣新聞教育機構方面都居於首位。他手擬的「中國新聞記者信條」是新聞事業史上的一項重要文獻。

馬星野先生是一生致力於新聞事業的書生，他談過一段與其報業生涯有關的故事。他說：

「我在十、八九歲唸大學的時候，很喜歡速記，但是沒有學過現代的速記術。數十年來我的速記的習慣始終未有改變。在我讀書的時候，黨國元老如胡漢民、吳稚暉、蔡元培諸先生蒞校講演的時候，都是我筆記。我記得吳稚老的話最不好記，他滿口無錫話。有次我把記錄稿送去他核閱，他批了六個大字：化腐朽爲神奇。這表示我速記走了樣。我的老師羅家倫先生大約因爲我喜歡速記，就勸我學新聞。」在沒有發明錄音機的時代，速記是新聞工作者一種有利的工具。馬先生在大學畢業後就到美國進入著名的米蘇里新聞學院深造而奠定了他終生奉獻於新聞事業的穩固基礎。

在台灣新聞界「三老」中，曾、馬兩先生從事實際新聞工作直到退休爲止。但是，成舍我先生卻沒有同樣的機會，他只好從事新聞教育，培養人才，爲恢復辦報作準備。一九八八年台灣全面開放報紙管制，成先生立即掛起上海時代的「立報」舊金子招牌，創辦「台灣立報」，在他的暮年終於恢復了他的報業生涯，只可惜心不老而人老矣！

成先生在他手創的世界新聞專科學校內辦了一份週報「小世界」，作爲學生的實習報紙，即美國所謂的「校園報紙」。但是他的「小世界」有時登出很有可讀性的消息，甚至成爲台北的大報記者報導的參考。

校址設於台北市郊的世界新專，是成先生在台灣四十年努力的成果，從一個設備簡陋的職業學校逐步成爲一所重要的學府：世界傳播學院。該校是成老一點一滴心血培植起來的。這裡有個小趣事。

由於初期財政困難，成先生的新專只能聘請兼任教授，以節省人事開支。他將教授約到辦公室內以悄密的口吻說：「你曉得我的經濟困難，但決不虧待教授，你的鐘點費最高，可千萬別對他人說起以免引起誤會……。」後來幾位教授一起聊天，原來成先生對他們都這麼說，才傳出這個「秘密」。

成舍我先生自廿四歲開始在北京益世報工作，先後在北京創辦世界晚報、世界日報、新聞學校，在南京創辦民生報，上海與香港創辦立報及重慶創辦世界日報。抗戰勝利後恢復他的新聞事業，大陸變色，成舍我的報業財產變成了「人民的」財產，他與其他千萬人一樣到了海島台灣，等待機會，等待機會！

（星島周刊，一九九四年三月六日）

孫立人：「我是冤枉的！」

一九六〇年代中期，越南戰爭最激烈之時的某個夏日，台北新聞界友人告訴作者說：

「孫立人逃走了？」

「怎麼逃的？」

「冒充修理冰箱的工人到孫立人家裡，將一隻大冰箱抬出來，用汽車直接運到清泉崗空軍基地，由美國軍用飛機運走，孫立人藏在大冰箱裡。」

清泉崗位於台灣台中市附近，是美國支援越戰的重要太平洋基地之一，由美軍直接控制，經常有大批越戰美國軍人搭軍機到清泉崗，然後轉往台灣各地休假。

「這個說法有問題，孫立人不會這樣做的。」當時作者的反響是基於數位曾追隨孫立人將軍的友人平日談論的印象。事實證明，孫立人並沒有逃走，美國人也未曾涉入此事件中。

一九九〇年十一月間，抗日名將孫立人將軍在台灣台中市逝世。現在旅居芝加哥的中國現代歷史學家吳相湘教授在電話中對作者說，他想寫一篇紀念文章，能在孫將軍追悼會前在台北發表。我應諾將文章儘快傳眞到台北友人處試試看，我並且希望吳教授在文中提到一點：雖然孫立人遭受三十年幽禁的冤屈，但他並沒有受到法律上的任何處罰，他的英雄人格仍是完美無瑕的。照美國人的論法，他只是遭受政治迫害而非罪犯。

過了數天，吳先生又來電話說，由於他的目疾，紀念孫將軍的文字已來不及寫了，內心感到遺憾。

吳教授並提到四十餘年前他在孫立人將軍總部擔任機要工作的一件關係重大的「小事」。他說，一九四九年台灣正值風雨飄搖之際，香港報上突然登出「孫立人抵港」的消息。他立即認爲此訊是別有企圖的作爲，迅速的代孫將軍擬急電向當時尚在大陸的蔣介石總統報告「職並未離防地」。

在上週讀過台灣新出版的「孫立人將軍永思錄」之後，作者憶起過去的「新聞」及若干與孫立人有關的事與人。

「孫立人案」是「台灣時代」一件最大的政治疑案。在孫案發生後，不僅有許多優秀的軍人受到無辜的連累，甚至孫將軍的文職人員部屬也遭到意想不到的殃害。台灣有數位新聞界好友，青年時代都在孫立人將軍總部內服務過。例如，美國合衆國際通訊社首任台北分社華籍主任蕭樹倫，中央日報前社長黃天才，新聞學名教授李瞻，聯合報前總編輯劉國瑞，中華日報前總編輯馮愛群及英文中國日報前總編輯朱良箴等。

還有今日台灣報業的「兩巨人」王惕吾先生與余紀忠先生早年也曾是孫立人將軍的部屬。

在台北期間，「孫立人案」是常談而不見報的新聞。自從一九七三年作者移居舊金山後，每逢我的兩位摯友劉逅餘先生與沈敬庸先生來美訪問聚談時，我都極力建議他們撰寫有關孫立人事件的眞象與他的生平事蹟，因爲作者十分瞭解他們兩位是最有資格與最適當的執筆人。在讀畢沈先生贈予的「孫立人將軍永思錄」之後，作者選定孫立人將軍的臨終遺言：「我是冤枉的！」作題目。正是這五個字使他與岳飛齊名，中外同欽，青史流芳。

（星島日報副刊，一九九三年三月廿八日）

張大千在環華庵

享譽國際的國畫大師張大千先生盼望回國過春節。這位環華庵主人，在他親自設計與監督修建的太平洋海濱莊院的大廳內，敍談他的願望、健康、工作與日常生活情形等。

七十七歲的大千居士的健康，是國內外人士所共同關切的，自去年春節從台北歸來後，他的身體一直不大好，主要是心臟方面的疾病。雖然有時精神旺盛一點，但總不能完全恢復正常的康泰。

他在夫人與公子葆羅的扶持下，從臥室出來，在客廳裡與來賓們會面。大千先生穿一件藍緞質起花長袍，黑呢便鞋，因爲體質虛弱，談話的聲調很低。

他在長沙發上坐定之後首先說：「就是因爲身體不好，不能站著說話。」

「現在，起身能夠快一點。但是，躺著翻身時困難，因爲身體痛的關係。」

當天上午他的情形還好，但在午飯時感覺較為不支，即進房休息，到下午四時左右勉力起來，接見來訪的文化新聞界人士。

大師說：「我時時都盼望著回去，不一定等到過年，可是，醫生說，現在不能夠坐飛機。那一天能夠坐飛機我就回去，不一定要等到過年。」

他說，他曉得國內的朋友們十分關切他，尤其是總統府資政張岳公先生。大千先生在談話中多次提到張岳公，並稱讚岳公的身體健康，養生有道。

大千先生說：「因為手發抖，不能執筆，無法與朋友們寫信。前些日子，提筆給張岳公寫信，但只寫了幾個字就只好停擱下來了。」

大千先生與張岳公的長時間友誼是大家所週知的，在這個客廳的壁上掛有張岳公題贈大千先生的鏡框，題詞是：「日行五千步，夜眠七小時，飲食不逾量，作息要均衡，心中常喜樂，口頭無怨聲，愛人如愛己，報國盡忠誠。」這確是崇高的修身養性篇。

這位環蓽庵主人客廳的陳設，以美國的物質標準來說，確只是中等家庭，但是四壁上懸掛的字畫與歷史性的照片，卻是無價珍品。其中並有大千先生於戊戌年追摹的其老太爺政公遺像與曾太夫人六十壽誕攝於上海的照片。

客廳裡另有一個大鏡框是大千居士的題詞：「普明照世間，能伏災與火，慧日破諸闇，無垢清淨光。」

大千先生這幾個月來的活動只能限於他的庵內。他說：「連三藩市都不能去。有朋友們來談談會感覺好一點。」

因爲大千先生的健康欠佳，他的夫人與公子等自然格外的勞碌辛苦。張夫人說：「他因爲身體不好，心裡也就感覺不好。前一星期睡眠很差，每天晚上只能睡一小時。身體一動，心裡就感到痛。」

張夫人接著說，爲了預防大千先生的心臟病逐漸加劇，每星期看醫師一次。大千先生也說，現在隨時都將藥帶在身邊。

在日常飲食方面，大千先生主要是吃蔬菜及清淡的食物，肉類等儘可能避免。每天的飲食都由張夫人與公子等細心調作，以促進大師的健康。

大千先生在客廳裡與來賓們晤談大半小時之後，又在扶持下到他的畫室，讓大家參觀他的工作環境，畫室與客廳都是他親自設計的平房，兩房連成一個「ㄱ」形，有走廊連接。畫室長約十五公尺，寬約五、六公尺。室內一端佈置一個約十尺長的畫桌，桌上堆著一卷一卷的藝術珍藏及各種尺寸的宣紙、畫具及有關繪畫的書刊等。最引人注目的是壁上懸的大筆架，架上掛著卅八支大小不同的畫筆。

畫室的牆上掛滿了大幅小幅的字與畫。有一幅是曾昭題的「長嘯震山谷，下筆起風雲。」這正是對大師作品的最好形容。另一幅是胡光煒題的：「山林豈無作者，宇宙不少清流」。加州太平洋大學頒贈給大師的榮譽博士學位證書，也懸掛在他的畫室裡。

坐在畫室內，透過正面的落地玻璃窗，可以看到花園裡的「聊可亭」，與大千先生所題的亭楹聯：「聊復爾耳，可以已乎。」

整個莊園稱爲「環華庵」，大千先生於壬子七月（民國六十一年七月）題了一塊長約三尺的匾額懸掛於建築物的大門額上。在大門外的左前方，是大家所嚮往的「梅丘」。「梅丘」碑峙立於大千先生手植的梅林中，爲大師於甲寅（六十三）年三月手題鐫建的。

環華庵的全面積爲四分之三英畝。大千先生從南美遷居美國加利福尼亞州蒙特瑞半島海濱勝地嘉美里市，十七里道，美吉利路一零四零號現址，花費三年的時間，於去年才全部完成了環華庵的建設，一切設計、監工興建、佈置等，都是大師親自主持的。除了大客廳與畫室外，還有大千先生伉儷的臥室、起居室、餐廳及車房等。

據葆羅先生說，環華庵與南美的八德園比較起來小多了。八德園面積達卅六英畝廣，僅園內的一個「五亭湖」就有十英畝大，湖是大千先生親手開闢的。八德園園址位於一個大水壩預定地內，將來巴西政府興建水壩使用土地時，大千先生將獲得適當的賠償。他並說，大千先生遷美的主要原因是，八德園那邊天氣太壞，一年當中夏冬二季特別長，不宜於大師的健康，這邊的天氣對他最適宜不過了。

環華庵這塊地原爲一對美國老夫婦所有，舊有房舍很簡單，經大千先生購得後加以擴建而成今天的規模，現在的花園原來是橡樹林及荒草地，爲了紀念斬荊除草的辛勤，大千先生便將他的新莊園命名爲：「環華庵」。

自大千先生遷居蒙特瑞以來的第二次畫展，正在舉行中，這天逢週末，許多遠道的國人趕來參觀他的作品。展出的地點在嘉美里市聖卡洛斯區的「來吉畫廊」——一家美國人主持的營業性畫廊。

這次展出的大師作品共有三十件，畫幅最大的約長十尺，小幅的約如台北各日報一版那麼大，畫的題材大都是山水。

畫廊的洋人老板在一個玻璃鏡框裡開列出三十幅作品的名稱與定價。列於首位的是一幅山水，價目是美金三萬元整，爲全場最貴的一幅，第二號與第三號也是山水，價目各爲美金九千元，依次下去，最低的價目爲美金三千二百元。

由畫上的題字看，時間最近的一幅是民國六十四年四月，大千先生在這幅山水畫上題的是：「落葉黃遮徑，夕陽紅滿山。」

但是，據大師的公子葆羅先生對記者解釋說，大千先生由於健康關係，今年極少作品，展出的幾幅今年新作品，實際上是以前的作品，只是加以補筆完成，並題詞落款，書明正式完成的時間。

他並談到這家畫廊的洋主人很有「眼光」。當四年前大千先生自南美遷來這個海濱勝地時，該畫廊的負責人就設法與張府連絡，希望給他機會，每兩年舉行一次大千先生作品展覽，以供中外人士欣賞。在首次畫展之後，迄今已兩年多，該畫廊去年冬天就希望舉行第二屆畫展。但是，大師以健康情形較差，年來新作品不多，新年前後回國渡節，今年春天以來身體迄未復常，因此，這第二次畫展直到最近才開始舉行。

依照環華庵與來吉畫廊的協議，在展覽閉幕後三十天內，該畫廊應將已出售作品的價款及未出售的作品一併送還給主人。

從目前展出的作品談到大千先生的一般作品，張葆羅先生說，大千先生作品的最高紀錄是美金十四萬元，題材是荷花，全套計有六幅，於十多年前在紐約舉行畫展時售出，購藏這傑作的是美國「讀者文摘」雜誌。由這幅荷花還引出一個故事來：

舊金山有位已故的美國著名藝術品收藏家布倫達治，他曾擔任國際奧林匹克委員會主席多年，也曾多次到外雙溪故宮博物院參觀我國的寶藏。多年前他在巴黎看到大千先生的兩幅作品，畫的都是荷花。當時，布倫達治與其夫人對兩幅荷花同樣的喜愛，只是兩人各愛一幅，而且夫婦兩人堅持要購藏各自所喜愛的一幅，互不相讓，決不妥協，而他們又不肯將兩幅荷花一同買下，最後終於失掉了收藏大千先生最高紀錄的傑作的機會。大師另一幅荷花則落於大千先生早年友人郭某的手裡。

大千先生早已享譽國際，他的作品，是我國如今唯一有國際市場的。在來吉畫廊內，陳列許多有關大師的作品與其藝術生涯的書刊，中、外文字都有。但是，迄今還沒有一本最完整的大師傳記性的著作，許多敬仰大千先生的人士都有這種感覺。

據葆羅先生說，他們也注意到了這點。過去，有兩位旅美教授曾打算爲大師寫一部傳記，但是都未成爲事實。葆羅先生說，他們對於大師傳記的撰述十分愼重，執筆的人一定要對大千先生與其家庭有最完整的瞭解，並有最完整的背景資料。他也很希望早日看到一部最滿意的大千先生傳記著作。

從畫展會場到大千先生的環華庵，約有二十分鐘的汽車路程。畫展會場所在的嘉美里市，位於德孟山麓，市邊即爲太平洋海濱，大千先生的莊園位於德孟山上，俯瞰太平洋。這個濱海山區，全是遊覽勝地，而嘉美里市更是個特別的地方。

嘉美里市是個濱海的山坡森林區，這裡街上的住家沒有門牌號碼，也沒有路燈。這是市民大會的決定。住在這裡的人，白天不希望有不相干的人上門打擾，夜晚不要有車聲破壞其林泉的幽靜。他們要在最現代化的生活中保持最原始的情調。因爲住在這裡的人有共同的願望：清靜、好休養。

不久以前當記者上次來嘉美里時，在街上遇到一位年邁的同胞，靠著身子站在一家禮品店門口，顯得十分吃力。同行的友人認識她，都稱她爲「楊老師」。楊老師年幼時在北平滿清宮內擔任繪畫的宮女，來美國已有五十年之久，在附近一家學院教授我國語文，數年前因年老退休，一個人住一個大庭院，十分孤寂。當她看到一羣中國人來到面前時，欲伸手拉握而無力，她很費力的對我們說：「我出來走走，唯一的目的是希望看到中國人！」臨別時，她要我們每個人在她手裡拿著的一個信封上寫下自己的姓名。友人賈君擔心她的體力弱，即開車送她回家去。楊老師是這個無路燈、無門牌城市的典型居民之一。

從舊金山開車來的人，經過嘉美里市進入德孟山風景區，循著十七里道環山行駛，到達大千先生的環華庵，全程約需三小時三刻鐘之久。由於整個風景山區公園屬於私人的德孟山財產公司經營，他們在入山口設一個收費站，稱爲「嘉美里門」，每部入境汽車收費三元。不過，如對他們說明是前往拜會大千先生的話，門票可以免收。

這次很榮幸藉著中華聯誼會在蒙特瑞舉行聯歡會的機會，拜訪了大千先生。環華庵大門口豎起一面大幅的青天白日滿地紅國旗，使人很遠就能夠看到。看到國旗，看到大千先生，看到來自國內的各界人士，更想到這天是個輝煌的日子——台灣光復三十週年紀念日。

（舊金山少年中國晨報及台北聯合報，一九七五年十一月）

蔣總統鳳山誓師記

六月十六日，星期四。

蔣總統今天出現在一個數萬人的盛大而富有軍事、政治和歷史意義的公開集會席上，這是老人自元月二十一日在南京宣佈引退後，第一次與社會人士公開相見，但這個相見的地方，不是溪口，不是廣州，不是重慶……而是在被譽爲寶島台灣的東南角，距離高雄海濱十公里的一個鎮上——鳳山，它已是久爲衆人所注目的新軍訓練基地。

某日傍晚，高雄西子灣海濱上，出現一位狀至幽閒而內心多事的老人。

大約是在六月十六日前兩週的某日傍晚，高雄西子灣海濱，正是千萬的南島青年男女們在看落霞、賞晚潮與浪花擁抱嘻笑的當兒。曾經是當年日本貴族避暑聖地的西子灣，又曾是一度爲美國海軍E. S. D.（External Survey Detachment. U. S. N.）所垂青過的西子灣，靠壽山——這是日本當年太子裕仁幸臨的禁山，山麓森林中的柏油馬路上，出現了一位著中國布料陸軍軍常服，腰束腰布帶，面有些紅腫像貌，身材中型，胸佩紅邊上印火炬符號的軍官，他拘謹的向對面一位高額、光頂、目光炯炯的便衣老人行一個舉手禮，然後各自走開了。

那位欣賞海濱晚景狀至幽閒，而內心多事的老人，就是已宣佈引退四個月又二十五天的中國大總統蔣中正先生，另一位紅邊符號的中國軍官，也就是在二次世界大戰期中，遠征印緬，風雲一時，而今更爲引人注意的台灣新軍訓練者——孫立人將軍。

鳳山——這個與台中、台南同爲台灣最古三城之一的小鎮，在過去半個世紀中，日本人曾把她作爲陸軍的重要基地，尤其是在太平洋戰爭的末期，鳳山的陸軍、屏東的空軍和高雄港的海軍鼎立而三，爲日本支持聖戰的大據點。

時間是「八一五」的兩週年之後，一組南京AAG（見註）的顧問偕同孫立人總部的參謀人員一同飛到了台灣，經他們巡視之後，毫不猶豫的就擇定了鳳山作爲中國新陸軍訓練的基地，即所謂Taiwan Training Center。

於是從那天起，鳳山——她又武裝起來了。

黃埔第廿五屆校慶，決定在島國的小鎮上舉行，人事難料，即或是一群英雄，也不免喟嘆三聲！

在過去一年之中，蔣總統要來鳳山的消息播傳已不祇一次了，可是並沒有成爲事實。一直到最近，六月初，鳳山附近的天空，飛機不時在打旋圈，軍車接二連三的在馬路上疾駛，於是住在鳳山的老百姓們開始意識到"Mikado"要御臨鳳山了。

六月十六日，國民黨創辦黃埔軍官學校第二十五週年紀念日，校友聽說校長要親臨主持校慶典禮了，可是他們又想到，過去的二十四個校慶節，在黃埔、在南京的小營、在成都的舊皇城時的印象，誰會想到第二十五屆校慶會在島國的小鎮上舉行呢？人事難料，他們即或都是一群英雄，也不免喟嘆爲出人意外。

爲了歡迎校長，他們不論是學生、是幹部、或是信徒都感到緊張和衝動，從早上四點鐘天還漆黑的時候，就起床、整內務、著武裝，集中精神期待黎明的慶祝式。

立正號音響了，時間是上午八點正。漆著火炬標誌的吉甫車駛到檢閱隊伍的行列前面，萬人靜肅的注目禮之下，車上站的是一位四星上將。

「原來是陳誠將軍，」

「校長不來了！」

「我們空忙一場」。他們同聲的在嘆惜失望，可是卻不敢出聲。

五分鐘後，檢閱行列式變成了訓話隊形，陳誠站在司令台上面對播音器報告道：「今天是我們黃埔軍官學校的二十五週年校慶節，我們很幸運的有機會得到我們的校長——（他著重的說，下面驟然一緊張，凝神諦聽）來親臨主持典禮，現在已派人前往迎駕，請大家稍待一會。」

陳誠將軍這幾句話，引起了全場一陣微嗡，但也給全場放下了一劑沉靜劑，萬人寂然。

時針向前移動了五分鐘，立正號響了，大元帥接官音樂奏起，台上台下立正無聲。

晴空幾縷浮雲，掠頂兩隻野馬機影，剎那間，那位頂髮完全脫落，高額越發閃亮，兩目依然炯炯使人威服的老人出現了！

這剎那間，仰天看幾縷浮雲，兩隻野馬機影，擴音器嗡嗡的在自鳴。

蔣總統出現在萬人之前，這位多少人、包括他的敵人心目中注意、關心、期待的六四老人。

老人的頂髮完全脫落了，高額更顯得光，也越發閃亮，兩目依然炯炯使人威服，他那套草綠色的中山服，沒佩勛章，沒束腰帶，一如五年前在重慶所看到的一般，可是曾幾何時，老人今天已嘆「無立足之地了」。

台下繼續是沈寂一片。

接著老人口唇微動，播音器傳出了宏亮、高亢、沉重、抑鬱而有力的聲音：

「我中國國民黨於民國十三年的今天，創立軍官學校於黃埔，國父任命本人爲校長，到今天已整整二十五週年了。」隨著老人把黃埔草創的情形作一個概述，並特別說明「六一六」的由來。他說：「在黃埔軍校開創的前一年——民國十二年六月十六日那天，陳烱明勾結北洋軍閥，公然叛變，砲轟觀音山總統府，國父隻身走避中山艦蒙難，革命武力全被消滅，於是決定設軍校，培養革命武力，準備大舉」。

「自黃埔建軍開始，我們剿平陳烱明，統一廣東；完成北伐，消滅北洋軍閥；以及抗戰勝利，打倒日本帝國主義等等，都是我們過去的光榮歷史。」

老人講得興奮起來。

「可是，自從前年開始剿匪以來，由於一些軍事長官的腐敗，致使剿匪軍事步步失利，到今天竟致赤匪橫行大半個中國，使我們幾無立足之地。」

老人憤慨了，他揮動雙手，加強了聲調，面部露出慍色，話說得更沉重，也更動人。

「這是我們軍校學生的最大恥辱，我們一定要誓雪恥辱，恢復過去的光榮。」

接下去，老人懇摯的告誡他們說：「失敗並不可怕，我們要在最大的失敗中，最艱難困苦中去學得教訓，以失敗作基礎，團結奮鬪，爭取更大的勝利。」老人又鼓勵他們道：「我們今天的情勢雖然惡劣，但比黃埔當年要好得太多，即以陸軍而論，今天至少大一千倍於黃埔初期，而且我們還有共匪所沒有的空軍和海軍。」

老人果決堅毅地繪出一幅動心的遠景：「三年之內絕對剿滅赤匪，收復所有失地，恢復過去的一切光榮！」

在老人以實例告訴他們之後，便果決堅毅的指給他們一條道路，並給他們繪出一幅動心的遠景：

「今天我們大家要以一個決心，一個事業，一個主義爲最高原則，與共匪作戰到底，在三年之內絕對剿滅赤匪，收復所有失地，恢復過去的一切光榮，以拯救全國同胞於水火之中，使中國成爲眞正獨立、自由、民主的新國家。」

老人一口氣講了四十分鐘。

台下依然是肅立諦聽，並注視老人下一步的動作。

他和以往一樣，在對大家講完話之後，用光芒四射的雙目向全場掃視了幾遍，他們更承受到老人的威儀，隨後，老人轉面向站在左手旁的孫立人將軍低聲問道：「還有事情嗎？」

「學生們向校長獻火。」孫答。

「獻火」。

「是，獻火」。

「獻火」，老人對這陌生的名詞在思索。

樂聲響起，一隊二十人赤胳大漢，各手執熊熊火炬一枝，跑步列隊司令台前。

老人在對他們注視。

從第一名執火炬者背上解下一件物品，它酷似鄉下善男信女們朝山進香時所奉佩的香筒，是一件聖品，呈上講台前。老人更覺新奇，但卻摸不清如何處置。於是站在一旁的孫立人趕上接住「聖品」，並打開來，抽出一張恭書紙表並說道：「是獻火頌詞」。

於是聽到：「這把火象徵著光明，這把火象徵著進步，這把火象徵著勝利！這是一把成功之火，敬獻給我們偉大的校長，偉大的領袖，並祝領袖健康」。

「祝領袖健康」之聲還繚繞在人們耳旁之際，台上首先呼出一聲「領袖萬歲！」

台上、台下、來賓席，千萬條鐵臂齊衝向天空，千萬個喉嚨齊喊出：「總統萬歲！」

「領袖萬歲！」

「校長萬歲！」

「總裁萬歲！」

「萬歲！萬歲！萬萬歲！」

老人笑了。

老人更興奮了。

老人微微點頭，意在要說話了，孫立人將軍立即將擴音器執向他的面前，於是老人又開口了。

「今天有這麼大的盛會，大家都有這麼好的精神，希望大家一致團結，努力奮鬥，決心恢復我們的黃埔革命精神，決心恢復我們過去的一切光榮，爲實現三民主義而奮鬥。」

司令臺前一股濃煙怒火燃起直沖九霄，這是學生們敬獻給領袖的「成功之火！」

三分鐘的補充訓話講完之後，台上台下又起一片「萬歲」呼聲。同時在司令台正前方五十公尺處，國旗和軍旗之前，一股濃烟怒火燒起，直燃九霄，這原來是獻火隊由台南市鄭成功祠燃點起的火炬，由獻火隊以Relay Race方式跑到鳳山來獻給他們的領袖，然後投入火爐而燃燒起烘天的成功之火。

萬歲呼聲，鼓掌聲……萬人嚴肅過後的一種自然喘息聲……交織成一片。

老人又笑了。

老人更興奮了，他頻頻的向台下四顧點頭。

老人在過去二十年之中，所見的場面比今天偉大的更多，所接受的歡呼比今天熱烈的也更多，但是時地不同，今天的三度歡呼該使老人引起無限的回憶吧！

音樂奏起，老人臨別依依，又再四點頭環顧台下的萬人武裝行列，然後走下了司令台。

休息了三分鐘。

陳誠將軍開口就說：「我們偉大的領袖，我們絕對需要領袖，我們絕對服從領袖，我們絕對擁護領袖……絕對擁護領袖。」

台下也激起了一片心弦的共鳴，「我們絕對需要領袖……絕對擁護領袖。」

這個歷史性的集會，給予人的感覺是一種努力的鼓勵和刺激！

從這個歷史性的集會中，我們發現了多少的青年們都把希望寄託在這位六四老人身上。

從這個歷史性的集會中，我們才知道，國民黨集團中，某些人爲什麼一定要「建議」老人出國，爲什麼共產黨要口口聲聲要求蔣某人出國，爲什麼還有一大群人追隨老人在海島上作孤臣孽子的奮鬥。

從這個歷史性的集會中，我們也看到，當年與老人形影不離的那批高官顯要們，今天一個也不在身旁，唯有蔣經國和三位侍從人員而已。這告訴你，老人明白了，那些曾經自命爲忠實信徒之流，今天已自行淘汰了。這對於不少人又是一種努力的鼓勵和刺激。

六月十六日，星期四。

在台灣島東南部距海岸不遠的鳳山鎮上。

晴空幾縷浮雲，掠頂兩隻野馬機影，全場三度萬歲呼聲，給人帶來了一個希望：三年內收復所有失地，恢復一切光榮。

註：AAG(ARMY ADVISORY GROUP)美國軍事顧問團，係總部設於南京的美國軍事援華機構。

（台北鈕司周刊，一九四九年七月）

歐戰勝利五十周年

最長的一日：五十年後

美國與第二次世界大戰的各同盟國正在積極準備『最長的慶祝』：六月六日反攻歐陸，登陸諾曼第，八月廿五日光復巴黎，四月三十日（次年）攻克柏林，五月七日德國投降，歐洲戰爭結束，八月六日第一個原子彈轟炸日本廣島，八月十五日日本無條件投降，第二次世界大戰結束，同盟國獲得最後勝利。

美國朝野籌慶祝

美國朝野上下都在爲這些慶祝而努力：

華府的美國研究中心特別成立一個『第二次世界大戰五十週年紀念委員會』，委員會的榮譽主席是大戰歐洲盟軍最高統帥與美國第三十四任總統艾森豪（大戰期間譯名為艾森豪威爾，中國大陸現仍用此譯名）的孫男大衛·艾森豪。該委員會準備多項全國性的慶祝計劃與活動。

郵局發行紀念票

美國郵政總局發行『勝利之路』紀念郵票，定六月六日正式發行，用以紀念盟軍在法國諾曼第登陸五十週年。此『勝利之路』為第二次世界大戰紀念郵票全集中的第四集。

美國國家廣播電視公司（NBC，舊金山為四號電視台）於四月中旬特別推出歷史電視劇片：『第二次世界大戰』，全片分兩天在晚間黃金時段播映，共計四小時之久。美國總統羅斯福、英國首相邱吉爾與蘇聯總理史達林為劇中的三巨頭人物。片裡涉及大戰重要事件的部份，都插入五十年前的新聞紀錄片，雖然影片因時間已久顯得比較模糊，但其價值是十分珍貴的。從這些半世紀前拍攝的新聞紀錄片中，我們可以看到血戰的慘烈，破壞的可怕，人民的苦難，當然也看到勝利的狂歡，凱旋的光榮，以及名將英雄如艾森豪、布萊德雷、巴頓、蒙哥馬利……的神勇與威風。

出版書籍作回憶

美國出版界發行最新版的大戰歷史書籍。最吸引人的是紐約派拉蒙出版公司一九九四版的『最長的一日』，邱吉爾爵士的『第二次世界大戰回憶錄』，世界年鑑社的『第二次世界大戰紀事』，讀者文摘社的『第二次世界大戰畫史』，企鵝出版公司的『二次大戰史』及莫洛公司的『艾森豪與蒙哥馬利』等等。邱翁的『回憶錄』在大戰結束後出版時，紐約時報以『一字一元』的高價購得版權，創下全球最高的稿費紀錄。

『最長的一日』應該特別一提。其著者是出生於愛爾蘭的柯尼留士·雷安。他是位傑出的新聞工作者，做過戰地記者。他撰寫本書期間，曾花費許多時間在巴黎、倫敦與華府等地蒐集資料與訪問曾參與諾曼第戰役的雙方人士。此書於一九五九年初版發行，立即成爲一部暢銷書，於是好萊塢的製片家將原著改編拍攝成一部戰爭鉅片：『最長的一日』。這部電影的影響力遠遠超過了原著歷史小說，而『最長的一日』也成爲諾曼第登陸戰役的代名詞。雷安另有『遙遠的橋』等暢銷作品，但他已於一九七四年逝世。

舊艦參與紀念式

舊金山也不願錯過這個半百年來一次的好機會。一艘大戰時期的『自由輪』布倫號，於四月間自本市碼頭啓碇，經過巴拿馬運河駛往英國，然後將轉往法國的諾曼第，參加六月六日登陸戰役五十週年慶典。布倫號是美國現在唯一的曾參加一九四四年六月六日盟軍登陸戰的『自由輪』。它在北灣的封存艦隊中度過數十年的退休生活，如今駛回當年的古戰場，重溫其炮火連天的舊夢『最長的一日』。舊金山並且派出一架曾參加當年戰役的『DC—三』型運輸機前往法國參加紀念儀式。

可是勝利者的歡樂與戰敗者的悲哀是永遠對立的。一方面是在興奮的積極籌備『六六』的慶祝，另一方面則不斷發出嘆息、怨言，不願重提失敗的慘痛與投降的羞辱。近半年來，巴黎、倫敦及華府與柏林之間，爲了『最長的一日』五十週年發生零星的『冷戰』。

德法世仇再冷戰

自從德國復歸統一之後，『德、法世仇』這個歷史名詞顯然走上復活之路。因爲『六六』慶祝在法國領土內舉行，巴黎官員們首先表示不歡迎德國參加在諾曼第奧馬哈海灘舉行的紀念典禮。這自然激起德國人的反感。新聞報導說，德國總理柯爾對法國的立場表示憤怒。德國國會外交委員會主席史德根公開的說：『使我不能愉快的是，在大戰過後五十年，已經修好並且都是歐洲一體與大西洋盟邦的人士竟然如此。』

在此種兩面都不易討好的情勢下，美國籌備『六六』慶典的官員們想出幾句妥協口吻的話：『這並不是慶祝勝利，而是紀念一切人民遭受的苦難。我們深知德國人希望將二次世界大戰丟在後面。』

代表美國人民的大衛·艾森豪這麼說：『有人或許說，我祖父所代表的重大意義——英勇、愛國、領導與信心——已沒什麼價值。但是我認爲，當此五十週年之際，這些重大意義較以往更有需要。』

盟軍登陸諾曼第

一九四四年六月六日清晨六時，紐約時報印發號外，報導盟軍登陸法國諾曼第半島的新聞，其橫跨全版的大號字標題是：『法國哈維爾—瑟堡地區，盟國軍隊登陸，激戰進行中。』六月七日清晨，舊金山紀事報印發『登陸號外』，報導諾曼第戰訊，其大標題說：『盟軍擴大陣地，援軍源源抵達。英倫海峽天氣轉壞。』六日清晨九時卅三分（倫敦時間，即紐約時間三時卅三分），歐洲盟軍最高統帥艾森豪將軍總部發表第一號戰報如下：『在艾森豪將軍指揮下，盟國海軍部隊在強大空軍支援之下，今晨掩護盟國陸軍部隊在法國北部沿海登陸。』

英國戰時首相邱吉爾在其『回憶錄』中說，『六六』當天他致電蘇聯總理史達林告知盟軍反攻歐陸的消息，史達林覆電表示『欣慰』，因爲他一再促使美、英軍隊在歐洲開闢第二戰場，以減輕德軍對蘇聯戰場的壓力。

諾曼第登陸戰役，是世界軍事史上空前大規模的陸、海、空三軍聯合行動，據各種戰爭史料記述，其重要統計數字如次：

美、英等盟軍總計三百萬衆，其中美軍佔一百五十萬。

各種飛機共計八、〇〇〇架。

各種軍艦共有三、七〇〇艘與商輪二、七〇〇艘。

各種彈藥合計四五〇、〇〇〇噸。各種供應品總計五百萬噸。

盟軍的登陸軍事計劃代號爲『霸王行動』，原預定六月五日開始，但因英倫海峽天氣惡劣而延後廿四小時。一九四四年六月六日『最長的一日』是這樣開始的：

傘兵先佔橋頭堡

——清晨零時十六分（即子夜十二時十六分），英軍傘兵（空降部隊）乘軍機與滑翔機降落於諾曼第半島主要市鎮克恩附近的斑諾維爾橋地區，於數分鐘內將該橋佔據，稍後又將皮加蘇斯橋佔據。盟軍攻勢首傳捷音。

——清晨一時十五分，美軍傘兵空降於猶他海灘的塞特麥利伊格利斯地區，到四時三十分將該鎮攻佔。同時，美軍傘兵降落於寶劍海灘附近的多佛河地區。

——清晨五時三十分，夜間已雲集沿海水域的盟國龐大艦隊，萬砲齊發的猛烈轟擊灘頭德軍防地，以軟化敵軍的防禦工事。同時，數千架戰機輪番凌空炸射敵軍陣地與掩護陸軍登陸。

——清晨六時三十分，吉魯少將指揮下的美軍第五軍部隊，首先衝上奧馬哈海灘。由於這一帶的德軍防務特別堅固與德軍的頑強抵抗，使奧馬哈灘頭之戰成爲諾曼第登陸戰役中最慘烈的戰場。但是，在陸海空三軍配合之下，美軍到上午九時終於將德軍陣地攻下。海灘血戰一直繼續到黃昏時分，美軍攻佔的土地雖然只有兩英里的內陸深度，但傷亡數字已達兩千之衆。

——清晨七時，美軍突擊隊在杜哈克角登陸。

——清晨七時廿五分，英軍與加拿大部隊分別進攻黃金海灘、汝諾海灘與寶劍海灘，其中以黃金海灘陣地的德軍抵抗最激烈。加拿大部隊主攻汝諾海灘。法國突擊隊亦參加寶劍海灘的登陸戰。

首天傷亡兩千五

——清晨八時，美軍第七軍長柯林斯少將的部隊在猶他海灘登陸，攻勢順利，到黃昏時，共有美軍二三、〇〇〇人登陸，並與空降部隊會師，是日美軍傷亡大約二〇〇人。

盟軍部隊從六日凌晨開始，一直奮戰到黃昏爲止，血戰長達二十個小時之久，始得稍事喘息。盟軍陸軍部隊在海、空軍支援之下，在這一天內共有十五萬餘人登陸於諾曼第半島沿海地帶，攻佔的地區大約長六十英里（大約一百公里）。盟軍在反攻歐陸大戰的第一天裡，共傷亡約兩千五百人。

在登陸戰第一波衝鋒部隊中的唯一將官是小齊奧道·羅斯福准將（美國第廿六任總統齊奧道·羅斯福之公子與富蘭克林·羅斯福總統的堂弟）。他的確身先士卒，衝上猶他海灘，擊潰德軍抵抗，順利向內陸推進。只可惜他在登陸後第六天，以心臟病突發死於戰地，就安葬於奧馬哈海灘。

戰士鮮血寫史篇

以『戰地鐘聲』與『戰地春夢』等戰爭與愛情小說聞名全球的大文豪海明威，曾與美軍戰士們同乘於登陸艇上，親自採訪登陸戰現場新聞。他寫道：『當我們在昏暗的晨光中駛向灘頭（奧馬哈）之際，長卅六英尺棺材型的鋼艇，衝破層層的綠色海波，海水澆灑在戰士的鋼盔上。他們比肩擠在艇內，帶著倔強、不安與孤獨感的表情邁向戰鬥。』

盟軍兩年久的準備，艦隊的砲擊，機群的轟炸，戰士的鮮血寫下這『最長的一日』。

（星島周刊，一九九四年六月五日）

美英軍隊爲何不攻佔柏林？

——德國無條件投降五十週年紀念

一九四五年五月七日，德國代表佛瑞德保海軍上將與約德爾陸軍上將，在歐洲同盟國軍隊最高統帥艾森豪威爾（後來譯名改爲艾森豪）將軍總部簽訂無條件投降書，使自一九三九年九月一日開始的第二次世界大戰的歐洲戰爭告終。

今天，當美、俄、英、法等同盟國慶祝歐戰勝利五十週年之際，我們需要回頭看看當時歐陸戰場的態勢，因爲這與戰後的柏林問題（柏林封鎖、柏林圍牆）、德國分割以及東西方集團四十餘年久的「冷戰」都有基本的關係。

在德國投降之際，蘇聯軍隊已將德國首都柏林完全佔領，並且繼續向柏林以西的易北河東岸地區推進。同時，自西方與南方向柏林進逼的美國與英國主力部隊，已抵達易北河西岸地帶，而且美軍先頭部隊於四月廿五日在易北河東岸的杜爾高城與蘇俄軍隊會師，該地在柏林西南方不到一百英里，接近名城萊比錫。但是，美、英等國軍隊未再積極向柏林推進，這並非軍事問題而開始涉及政治問題。

蘇俄總理史達林爲了搶先美、英軍隊攻佔柏林作爲一項國際政治本錢，下令他的兩員大將朱可夫與古尼夫率領大軍兩百五十萬衆，從東部分南北兩路向柏林分進合擊，朱可夫的部隊擔任北路攻勢，古尼夫的部隊擔任南路攻勢。四月廿四日蘇軍一部首先攻入柏林市西南區，廿六日蘇軍發動空前猛烈的最後攻勢，到廿七日，德軍只剩下一個大約十英里長與三英里闊的「堡壘地區」即希特勒親自據守的總理府地下指揮部最後據點。廿八日，蘇軍迫近國會大廈，距希特勒地下堡壘只有兩百碼，廿九日深夜希特勒與其多年的情婦伊娃·布勞恩在蘇軍砲火聲中結婚，三十日下午兩人自殺身亡，德國沒有了領袖，柏林之戰於五月二日完全結束。德國代表開始與美、英、蘇軍隊當局接洽投降，但是，蘇軍繼續向柏林以西的易北河東岸推進，造成與美、英軍隊隔河對峙的局面。同時，蘇軍進入捷克境內，而美軍名將巴頓的鐵軍亦進入捷克境內並準備向北與德境美軍會師。但是，在五月六日巴頓奉命停止繼續前進而讓蘇聯軍隊進佔捷克的其餘領土，這便是歐洲戰爭從軍事問題轉爲政治問題的一個開端。

當德國投降時，蘇聯軍隊佔領下的德國領土大約只有四分之一。戰爭結束後，經美、英、法、蘇四國談判的結果，將柏林市區與德國領土加以分割，形成西柏林與東柏林兩區及西德與東德兩區。因此，美、英軍隊將已佔領的部分地區讓給蘇聯並在蘇軍扶持下成立「德意志民主共和國」，其土地面積計四〇、六四六平方英里（相當於美國田納西州的面積），有人口一千六百餘萬。西德即「德意志聯邦共和國」，其土地面積計九五、八一五平方英里，有人口六千一百餘萬。經過四十五年的割裂之後，於一九九〇年十月三日兩個德國復歸統一，而且今日的德國已成爲歐洲的第一強國，也是五十年來歐洲局勢最大的改變。

歐洲戰爭的最後階段美、英軍隊爲什麼不積極進攻，搶在蘇聯軍隊之前將德國政治中心首都柏林加以佔領？

據彼得·楊格編的「第二次世界大戰紀事」中說，一九四五年三月廿八日，艾森豪將軍以密電將一份引起爭論的戰鬥命令細節通知蘇聯總理史達林，其中說他準備以其主力部隊經過德國南部與奧地利向前推進，主要的攻擊目標是萊比錫與艾福兩大城市，次要目標是紐倫堡、芮根斯堡及奧地利北部的林茲城。英國對艾森豪的此舉提出強烈的抗議。英國主張盟軍直接攻向柏林，因爲此種行動的政治價值。英國首相邱吉爾與英國參謀總部將此案提交華府，但是當時羅斯福總統已病重（他於四月十二日病逝），大部份軍事大計都由陸軍參謀總長馬歇爾將軍（戰後擔任國務卿及赴中國調停國共戰爭）及參謀首長聯席會議決定。馬歇爾一向以軍事理由而非政治動機作重大戰略決定，因此支持艾森豪將軍的計劃即採取迂迴攻勢。史達林在接到艾森豪的情報後相信美、英的軍事計劃的眞正目標並非德國南部而是首都柏林。於是他命令朱可夫與古尼夫加緊準備對德國首都的攻勢。這兩路軍隊共有兩百萬精銳部隊，六千多輛坦克車，一萬六千門大砲及六千架飛機配合作戰。德軍約有一百萬人，且都是希特勒的基本部隊及戰鬥力特強的坦克車部隊。

另據倫敦「美國讀者文摘社」最近出版的「第二次世界大戰史」中說，一九四五年四月中旬，美、英軍隊的「閃電式」進展已使德軍陷於完全混亂狀態中，雖然戰線遼闊，但艾森豪的大軍仍然能搶在蘇聯軍之前攻佔柏林。

「不過，一旦美、英軍隊攻抵柏林，勢必遇到極猛烈的抵抗。盟軍的傷亡勢必十分重大，因爲巷戰的生命代價總是很慘重的。

「在西方盟軍鞏固柏林佔領地位之前，蘇聯軍隊無疑也已逼近柏林。一向不相信美、英的史達林勢必加緊進攻，以確保在德國最後投降之前，至少要攻佔柏林市區的一部份。

「美、英軍隊與蘇聯軍隊之間也可能發生衝突——不論是有意的或無意的。那將不只要激起重大衝突——因爲西方盟國與蘇聯都希望戰爭結束，而且可能使『冷戰』提早開始，而致影響盟國對德國的勝利。」

柏林之戰的生命代價究竟有多大？在大戰結束後整整五十年之久，今天不論是德國或美、英西方盟國仍然沒有一個正式的與可靠的數字。一般軍事歷史書籍的估計說，德國軍隊至少損失十萬人，柏林平民也有十萬之衆喪生，及蘇聯軍隊的犧牲也不會少於十萬人。

今天，當同盟國準備擴大慶祝德國投降與盟軍勝利五十週年之際，這裡是歐洲的新棋局：

美國的聲威與影響力從巔峰滑落到深谷。

大英帝國變成爲「無產之國」。

蘇維埃社會主義共和國聯邦已從地圖上消失。

法蘭西只是個香水代名詞。

惟有戰敗的德意志在東、西兩區恢復統一後僅五年，已經成為歐洲第一強國。如果希特勒有「在天之靈」的話，他勢必揮起手臂喊叫：「看，大日爾曼民族恢復了昔日的一切光榮。」

（星島周刊，一九九五年五月七日）

希特勒屍體的最後下落

——德國無條件投降五十週年紀念

恰好在德國無條件投降、歐洲同盟國勝利五十週年日的前一個月，德國波昂的十分權威的新聞雜誌「明鏡周報」刊登一篇獨家報導說，蘇聯國家安全會議的特工份子，於一九七零年四月四日夜間，在東德麥德堡的秘密墳墓裡，將希特勒與其情婦及妻子伊娃·布勞恩的屍體殘骸挖出，加以火化，踩成碎粉，然後拋撒於河水裡。

這則報導可以說是自一九四五年五月七日德國投降後留下的兩大疑問之一的最後的解答。兩大疑問是：希特勒自殺後屍體落於何處？美、英軍隊爲什麼不攻佔德國首都柏林？（當時作者正在讀大學，教授與同學都有此疑問。）

希特勒在蘇聯軍隊坦克車槍炮火海的「柏林之圍」中，演出一幕德國「霸王別姬」，是五十年前歐戰結束聲中一則最吸引人的雙雙殉情的「桃色新聞」。但是，他們的屍體下落成了個謎，直到五十年後世人才有了個解答。

希特勒的情婦尹娃·布勞恩，是當年一位德國最神秘的名女人。她自一九三二年初開始，做了希特勒金屋藏嬌的情婦，到一九四五年四月廿九日凌晨一時與三時之間，希特勒在地下室指揮部內才與伊娃正式結婚，他們做了三十六小時的夫妻，於四月三十日下午三時三十分在希特勒的房間內雙雙自殺。

一九三二年伊娃正是個雙十年華的美人兒，擔任希特勒的私人攝影師霍夫曼的助手。在她被希特勒看到之後不久就奉調到「元首」的辦公室內。伊娃有幸被希特勒看到也是裙帶關係的結果，因爲伊娃的姐姐嫁給費格林將軍，而費格林是希特勒的特務頭子希姆萊派在希特勒身邊的特別代表。但是，希特勒只要伊娃做女秘書，做女朋友，而不與她正式結婚，因爲一個十分簡單的理由：希特勒還有別的女人們。伊娃與任何女人一樣有極強烈的妒忌心。據說她在一九三二年十一月間與一九三五年五月間，曾經兩度爲了希特勒與其他女人的關係而「自殺獲救」——很可能是假自殺。

自一九三九年希特勒發動歐洲戰爭之後，因他忙於軍事，沒有太多的閑暇去找其他的女人，伊娃的地位獲得穩固，而且在大戰的末期，希特勒也開始帶著她在公開場所露面，報上才有了「希特勒情婦如何如何」的烽火花邊新聞。到柏林之戰的最後關頭，伊娃特別從外地趕回柏林與希特勒一起住於地下堡壘裡。希特勒在末日前夕，爲了表示感激伊娃的恩愛，宣佈正式與她結爲「患難夫妻」。希特勒曾以感人的話稱讚伊娃·布勞恩說：「在經過多年的眞正友誼之後，她自願的來到這個已遭包圍的城市，與我共命運。」

據希特勒的最親信幹部戈培爾與鮑曼等說，希特勒於四月廿八日夜間獲悉他的特務頭子希姆萊已經開始與同盟國談判投降的消息之後，曉得德國與他自己末日即將來臨。於是，他於廿九日凌晨，使戈培爾的一名侍從爲他與伊娃主持結婚儀式。三十日中午，希特勒召開最後一次高幹會議，在午餐過後，他將伊娃喚到身邊，兩人與戈培爾及鮑曼等人作別。在告別之後，希特勒偕伊娃步入他自己的房間裡。數分鐘後，戈培爾等在外面聽到槍聲響起，當然是希特勒絕命的信號，時在四月三十日下午三時三十分，希特勒與伊娃結婚剛一天半的時刻。伊娃是先吞下劇毒的氰化物自盡的。希特勒在事先已經命令他的汽車司機準備了數罐汽油。他們兩人的屍體於是被拖到外面遍佈瓦礫的場地上，澆上汽油，引火焚屍。希特勒在舉槍自殺前，當天較早時已將他的愛犬處死，足證他是有計劃的。

五十年前的消息祇報導說希特勒與伊娃·布勞恩在地下室內自殺後引火焚屍，但他們屍體卻沒有了下落。因此，在戰後不時有關於希特勒最後行蹤的猜測，有的說他並未死亡，當時祇是隨便找兩個死屍放火焚化企圖轉移一般人的注意力，有的說在南美某個國家的小村裡，發現希特勒做了農夫。但是，攻佔柏林的蘇聯軍隊始終未報導他們與希特勒的死有任何關係。

半世紀後的今天，據德國「明鏡周報」說，根據蘇聯國家安全會議的檔案中記載，蘇聯軍隊在攻佔柏林之後，其軍中情報單位人員找到並將希特勒與伊娃·布勞恩的屍體殘骸裝在彈藥箱內，然後將它們運到蘇軍佔領下的東德的麥德堡，於一九四六年二月廿一日將他們的殘屍埋葬於一個秘密墳墓內。到了一九七〇年四月四日，蘇聯特務人員將希特勒與伊娃的殘骸從墓中挖出，再度放火焚化，踩成骨灰，撒在河裡，使他們的「殘骸消跡於世界」。希特勒納粹黨特務的殘酷手段與共產黨特務的殘酷手段正好是一百對一百！

（星島周刊，一九九五年五月七日）

抗戰勝利五十周年

一個未投的原子彈

——抗戰勝利五十週年紀念

一個與投在廣島的原子彈同型式的原子彈，靜靜的躺在猶他州山坡附近一處大空軍基地的機場邊，在相距大約五百英尺的一角，停著一架與在廣島投下原子彈的『B—廿九』超級空中堡壘轟炸機同型式的四引擎重轟炸機，而且那架巨機的駕駛員曾於第二次世界大戰期間在中國協助抗戰。

雖然這個航空博物館展出許多飛機與種種武器，但是圍觀原子彈的遊客特別多，並且從觀衆的表情上可以看出來，他們似乎有很多話要說，顯然爲有機會看到原子彈的眞面目而興奮，也顯然爲這個原子彈而可惜，因爲它未能與其他兩個原子彈那樣在人類史上留下重要的一頁。

展覽原子彈與各種飛機、飛彈等武器的『希爾空軍基地航空與太空博物館』，位於猶他州首府鹽湖城以北的奧格丹市郊，佔地廣達三十六英畝，一部份爲棚廠式的建築物，大部份爲露天場地。

露天場地上展出二十架各式各樣的飛機，五架直升飛機，六個飛彈，以及最吸引人的原子彈『小男孩』。在棚廠內另有數百件展覽品，其中有飛機、飛彈及各種武器，也有一架『P—五一野馬式』驅逐機。『野馬式』機是二次大戰期間陳納德將軍率領的美國空軍援華志願隊使用的主要戰機。

很值得一記的是，這所空軍博物館的創建者與館長梅爾·布蘭賽特空軍上校（已退役）。他特別友好，熱心與仔細的爲我們華裔參觀者講解原子彈的故事，各式飛機與武器的性能，以及他創建這個空軍博物館的經過與他現在完全義務服務的情形等。他說，美機投原子彈的訓練就在此機場舉行。

更出乎意料的是，布蘭賽特上校特別詢問作者『曉不曉得芷江？』原來他在二次大戰末期，也曾在中國戰區協助我們對日寇作戰，駐防於湖南省的芷江。他回憶在華駕機出擊各地敵軍的情形，他駕的也是超級空中堡壘式重轟炸機。作者告訴他，那時我們正在戰時中國首都重慶讀大學，超級空中堡壘轟炸機最初階段是自四川成都空軍基地出動，前往攻擊敵軍佔領區、台灣及日本三島等地。當早晨大編隊的機群從成都起飛經過重慶上空飛往東方作戰時，我們在地面上仰望著天空就有一種很興奮的感覺，美國援助日增，最後勝利之期當在不遠。

布蘭賽特上校駐防過的芷江（舊名沅州），位於湖南省的西部，接近貴州邊界，在抗戰期間爲一重要空軍基地，也是中國軍隊準備大反攻的前進軍事基地之一。日本宣佈投降後，在華日軍總司令岡村寧次的投降代表今井武夫，於民國卅四年八月廿一日在芷江向中國陸軍總司令何應欽將軍呈遞第一份降書。今年芷江將舉行日本投降五十週年的盛大慶祝儀式。

於是，布蘭賽特上校用手指向遠處停在一角的一架超級空中堡壘轟炸機。他說，該機是他當年駕駛作戰的飛機，不過並非在日本投原子彈的那架巨機。他帶我們走到他的座機前，介紹巨機的性能及原子彈如何投下等等。該機有個怪名字：『哈格泰的女巫』。他曾擔任機長，他與其戰友的姓名都寫於機頭邊。爲了感謝這位曾經『來華助戰洋人』與他對我們的熱誠接待，作者夫婦與布蘭賽特上校在其『女巫』跟前拍照，他也在一份博物館介紹書上簽名留念。

據布蘭賽特上校講解說，那個綽號『小男孩』的原子彈本來也是準備投於日本的。但是，在兩個原子彈先後投於廣島與長崎之後，日本便向同盟國無條件投降，因此『小男孩』祗有寂寞的躺在博物館供千千萬萬觀衆的撫摸與欣賞了。『小男孩』很像個大冬瓜，黃綠色，長十二英尺（三點六公尺），直徑二十八英寸（七十一公分），及重九千磅（四千零八十公斤）。同型式的原子彈後來大規模生產，供『B—廿九』、『B—卅六』、『B—四十七』及『B—五十二』等巨型轟炸機使用。

原子彈與大戰勝利確是一體兩面，如果美國未及時發明原子彈的話，太平洋戰爭勢必至少還要持續一年，同盟國軍隊與日本軍民必將增加數十萬衆的傷亡。據世界年鑑社出版的『第二次世界大戰大事紀』中說，在美國原子彈試爆成功（一九四五年七月十六日在新墨西哥州沙漠舉行）之前半個月即六月廿九日，美國參謀首長聯席會議提出的攻佔日本三島的軍事計劃獲得杜魯門總統的批准。其中說，美軍七十萬人預定一九四五年十一月一日在九州島南部登陸，及一九四六年三月一日，美軍兩百萬衆預定在本州島的東京附近登陸。美軍方估計，攻佔九州島的戰役約需一百廿天，可能有三萬九千餘人死傷。

筆者看到原子彈的機會是偶然的。去年暑期我們夫婦去猶他州爲了看看我們來美後的第一個家。廿多年前，筆者一人在舊金山工作，妻子帶著兩個幼子住於鹽湖城附近的一個大學城，而自己卻一直未看過那裡的情形。這次度假的原意在此，但卻有個看到原子彈的意外收穫。

（星島日報抗戰勝利特刊，一九九五年八月十三日）

聞歌猶似抗戰聲

——抗戰勝利五十週年紀念

中國歷史上每一個戰亂的大時代，都留下不少代表那個時代的聲音，這種聲音表現於那個時代產生的詩詞歌謠中。中國對日本侵略的抗戰八年中，留下更多的時代聲音。五十八年後的今天，每逢聽到或唱起抗戰時期的歌曲時，立即使人有回到半世紀前的心情。

李氏唐朝是中國史上的大治世，但是「安史之亂」卻爲人民帶來無限的苦難。那個時代的傑出文人作家寫下很多與「安史之亂」有關的詩詞歌曲傳誦至今。

詩聖杜甫在「春望」中寫京城長安淪陷時期的感觸說：「國破山河在，城春草木深，感時花濺淚，恨別鳥驚心。烽火連三月，家書抵萬金。」在「安史之亂」平定後，杜甫寫的勝利帶來的歡樂與興奮的詩篇尤其爲人稱頌。在抗戰最後勝利來臨時，流亡在四川等地大後方的同胞，人人都有杜甫時代的同感而高唱：「白日放歌須縱酒，青春作伴好還鄉。即從巴峽穿巫峽，便下襄陽向洛陽。」

宋朝北南兩個階段，是中國史上外患與戰亂持續最久的一個朝代，在趙氏三百餘年的統治歲月中，只有二十多年沒有與異族間的戰爭。宋朝的時代聲音，是抗戰期間最常聽到的與談到的八百年前的時代之聲。

岳飛、陸放翁、文天祥等，留給後代許許多多雄壯、激昂、慷慨、也悲戚、感傷的宋代時代之聲作品，都是聲震寰宇，永遠光芒萬丈的。

岳飛的「怒髮衝冠，憑欄處，瀟瀟雨歇。……待從頭收拾舊山河，朝天闕。」是人人會唱，處處可聞的時代之聲。他在行軍途中在江西新淦蕭寺壁上題的詩更爲激勵士氣與民心：「雄氣堂堂貫斗牛，誓將直節報君仇，斬除頑惡還車駕，不問登壇萬戶侯。」岳飛留下的作品並不多，但一字一句無不是千古名言。

愛國詩人陸游（放翁）的「國仇未報壯士老，匣中寶劍夜有聲。」是其報國赤誠的代表作。他用「遺民淚盡胡塵裡，南望王師又一年。」來描寫淪陷區人民水深火熱的遭遇，及他們渴盼南宋軍隊反攻解救的心情。甚至到了生命的盡頭，他還留給我們最令人難忘的名句：「王師北定中原日，家祭毋忘告乃翁。」他寫的是宋朝情勢，也正是我們抗戰的情勢。

文天祥不屈不撓、死而後已的愛國報國精神，完全表現於他留給後世的時代之聲作品中：「人生自古誰無死，留取丹心照汗青。」與「從今別卻江南路，化作啼鵑帶血歸。」中國的八年抗戰，深深的受到他的正義感召。

從民國二十六年（一九三七年）七月七日開始的八年抗戰期間，同樣的有許許多多雄壯、激昂、慷慨、也悲戚、感傷的時代之聲作品。這些聲音喚醒了全國同胞的民族意識，凝固了全國上下團結抗敵的決心，鼓勵戰場上將士殺敵的勇氣，也增強大後方同胞支援前線的努力。

長城內外，黃河上下，長江兩岸，不管是冰天雪地，炎暑烈日，也不論是大都市小村鎮，早晨、黃昏，甚至夜半，隨時隨地都能聽到令人時時刻刻不忘身在戰爭中的抗戰歌聲。

最響亮的自然是：「起來，不願作奴隸的人們。……冒著敵人的炮火，前進、前進、前進、進！」聶耳（原名聶守信）的這首「義勇軍進行曲」，是與法蘭西國歌「馬賽曲」齊名的劃時代作品。抗戰時期，每個角落都響起「前進、前進、前進、進！」的聲音。一九四九年北京政府成立後，將「義勇軍進行曲」定爲「人民共和國國歌」，這對衹渡過二十三個生日的聶耳來說，確是最適當的報償與榮譽。但是，在國、共兩黨對立的環境下，這首抗戰「第一」歌曲在台灣是禁唱的。

最淒涼、最感人的歌聲是：「我的家，在東北松花江上。……那年那月才能夠回到我那可愛的故鄉？那年那月才能夠見到我那年邁的爹娘？」

「自從鬼子來，百姓遭了殃，姦淫燒殺一片淒涼，妻離子散天各一方！妻離子散天各一方！」

「聽，炮聲又響了，不知多少同胞死亡。看，火光又起了，不知多少財產毀滅。」……

「向前走，別退後，犧牲已到最後關頭，犧牲已到最後關頭。同胞被槍殺，土地被強佔，我們再也不能忍受，我們再也不能忍受。」……

「大刀向鬼子們的頭上砍去。抗戰的一天來到了，抗戰的一天來到了。」……

抗戰歌曲大都是全國性的。最近有若干華僑團體曾舉行抗戰歌曲演唱會，使未曾親歷抗戰生活的年輕人們有機會聽聽抗戰期間的時代之聲。但是，那時還有不少地方性的抗日歌曲，也具有時代價值，惟流傳的機會不多。半世紀以前，大陸同胞識字人數比例相當低，易懂易唱的歌曲更容易發生效果。筆者特將兩首北方的抗戰小調全文記在這裡，作爲對我們少小時代到處搖旗吶喊生活的懷念。

「蘆溝橋」：「永定河爲什麼叫蘆溝？蘆溝橋又是什麼時候兒修？橋有多寬、多長、多少洞呀？橋上的石獅子有多少頭？咿呀嗨！橋上的石獅子有多少頭？咿呀嗨！永定河水混叫蘆溝，蘆溝橋是金朝大定二十七年修。橋有兩丈六尺寬，六十六丈長，還有一十一個洞呀，橋上的石獅子有百來頭，咿呀嗨！橋上的石獅子有百來頭，咿呀嗨！什麼人的遊記寫得好？什麼人題詩老悲秋？什麼時候這兒打了一次仗？只殺得屍骨如山水不流。什麼事萬年還遺臭呀？什麼事才千古美名兒留？咿呀嗨！什麼事才千古美名兒留？咿呀嗨！馬可孛羅的遊記寫得好，元好問題詩老悲秋。十三年這兒打了一次奉直仗，只殺得屍骨如山水不流。自相殘殺萬年還遺臭呀，只有抗敵救國才千古美名兒留，咿呀嗨！只有抗敵救國才千古美名兒留，咿呀嗨！」

「老漢抗日曲」：「西牆底下日正暖，衆位明公聽我言。老漢今年八十三，沒有見過這荒年。從小下力來吃飯，媳婦織布兒種田。種田有吃織布穿，完糧每畝兩百半。自從洋貨到中國，紡花織布都賠錢。買東賣西糶糧食，糧食不夠賣莊田。挖肉補瘡正難過，中日大戰到眼前。中央下令齊動員，又要壯丁又要錢。奉勸諸位老百姓，莫要一時怕艱難。徵兵派款都爲咱，不該私下來懟怨。要幫前線打勝仗，後方才能保平安。只要打走日本鬼，咱們就有太平年。只要打走日本鬼，咱們就有太平年。」

（星島日報抗戰勝利特刊，一九九五年八月十三日）

期待中國的『戰爭與和平』

八年抗戰期間，有許多可歌可泣的偉大事蹟，也有不少可恨可罵的卑鄙勾當。前線日夜有壯烈犧牲的英勇將士，戰區有無數一逃再逃的苦難同胞，大後方有辛勤的民衆在出錢出力。同時，也有一群喪心病狂，做敵人的走狗，作背叛國家民族的無恥活動的漢奸國賊。全國各地的報章雜誌上，天天都有或長或短的此類報導。那時候，正在大學讀書的我們與一般知識分子常常想到或者過些日子——指抗戰結束之後，我們能夠讀到一部或者更多的反映抗戰時代的文學著作，更具體的說希望有一部代表這個時代的長篇小說。

我們那時都希望看到一部以中國人用血肉之軀與飛機大砲及坦克車奮戰八年爲背景的文學著作，能與反映法國大革命時代的《雙城記》，反映拿破崙征俄時代的《戰爭與和平》，以及反映美國南北戰爭時代的《飄》（亂世佳人）等世界超級小說齊名併列。

我們這個希望在戰爭進行期間祇是個希望，因爲文人作家與一般同胞們的遭遇一樣，逃難、再逃難，時時躲空襲警報，沒有安心長時間寫作的環境條件，但他們盡了以文章報國的宣傳責任。

我們這個希望在抗戰勝利來臨之後，仍然只是個希望，因爲一個大戰亂動盪的時代還沒有完全過去，另一個大戰亂動盪的時代已經開始。

今天，抗戰勝利已經整整過了五十年，我們這個希望依舊只是個希望。大陸的「竹幕」低垂了四十餘年，自從所謂改革開放以來，大陸上賣來賣去的東西還是三十年代、四十年代的那些古董作品，出口到海外作招牌賺外匯的也還是當我們做中學生、做大學生時代的那些耳熟姓名。

在舊金山的華文書店內，找不到一部公認的以抗戰時代爲背景的文學名著。《白鹿原》的內容雖然涵蓋抗戰前後的那個時代，但帶著深深的黨派彩色，而且摻雜太多今天的性解放式的男女關係情節，顯然與那個時代的保守的中國農業社會人民生活有很大的距離。

台灣的情況如何？四十多年來，從驚濤駭浪中逐漸偏安下來，生活限於小島上的人，一切都變成「袖珍型」。某某人出了一兩本小說，就自傲是全國的大作家，賣了三幾千冊的書便爲暢銷書。那數十年間，似乎祇有一部《藍與黑》獲得一些人士稱讚爲以抗戰時代爲內容的佳作。

筆者數十年來時時想起這個希望，也可以說時時思考這個問題，總想找出一些理由來。是中國人中缺少文學天才嗎？台灣只有兩千萬人可以這麼說，大陸上有十萬萬餘人如何來解釋呢？是文人生活清貧沒有寫作心情嗎？大陸上的人可以這麼說，在台灣的人沒有理由這麼說。至於說「政治壓力」，大陸與台灣都有同樣的因素，其他國家也如此。

突然之間，筆者轉變一個方向，翻開文學史與作家史看看，結果發現上面提到的那三部世界名著，都不是書中所說的那個時代的人寫的，而是在那個時代過後很多年的人的作品，事實在這裡：

英國大作家狄更斯（一八一二年生，一八七〇年歿）的《雙城記》出版於一八五九年，距書中的背景時代一七八九年的法國大革命相距長達七十年。

俄國大文豪托爾斯泰（一八二八年生，一九一〇年歿）的《戰爭與和平》出版於一八六九年，距書中的背景時代一八一二年的拿破崙征俄已經過了五十六年。

美國名女作家密契爾（一九〇〇年生，一九四九年歿）的《飄》（亂世佳人）出版於一九三六年，距書中的背景時代一八六一年的南北戰爭相距已七十五年之久。

這些年數告訴我們，那三部名著都不是當代而是後代人士寫的。這個事實也告訴我們，後代人與他們小說中的那個時代已經沒有直接的利害關係，他們可以用他們認爲公正的觀點，客觀的標準與適當的文字來寫發生於他們以前很多年的事情。他們不必存心爲那些人、那些事宣揚歌頌，也不必蓄意對那些人、那些事貶抑打擊。這幾部文學著作——當然不僅這三部而已——成功因素就在此。

因此，我們也獲得一個有意義的副產品。《三國演義》爲什麼有如此大的吸引力？爲什麼六百年來一直都是眞正的暢銷書？正是由於羅貫中寫的是在他以前一千餘年的時代的事情，一切「是非成敗轉頭空」。

於是，有了一個啓示，再過十年二十年，中國會有一位大作家完成一部以八年抗戰時代爲背景的文學鉅著，獲得中國與世界讀者的同聲讚揚。雖然身歷抗戰時代的筆者之輩沒有拜讀的機會，但這個希望是從我們開始的。

今天我們回憶記述八年抗戰時期的苦難經歷，或許可以爲未來的文學鉅著提供素材。

（星島日報抗戰勝利特刊，一九九五年八月十三日）

勝利新聞人人爭讀

抗戰最後勝利來臨，最受歡迎的是報紙，那時中國沒有電視，無線電收音機也極少，祇有報紙傳播勝利歡樂的消息。那幾天，陪都重慶的各日報、晚報與號外從早到晚不斷的印刷，仍然不夠供應。我們就讀的大學位於重慶南郊的一個風景宜人的溫泉小鎮上，距市區十英里左右。當市內的報紙運到那裡時，一批一批都被人民搶購光了。要等待很久才能買到一份報紙，甚至晚報來了，早報還在賣。

戰爭期間，後方物資奇缺，報館設備有限，報紙用手工造的土紙印刷，紙質很差，類似美國的「紙巾」，油墨兩面互相滲透，閱讀相當的吃力，報紙經過幾次翻看折疊就破爛了。戰時爲了節省物資，大型報紙每天限出版一大張即只有四版，小型報與晚報每天只出版半大張即兩版或四開式四版。刊登勝利新聞的報紙是空前珍貴的紀念品，在筆者五十年前收藏的勝利消息報紙中，今天只剩一張還保存著，從這張老報紙上可以看到最後勝利的原始消息與半世紀前的一些戰時情況。現將若干則重要新聞照抄錄在下面，供沒有機會親歷抗戰勝利實況的人士們參考。

日本已正式投降

盟方進行接受投降工作

盟軍作戰行動業告停止

（重慶十五日急電）日本正式無條件投降消息，係於十五日晨五時一刻由美國務卿貝爾納斯用無線電動打字機通知美國駐華大使赫爾利，及我外交部吳次長國楨，定於華盛頓時間十四日下午七時，即重慶夏令時間十五日晨七時同時公佈。

（重慶十五日電）據美新聞處舊金山十四日電，莫斯科電台本夜向蘇聯人民廣播，宣佈日本業已投降。

（倫敦十五日路透電）阿特里首相於本日午夜廣播時，宣佈日本已於本日接受無條件投降。

（重慶十五日電）據東京十五日廣播，命令所有日軍停止戰鬥之敕令手續即可完成。

（重慶十五日電）據美新聞處華盛頓十五日電，杜魯門總統宣佈特派麥克阿瑟元帥接受日本投降。

委座急電岡村寧次提示日軍投降原則

飭令所屬日軍停止一切軍事行動

速派代表至玉山接受何總司令命令

（重慶十五日電）蔣委員長於十五日急電南京日軍最高指揮官岡村寧次，提示日軍六項投降原則，茲抄錄原文如下：「……中國戰區最高統帥蔣中正。」

（註：國民政府主席蔣中正兼任軍事委員會委員長及盟軍中國戰區最高統帥）

元首電毛澤東

各重要問題亟待解決

請速赴陪都共商國是

（重慶十五日電）國府蔣主席於十四日致毛澤東電文：「急。延安毛澤東先生勳鑒：倭寇投降，世界永久和平局面可期實現。舉凡國際國內各種重要問題，亟待解決，特請先生於日內惠臨陪都，共同商討，事關國家大計，幸勿吝駕，臨電不勝迫切懸盼之至。蔣中正。八月十四日。」

接收各淪陷區

蔣主席分別派定大員

（重慶十五日電）頃悉：蔣主席已經派定大員，分別馳往下列各省市，迅速恢復地方行政及秩序，安撫人民，並辦理受降事宜。特將已派定之各省市大員姓名錄後：南京馬超俊（王懋功代），上海錢大鈞，北平熊斌……。

本年應徵兵額　委座電令停徵

（重慶十五日電）蔣委員長頃以日本已向我無條件投降，爲使人民休息，特令所有全國本年應徵兵額即行停止，至各部隊之整編另飭各主管部擬辦。

最後勝利來臨，對全國及世界人士

元首發表廣播

（重慶十五日電）蔣主席十五日晨對全國軍民及世界人士廣播稱「……。」

中蘇同盟條約簽字
成立共同利益協議

（重慶十五日電）據莫斯科十四日廣播，中蘇友好同盟條約業已簽字。

擊敗共同敵人獲致勝利
元首電美英蘇領袖致賀

（重慶十五日電）日本無條件投降，蔣主席特分電美、英、蘇三國領袖致賀，其原三電如次：「……。」

鈴木投降文告

籲日人遵從天皇敕書

（重慶十五日電）據東京十五日廣播，內閣本日對全國發表與接受波茨坦宣言之敕書有關文告稱：「……。」

空軍攻勢最後一次

（重慶十五日電）據美新聞處重慶電，中國戰區美軍司令部十五日發表六七三號公報稱：「……。」

日本正式投降　舉世狂歡慶祝

（華盛頓十四日專電）杜魯門總統正式宣佈十五日至十六日休假後，華府人民正籌備徹夜歡慶，所有政府機關及工廠均停止工作。

渝市百貨價跌

黃金美鈔均亦跌價

（重慶十五日電）四強已正式宣佈日本接受無條件投降，故十五日金融市場開盤時美鈔價格跌至一千二百五十元，黃金跌價至六萬五千元。嗣以跌價過鉅，巨頭買進，價回好。收盤時美鈔一千五百元，黃金七萬三千元。百貨見跌，交易停滯。

（星島日報抗戰勝利特刊，一九九五年八月十三日）

日本干涉美國慶祝勝利五十週年

設於首都華盛頓的權威性的公民團體『美國研究中心』的『第二次世界大戰紀念委員會』，於日本無條件投降與大戰勝利五十週年紀念前夕，對全美人民發表聲明說：『你同意柯林頓總統所說，慶祝對日本勝利，在政治上是不正確的嗎？』

『在廣島與長崎投下原子炸彈，使對日大戰結束並拯救了千萬美國人的生命。但是，柯林頓不要我們慶祝對日本的勝利。』因此，該委員會促使公衆向美國政府大聲抗議，並且嚴詞譴責日本在戰時的殘暴行爲及現在的霸道作風。

中國是二次世界大戰中犧牲最大損失最重的國家。但是，在大戰勝利五十週年的今日，由於中國政治勢力的分裂與對立，對抗戰勝利的意義有了不同的評價，因此影響了這個歷史性偉大紀念日的慶祝。每個旅美華裔都無限感歎！

美國是對二次世界大戰貢獻最大的勝利國家，對此重大紀念日的慶祝應該是毫無問題的事，但卻因柯林頓政府的無比的顢頇，而在此勝利紀念日史上留下了污點。戰敗國日本竟然干涉戰勝國美國對大戰勝利五十週年的慶祝，這確是人類史上的『奇蹟』，也只有新日本帝國主義者才膽敢做出此種空前的狂妄行動。日本干涉美國內政令人憤恨，而柯林頓政府的昏愚更令人生氣，他眞對不起美國數百萬大戰退伍老兵與戰場上捐軀者遺下的寡婦孤兒！

東京的新帝國主義者先反對美國郵政總局發行以原子彈爆炸爲畫面的大戰勝利五十週年紀念郵票，接著他們又要求美國在慶祝時不能使用已用了五十年久的勝利時代標誌：『V-J Day』。

第一件事情是，美國郵政總局自一九九一年日本飛機偷襲珍珠港事變五十週年開始，每年發行一套第二次世界大戰紀念郵票，預定今年發行的一套紀念郵票的主題爲：『最後勝利』。

『最後勝利』紀念郵票全套十張的畫面設計不同，都是大戰最後一年的重大事件，其中一張的畫面是原子彈爆炸形成的菌狀雲。這套紀念郵票的樣張去年下期已經公佈，而且全球許多人士都準備收藏這套富有紀念意義的美國郵票。

但是，沒有人料到日本的外交間諜分子將這套郵票的樣張送給東京政府。日本的政閥們『大爲不滿』，立即要求柯林頓政府下令郵政總局取消這套紀念郵票的發行。此項日本無理要求消息傳出後，雖然引起美國人民的高度憤怒與強烈抗議。但是，十分荒謬的柯林頓政府竟然不顧全國人民的公意與他的歷史責任，而向日本的壓力低頭，下令郵政總局將那張原子彈爆炸圖案的郵票原版銷毀，而另行設計一個畫面：『杜魯門總統宣佈大戰勝利』。這套大戰勝利紀念郵票預定今年九月二日在檀香山正式發行，但是它的意義已經遭到新日本帝國主義的沾污。

第二件事情是，新日本帝國主義者要求美國政府禁止在各種正式慶祝日本無條件投降與大戰勝利的計劃與活動中使用『V–J Day』的勝利標誌。

一九四五年八月十四日，杜魯門總統在正式宣佈日本無條件投降與第二次世界大戰對日本戰爭勝利結束時說，將九月三日定爲對日本勝利日『V–J Day』，同時宣佈麥克阿瑟元帥爲駐日本盟軍最高統帥，代表美國、中國、英國與蘇聯接受日本的投降。自一九四五年開始，全世界一切與日本投降及大戰勝利有關的公私歷史文件與記述中，都使用這個具有歷史意義的時代標誌，正如同使用『V–E Day』代表二次大戰德國投降歐洲戰爭勝利的意義。

日本政閥們自今年春天開始，對柯林頓政府施以壓力，要求美國政府禁止以『V–J Day』作爲對日本勝利的正式標誌。柯林頓曉得，如果政府當局公然宣佈對日本的狂妄與無理要求屈服的話，必然激起美國人民的強烈反對。因此，美國政府官員們先悄悄的將柯林頓政府同意日本的要求的意向告知新聞傳播界人士，希望他們以低調方式處理這一有辱美國國家體面的事件。十分權威的華盛頓郵報及華爾街日報等，雖然對柯林頓政府的此種顢頇與懦弱作法加以諷刺與抨擊，並且對新日本帝國主義者的此種狂悖霸道行爲予以譴責訶斥，但是戰敗的日本竟敢如此無理的欺侮戰勝國美國，這不只使大戰勝利五十週年的慶祝遭受沾污，也爲亞洲甚至世界的未來投下一個不祥的陰影。

（星島日報，一九九五年八月十三日）

「七七」與「一二七」

軍國主義的日本在二十世紀挑起三次大戰：一九〇四年的日、俄戰爭，一九三七年的中、日戰爭及一九四一年的日、美戰爭，在這三次侵略戰爭中，日本有兩次都選在「七日」開火：七月七日的蘆溝橋事變與十二月七日的珍珠港事變。日本人是否迷信「七」？

五十六年前的「七七」在年輕的旅美華人心目中，印象自然已經很淡薄。但是五十二年前的「一二七」在美國人心目中卻記憶猶新，因爲那是合衆國兩百多年史上最沉痛的國恥。最近一群美國愛國反日人士提出一個駭人的警告：日本正企圖以經濟武器攫取美洲的命脈：巴拿馬運河。

「勿忘國恥」是作者這一代人記憶最深刻的一個反日口號。美國人顯然也如此。請看：

美國郵政總局自一九九一年十二月七日珍珠港事變五十週年開始，每年發行一套大戰紀念郵票與一冊大戰畫史，將持續到一九九五年爲止。郵票是一種散佈最廣的宣傳品，日本人也一定會看到的。

兩個「七日」都是日本使用直接軍事侵略的標誌。二次大戰失敗的教訓，使日本不敢再使用軍事侵略，但他們只是將「軍事」換爲「經濟」而已，請看：

加州銀行界人士說，在全加州的銀行業資本總額中，日本資本佔了百分之二十五。你、他、我的鈔票中都有一部份淪落在日本人掌握中。

加州勝地蒙特瑞半島的圓石灘高爾夫球場與豪華大酒店，東主換成日本人。洛杉磯的名勝「環球影城」的東主也換成日本人。

優勝美地國家公園的實際經營者「柯利公司」是日本人另一個奪取的對象，幸虧加州的愛國人士出面反對，才保住這筆財產。

華府的「美國人爭取公平委員會」除了揭露日本人的種種經濟侵略行動外，特別發起公民簽名運動，上書柯林頓總統，要求他立即採取行動制止巴拿馬將運河生命大權送給日本，並且將運河牢固的保持在美國手裡，以預防將來另一個珍珠港事變。

作爲一個旅美華人，對兩個「七日」的歷史同等的注意與重視，我們那一代是在「飛機與炸彈齊飛，火光與血肉一色」的環境裡長大的。中學時代，老師時時指導我們讀報、剪貼報紙，可惜最早的貼報冊子完全隨著父母的房舍毀滅在日本飛機的炸彈之下。

這一代的日本人——包括在美國的日本僑民——雖然不必爲其上一代的罪惡負責，但民族仇恨是客觀存在的。

（星島日報副刊，一九九三年六月廿五日）

放眼世界

世界地圖大變色

日前剛剛收到美國地理學會寄來一份最新的世界地圖增訂版，看了這張地圖，除證明美國人做事服務認眞負責外，使人聯想到世界地圖近幾年的變色，而且大變色。

兩年前，我訂購一部地理學會出版的世界地圖。當時該學會附告購者說，如果「地圖」有變動的話，該學會每年將印一份增訂版，免費寄與購者，以使讀者有最新的資料。最近這張世界地圖的來歷正是如此。

地理學會在這張地圖上印著：「本補充地圖的資料，包括截至一九九二年六月十日爲止，喚起你曉得自從國家地理學會世界地圖第六版發行以來重大的世局改變。」

中、外歷史都一樣，每經過一個大動亂時代，地圖的顏色隨著改變。秦始皇併吞六國，

「上帝之鞭」——歐洲人對蒙古人的稱呼——西征，拿破崙的一世之雄，及希特勒的橫行等等，都曾使世界地圖變色。只不過，有的改變時間很久，有的短暫而已。

試翻開世界歷史地圖來看，遠的不必追述，自第一次世界大戰以來，世界地圖已經有了多次的重大變色。一九一八年以後，法國獲得了土地，德國在海外的屬地被剝奪，奧圖曼大帝國瓦解，英、法瓜分領土的結果，在中東播下了去年科威特戰爭的種籽。

一九四五年第二次世界大戰結束後，蘇聯攫取了波羅的海三個小國，德國遭割裂爲東西兩半，韓國被劃分爲南北兩區，以色列的建國，日本退回三島，非洲各國的獨立，以及越南的南北對立等等，無不使地圖改變顏色。

美國地理學會寄來的這張地圖上，顯示出這兩年來世界地圖顏色的重大改變。

「東德」與「西德」沒有了，而只有一個綠色的德意志。科威特地圖上的紅色「一九九〇年八月二日，伊拉克軍隊入侵科威特。」的字樣已經不存在。

列寧創建的蘇維埃社會主義共和國聯邦解體，一個顏色的蘇聯變成了種種顏色的新國家，一幅鐮刀錘頭的國旗也變成十多種不同的國旗。

波羅的海三小國愛沙尼亞、拉脫維亞及立陶宛，於一九九一年九月一日獲准獨立。一九九一年十二月十一日，蘇聯除了已宣佈獨立的各共和國外，有十一個共和國組成「獨立國國協」。一九九一年十二月二十五日，蘇聯正式宣佈解散——在十月革命之後七十四年。

南斯拉夫分裂的情勢也顯現在這張最新的地圖上：一九九一年六月二十五日，克羅埃西亞及斯拉維尼亞宣佈獨立。一九九一年十一月十七日，馬其頓宣佈獨立。

在這張新地圖正印製中，捷克斯洛法克亦在鬧分裂，它在地圖上的顏色不久之後也要改變了。

除了地圖變色外，地球儀也跟著變色。伊利諾州有一家地球儀公司，正在加工生產改變顏色的新地球儀，可能使現在擁有該公司地球儀的人士，免費更換一個新地球儀。

香港、澳門已經列入地圖變色的「候選」名單內，在它們之後自然還有不少呢！

（星島日報副刊，一九九二年七月廿五日）

歐洲觀光歸來

據甫自西歐旅行返此的人士於星期六說，從三藩市（舊金山）到倫敦、巴黎及日內瓦等歐洲大都市匆匆旅遊之後，大致可以獲得以下的觀察。

——交通秩序出人意外的惡劣，與美國的情形成顯明的對比，確是對所謂文明之邦的一大諷刺。

——經濟情況走頹勢，物價昂貴，通貨膨脹嚴重，貨幣對美元的匯率不斷貶值，一天之內，牌價數易，眞是「早晚市價不同」。

——物資顯然缺乏，尤其是水菓蔬菜等購者沒有選擇的餘地。

——開發早已過度，處處是破落氣象，如今多以出賣祖宗遺產作爲收入途徑之一。

——華人增多，餐館生意不錯，供應的菜餚品質不亞於三藩市及洛杉磯華埠的飯店。從個人生活方面來說，生活於美國的華人，尤其是三藩市及洛杉磯等地的華人在看過西歐之後，都認爲最幸運。

——英、法境內的阿拉伯人問題一如美國黑人問題。（唯風光名勝不在談論之列）

歸來的人士說，通常從美國到台北回來的人一提到台北街頭的車輛交通秩序就搖頭嘆氣。可是，當他們從三藩市及洛杉磯抵達倫敦或巴黎街頭一看，那才眞是馬路如虎口：汽車與行人賽跑，車不讓人，人不讓車。駕車的人到了斑馬線仍然不減速，而穿越街口的人，必需眼觀左右，雙手前後亂揮招。街面上很少分車道線，後面車子趕上來，無法通過時，就衝上人行道超車，而且將人行道當作停車場。

他們特別提到，在巴黎的名勝聖母院旁邊喝咖啡的人，將汽車橫擋在門口，在幾經後來的車子駕駛人催叫之後，該車主始斯斯文文的出來將其車子移動到門的另一邊——還是阻住交通，然後又回到館裡喝咖啡。看不到交通警察干涉，更看不到像三藩市的警察那樣，隱身於暗處出來抄牌開罰單。

他們說，在日內瓦的湖畔廣場邊遇到一位曾在聯合國服務很久的我國退休外交官。他也在美國住過多年，現在住於日內瓦過著退休生活。他每月領退休金三千美元，每月花費大約需一千元。他說，美金天天升值，正是在美國的華僑到歐洲遊覽的好機會。

由於外來的觀光客衆多，倫敦、巴黎及日內瓦等城市內的外匯店舖特別多，是主要商業之一。各國貨幣齊全，十足自由交易。近來都是美元報升。有時排在前面的人兌換美金的比率與後面的人就不同。當地的華人常建議遊客們，一次不要兌換太多的美鈔，免得美元匯率上升時吃虧。

這些人士說，雖然英國的毛呢品、法國的化粧品或瑞士的鐘錶等的品質上乘，供應亦充沛，但是一般物資顯然缺乏，尤其是水果及蔬菜之類。購買的人不准用手去摸，更不容你挑來選去，否則販子拒絕出售，從美國去的人看到這種情形，無不嘆爲奇聞。價錢當然比加州貴得多，有些果蔬的品質，與三藩市超級市場內被店主拋棄的東西差不多。

巴黎的艾斐爾鐵塔是全球共知的花都標誌。法國人不但利用它出售登塔票賺錢，而且將構架的鐵件拆些下來當作紀念品賣給觀光客們，倫敦泰晤士河上有一座古老的倫敦橋已經出售給美國亞利桑那州的人士，而且經常有人表示願出高價收購該河上著名的塔橋。

倫敦的古城堡、溫莎堡皇宮、巴黎的羅浮宮、凡爾賽宮及拿破崙陵墓等，都是今日的觀光收入財源。英人、法人正在「出賣」其祖宗威廉大帝、路易十四或者拿破崙留下的遺產。這種種正如同中國大陸人偷拆萬里長城的古磚出售一般。

英國今天有華僑三十多萬人，法國原有華人數萬，但是，近年來有十多萬華裔自中南半島移入，於是聲勢大增。也有少數難民僑胞移民瑞士。他們說，在前往瑞士首都伯爾尼的火車上曾遇到兩位來自寮國的華僑青年學生。

倫敦及巴黎的華人餐館生意不錯，菜餚的品質也不遜於三藩市或洛杉磯華埠的餐館。但是，瑞士的情形差多了。日內瓦有一家西人經營的「大華餐廳」上上下下全非華人，一個飯碗量的粉絲要美金三元，一碗白飯要一元，其他「名菜」可想而知了。

這些人士說，觀光客是歹徒下手的對象，全球各地都一樣。倫敦、巴黎的阿拉伯人被視為「問題人物」，與美國的黑人相當。

參加此次西歐旅行團的大都是三藩市與洛杉磯的僑胞。聯合主辦者是美國泛美航空公司及三藩市的東南旅行社，並由東南的黃惠雄君擔任領隊。黃君曾在巴黎留學多年，熟習西歐各地情勢，對於此次旅行的日程及食宿安排等都相當的週到。在旅行結束後，歸來的人士對其服務都表示謝意與讚譽。

（附註：本文係以對記者談話方式發表。舊金山世界日報，一九八四年四月）

巴黎鐵塔令人討厭？

許多人都這麼說：世界上有兩個「最美的自殺地點」，一處是舊金山的金門大橋，另一處是巴黎的艾斐爾鐵塔。

這兩個全球咸知的名勝成爲自殺者選取的生命的終站，雖然有煞風景，但也證明一點，人們都是愛美的。當那些絕望者生命的最後一剎那，還要挑選一個最美的地方度過，有個最美的人生歸宿。

艾斐爾鐵塔慶祝創下遊客一億五千萬名紀錄的消息，使作者想起了巴黎鐵塔。雖然作者夫妻多年前只在巨塔腳下的旅館內住過三個夜晚，與這個花都陸標也只有數小時的緣份，但每逢在電視中、電影裡或圖片中看到艾斐爾鐵塔時，總有幾分如見故人的感覺，似乎與我們的金門大橋一般的親切。

在你我讀過的巴黎遊記中，都是異口同聲的描寫與歌頌艾斐爾鐵塔在晨霧微曦中如何的美，在夕陽落霞裡如何的美，在月光照耀下如何的美，在雪花紛飛中如何的美，或者欽佩鐵塔的設計與監造者鐵路工程師亞歷山大・古斯達維・艾斐爾的超人設計天才與工程的雄偉浩大。還有，登塔俯瞰花都全景，塞納河、凱旋門、羅浮宮，尤其是所謂夜巴黎的五光十色。

但是，我們卻極少曉得巴黎當地人對此國際知名的景物的看法或評論。大大出乎從萬里外到花都觀光者的意料之外。這座獲得億萬人讚頌的美麗、偉大的建築傑作，卻被法國藝術家等人士諷刺爲「鐵竹筍」，「大怪物」。巴黎有不少人卑視它，指它是個不祥之物，破壞了法京的「風水」。最後，巴黎人決定不要它，決定將它拆除當廢鐵賣！結果呢？幸好法國陸軍部出面阻止拆除艾斐爾的計劃，其最大的理由是國防價值，因爲高聳入雲的鐵塔是無線電通訊的最好設施——那時還沒有人造衛星出現。如此，艾斐爾鐵塔才保住了生命。這是一九〇九年的事情。

艾斐爾鐵塔在世界觀光客的心目中早已是個名勝。但是，它在巴黎市的名份卻遲至七十年代（一九六四年）始獲得法國當局正式承認爲「歷史名勝」。

據說，最討厭巴黎鐵塔的是法國的著名短篇小說家莫泊桑。他曾說過：「因爲鐵塔使我太厭惡，我離開巴黎，甚至離開法國。」

花都的這個最美的自殺地點究竟有多少個最美的冤魂？據巴黎市觀光機構說，到今年八月底爲止，共有三六七人從鐵塔上跳下自殺。法國旅遊當局沒有將這些自殺者的身份、姓名與國籍加以詳細報導。不過，筆者相信中國遊人應該未包括在內，因爲跑到外國自殺是有失面子的。

如果將巴黎鐵塔的跳塔自殺紀錄與金門大橋的跳橋自殺紀錄作個比較的話，則巴黎鐵塔的「魔力」遠不及舊金山金門大橋的魔力。艾斐爾鐵塔自一八八九年十二月建成以來，迄今共有三百多人自塔上跳下自殺，而金門大橋自一九三七年八月建成以來，迄今跳橋自殺死亡的已經接近一千人！

無論如何，巴黎鐵塔畢竟是世界的大名勝之一。到法京遊玩必然登艾斐爾鐵塔，正如同來舊金山觀光必看金門大橋，到紐約觀光必看自由女神像，及到倫敦遊覽必看倫敦塔橋一樣。

一九九三年八月三十日，艾斐爾鐵塔舉行儀式，慶祝第一億五千萬名遊客登塔的劃時代紀錄。這位幸運遊客不是「外人」，而是巴黎市民賈桂琳·瑪迪尼茲。她獲得一部價值一萬七千美元的豪華汽車，一束鮮花與受到大群人的喝采，使這位巴黎羅賽飛機場的安全服務員十分激動的說：「這是我的一個大日子。」

在慶祝典禮中有一位令人注意的人：艾斐爾鐵塔的設計與監造者亞歷山大·古斯達維·艾斐爾的重孫女瑪麗亞·利薩特·艾斐爾。這位拍賣行的女經理對其曾祖父的傑作自然炫耀不已。

的確，艾斐爾對巴黎的貢獻，一如金門大橋的設計與監造者約瑟夫·史楚勞斯對舊金山的貢獻。在艾斐爾的領導下，花了兩年的時間建成這座高一、〇五〇英呎的鐵塔，作為一九〇〇年巴黎國際博覽會的標誌。筆者在一幀一九〇〇年拍攝的博覽會照片中，看到降生未久的艾斐爾的青春芳容，與我在其八十多歲時所見的儀容相較，找不出多大差異來，這或許應歸功於花都巴黎化妝品滋潤保養的功效吧！

（星島日報副刊，一九九三年九月）

且看美國「七四」前後

七月四日，如果你坐在美國故都費城獨立歷史國家公園的草坪上或者樹蔭下，看著紅磚外貌的獨立廳，仰望在玻璃亭內的自由鐘（原置於獨立廳走道上，現移置於咫尺的鐘亭內），自然會憶念起兩百十六年前發生的一件世界史上的大事：美國獨立宣言紀念日。

以「人生來都是平等與獨立的」爲主旨的獨立宣言是人人所熟知的，但是，獨立宣言的產生經過並不簡單，這正如同中外史上許多歷史性事件的產生經過一般。

在華盛頓史密遜尼博物館內，珍藏著一份獨立宣言的主稿者湯瑪斯・傑佛遜，當年花了十七天心血鑄成的歷史文獻。

一七七六年六月廿八日，在費城舉行的第二屆大陸會議通過一項驚人的決定，宣佈美洲十三州的殖民地與英國永遠分離而獨立。

以傑佛遜爲首的一個特別委員會，向大陸會議提出一項文件，其中宣佈各州殖民地與倫敦斷絕關係，並建立獨立的國家。委員會主席爲傑佛遜，委員爲富蘭克林與亞當斯。

在傑佛遜的文件提出後，雖然許多大會代表深表欽佩，但是有若干代表並不贊成獨立，新英格蘭地區與南方地區的代表們十分擁護獨立。但是，中部各州（尤其是紐約州）的代表們仍主張與大英帝國維持關係。

大陸會議於七月二日開始正式討論獨立宣言案，在經過三天的激烈辯論之後，終於獲得大會的通過，於是創下了這個偉大的「七四」紀念日，在出席大陸會議的十三州代表中，有十二州的代表都投票支持獨立宣言，而祇有紐約州的代表們在表決時棄權。

在大陸會議開始辯論獨立宣言時，起草委員之一的亞當斯向大會說明宣言的意義並促使代表們支持。但是，最初賓夕法尼亞、紐約、德拉華及南卡羅來納等州的代表並不表示贊成，南方代表不支持的主因是涉及黑奴問題，後來經大會將有關奴隸的文字加以修改後，南部代表改變態度而支持此項宣言。

獨立宣言雖然獲得大陸會議通過，但是當時大會代表們並未在宣言上簽名，因爲顧及代表們的安全問題。

在大陸會議通過獨立宣言之後一個月，到了八月二日，各州代表們開始在獨立宣言上簽名，第一位簽名的是大陸會議主席漢柯克，他的簽名在宣言下面的正中央。十三州共有五十六位代表在獨立宣言上簽字。

但是，在大陸會議活動中與獨立宣言簽名單內，卻看不到美國開國元勳華盛頓的大名，自然令人奇怪？

原因在此：當大陸會議討論獨立宣言案期間，革命軍總司令華盛頓將軍正在紐約指揮軍隊備戰，迎擊英軍的進攻，到了七月九日，華盛頓將軍才獲知通過獨立宣言的消息，並且舉行盛大的慶祝活動。英國於七月八日獲知美洲殖民地宣佈獨立的消息。

九月九日，大陸會議通過決議，將「UNITED COLONIES」改爲「UNITED STATES」，於是美利堅合衆國國號正式誕生。

（星島日報副刊，一九九二年七月十一日）

一個移民的『七四』雜感

一九九四年美國國慶日來臨，華文、英文報章上照例會刊出一篇一篇有關美國獨立運動、革命英雄、建國與發展歷史，以及慶祝活動等等的文字。年年『七四』都如此。在這裡筆者採用另一種方式，將過去的人士所寫的一些性質相同而時代不同的文章作個溫習，讓我們回頭看看，昨日美國與今日美國有什麼異同，『古人』（用這名詞有點勉強，因爲一七七六年祇是清乾隆四十一年）與今人的看法有什麼異同。本文中所引用的人物，有的是華人所熟知的，有些比較陌生，但是他們的言辭或者說作品，在美國人心目中都具有不平凡的價值。先從『七四』說起。

『鎭上派了一個小組去捕魚，到七月四日這天，已捉得千餘磅，養在附近一個小溪灣裡。又有一個三人小組用樹枝搭起天棚，從鋸木廠弄來長木板，做了個四十英尺長的飯桌與一個舞台。從木材廠收集來的一大堆木頭準備作燃料。慶典主持人派人到四十英里外的布朗斯維爾城購來一隻二百五十磅的大豬，豬油用來煎魚。食物豐富，有魚與玉米餅，還有一些白麵包。三日下午，人們已絡繹前來，四日共聚集了一百五十人。有的步行，有的駕著牛車或其他什麼的，只求趕到這兒。婦女們戴著遮太陽草帽，穿著普通衣服。人群裡祇有一人著絲綢，有些男子還赤著腳。國旗升在一根七十英尺高的木桿頂上，接著朗誦獨立宣言，然後大家吃那頓豐富的筵席。之後，從八十英里外攜來的幾個提琴輕輕奏起音樂，跳舞節目開始。』

這篇洋溢著純樸、自然與人情味的記述內布拉斯加州小鎮黑爾居民過『七四』的文字，是作家艾維勒·狄克在一八七〇年代寫下的。

再看一段寫在一八三二年的文章：『現在七月四日來臨，這是美國最大的節日。一七七六年七月四日，獨立宣言在費城州政府內簽字。』

『在我看來，陰沉的冷漠與缺乏熱情，是美國人態度中最大缺點之一。所以我稱讚他們在此節日一般表現出來的眞正的快樂。在七月四日，人民的心情好像是從三百六十四天的睡覺中醒來；他們顯得精神飽滿、歡樂、活潑、慷慨、合群或者至少花錢大方一點，而且他們不咒罵這個神聖的日子。我可以說，他們至少在七月四日似乎是個和藹可親的民族。』

寫出這段『七四』感言的是十九世紀的女作家法蘭絲·楚洛普。據美國文學史中說，她出版五十多部小說與遊記著作，其中以『美國人的本國態度』一書最受人注意，因爲她對美國人的『邪惡的』譴責超過『溫和的』稱讚。據記載說，她在當時的『邊界』城市辛辛那堤住過一段日子，曾遭遇到開商店失敗等挫折，影響到她對美國人的態度，從這段『七四』感言中我們可以看出她的觀點來。

美國的開國元勳、哲學家、科學家、政治家、外交家、文學家班傑明・富蘭克林，也是一位移民問題專家，而且是美國史上有著述爲證據的最早的移民事務專家，他早在美國獨立運動成功後的第六年即一七八二年寫下這段話：

『哪種人移民去美國可能有利？及他們合理期望的利益是什麼？

『那個國家的土地便宜，廣大的森林仍然沒有居民，而且在一個長時間不會有人佔用。因此，在邊區（指十三州時代）許多地方，只要八個或十個『吉尼』（英國的舊金幣名，約合廿一個先令）便可以購得數百英畝長滿樹木的肥沃的土地。健壯、辛勤的年輕男子們在那裡容易站穩。當爲他人工作期間，將高的工資節儲下來，可以用來購買土地，開始自己的農耕，將獲得友好鄰人與某種信貸的協助。許多來自英格蘭、愛爾蘭、蘇格蘭及德國的貧窮人們，利用這種方法在幾年內就變爲富農。這些人在自己國家，因爲土地缺乏，工資又低，可能永遠無法從生來的貧苦環境中翻身。

『我自己曉得若干實例，有人在賓夕法尼亞州邊區購得大片土地，一百英畝只要十鎊錢，過了二十年，開拓擴大到那裡，土地不需任何改良，即可以每英畝三鎊的高價出售。美國的英畝制與英國及法國的畝制面積相同。』

富蘭克林於兩百十年前發表的移民理論，到今天在基本上仍然是有價值的。現值移民問題在美國上下激烈爭論之際，我們應該一讀他的讜論。

早期外國移民對移民生活的感想如何？他們的心情與今日移民的心情是否兩樣？這裡是一個美國人十分稱讚的移民實例。出生於俄國的女孩子瑪麗·安汀，十四歲時隨父母從俄國的故鄉普洛茲克移民到美國的波士頓，經常將她在新大陸也是新生活天地的情形寫信報告給留在老家的一位叔叔。

安汀在十八歲時將她用猶太語寫的這一些信件譯成英語，出版其第一部著作：『從普洛茲克到波士頓』，這部移民女學生的自傳體的作品，不但受到一般人的重視，更顯出她的文學天賦。到了一九一二年，已經成爲名作家的安汀，以其處女作爲基礎，出版了新作『應許之地』，『應許之地』被美國人士稱頌爲空前成功的移民傳記文學作品。十分可惜，這位美國移民文學史上的明珠作家的後半生因爲長期困於病魔，作品不多，最後在一九四九年逝世。

『第一代與第二代移民爲了未來世代，必需背著十字架作本能的犧牲。』——安汀的名言。她寫道：

『我作爲市民的光榮與內心的滿足，都在這個九月燦爛的早晨進入公立學校時達到頂峰。我要永遠記住這一天，甚至老到連自己的名字都說不出時，我也不會忘掉這一天。第一天上學，對許多人來說，都是一件永誌的大事，而這天對我的重要，要勝過他們千百倍。這是我等了許多年，跋涉長遠的旅程，懷著熱切的期望，才得到的一天。……爸爸親自送我們上學，他沒有把這件差事交給美國總統。他像我們一樣迫切的等待這一天，他催著我們經過陽光斑爛的人行道時，他所見到的遠景美過我一切的夢。……我們四個人終於圍站在老師的桌前，爸爸用他怪難懂的英語，把我們交給了女老師，把他心裡高興已極再也藏不住的殷殷期望，期期艾艾的說了出來。』

美國人的開拓潛力與奮鬥精神，在十九世紀末期表現得最爲積極與出色。美國小說家加爾蘭回憶他在一八八〇年代在達柯他州看到的圍地申請開礦權時的情形：

『滿載著世界各國移民的列車，在一望無際的草原上蜿蜒的行駛。挪威人、瑞典人、丹麥人、蘇格蘭人、英國人、俄國人，都投身在覓求土地的狂潮中，浩浩蕩蕩的湧向日落處的平原。慈愛的山姆大叔撥出土壤肥沃的田野，來豐富每個人的生活。……街道上擠滿了短工，談來談去，不是財運便是土地。太陽西沉，深入荒野採礦的人們陸續回到旅館，又餓又累，但是精神很愉快。』

電腦的出現被稱爲『第二次工業革命』，使許多事物發生了根本上的改變，在人類史上豎立下一個新的里程碑。科學天天在進步，機器不斷在增加，新機器使人類必需有新的適應，電腦時代如此，輪船、汽車時代也如此。美國汽車大王亨利·福特在其回憶錄裡記述當年的情形說：

『起初大家很討厭它，因爲它的響聲擾人，驚嚇馬匹。它又妨礙交通，因爲我若把它停在市內，總是被人群圍住，很久才能開行；我若離開一會兒，就有好奇的人前來試開。因此，後來我不得不隨車帶著鐵鏈，將車停在那裡，便用鐵鏈將它鎖牢在路燈桿子上。』

科學的進步與新機器的發明當然很獲得人們的歡迎與稱頌。大文豪馬克吐溫在一八七四年即打字機開始出售的第二年，用打字機打出一封信說：『當你用它時，可以靠在背椅上。一張紙上可以密密麻麻的打上一大堆字，既不把東西弄得潦草一團，也不會把墨水洒得到處都是。』

在這裡筆者特別增加一段話。『馬克吐溫』人人曉得，但是他對中國人的友誼與同情，尤其是他在舊金山居住期間爲華裔主持正義的偉大精神，我們當中知道的人確實很少。他不只是最早的『中國之友』，也是最愛護華裔的一位『恩人』。

馬克吐溫一八六○年代在舊金山『呼聲晨報』做記者，有一天他寫了一篇抨擊愛爾蘭人一名屠夫在布律威街（百老滙街）放狗咬傷一個華人的新聞，但是他的稿子被編輯扔掉，使他十分氣憤，對該報至爲不滿。在此事過後不久，這位剛直的新聞記者與作家就離開了呼聲報。據他在回憶中說：『通常，第二天早晨，我不想看我頭天夜裡所寫的東西。但是，這篇是出自眞情的稿子，所以我渴望它刊在第二天早晨的報紙上。可是，報上沒有。我到報社的拼版室，發現稿子與其他廢物扔在一起。我質詢此事，領班的說是編輯巴尼命令撤銷的。』於是，馬克吐溫去找巴尼理論，巴尼答道：『這稿子可能觸怒某些訂戶。』——如此顢頇的編輯！

馬克吐溫於一八六八年在一封公開信中寫道：『我並不喜愛中國人，但是我更不喜愛看到他們受虐待凌辱。』以及『我們國家是個自由的土地，沒有人否認此事，沒有人對此挑戰，這或許是因爲我們不許其他人民來作證。』他在其遺著中多次提到很希望一遊中國。萬分可惜，在這位文學大師於一九一〇年去世之前，未能實現其宿願！

再回到『七四』。自然應重讀『獨立宣言』中的話：『我們認爲這些眞理是明明白白的；一切人生下來都是平等的，造物主給了一些不可分離的權利，例如生存、自由、與幸福的追求都是。人類爲了保障這些權利，設立政府，政府經過被治者的同意獲得適當的權力。如果政府的形式妨害這些目標的時候，人民有權加以變更或廢除，另立新的政府。』

傑佛遜一定沒料到，兩百多年後，有位黑人竟敢大膽的、幽默的與尖刻的將他的名言改爲：『一切人生下來都是平等的，但是黑人除外……。』

看過之後，很可能有人要模仿一下：『一切人生下來都是平等的，但是移民除外……。』

（星島周刊，一九九四年七月四日）

美國的「貞觀之治」

人心不古，道德淪亡，邪說怪道惑世，人慾橫流，米珠薪桂……。今日美國社會的許多敗壞現象，使保守的老年人常常喟嘆，而懷念過去，稱頌昨天，有句口頭語是他們的典型代表：「GOOD OLD DAYS」。

他們心目中的太平盛世，堯天舜日究竟在什麼年代，又究竟好到什麼地步？從公私記述中看，這些好日子大概是三十年代後期與四十年代間的十多年期間，也就是在美國經濟大恐慌過後的復蘇年代。因爲這段時間是羅斯福總統的「新政」時代，以「貞觀之治」來形容它或許是適當的。

美國人回憶說，那個時代，人民誠懇坦直，仁慈厚道，溫和善良，彼此相信關懷……。那個時代，家家夜不閉戶，如果你離家外出十天半月，就告訴鄰人們，你家的門鑰匙在什麼地方，有必要時他們可隨時進去……。

那個時代，如果你出門偶爾將鑰匙忘在家裡，回來時無法進入，只要花五分錢，到威利叔叔的五金店裡買一把「萬能鑰匙」，問題就解決了。這種萬能鑰匙除了銀行的門鎖外，什麼鎖都能啓開。

那個時代：

加油站服務員看到你，馬上親切的呼喚你的大名。

肉店的切肉工人看到你站在櫃台前，不用開口，他曉得你喜歡那種牛排。

你不幸生病，醫師親自駕臨病榻前，爲你診病，囑咐你應如何保重身體。

每星期天早晨，左鄰右舍的人，都在教堂內見面作禮拜、聊家常，好像久別重逢，他鄉遇故知。

逢到復活節，婦女俱樂部的會員們紛紛志願做小點心，將出售得來的金錢捐作慈善用途。

你在咖啡室門口碰到市長時，會很自然的招呼道：「嗨，鮑勃！」

鄉村的人口有限，看到別人的愛犬，你記得牠是「強尼」或是「貝蒂」。

當你做買賣交易時，不需要律師協助，雙方握握手，一切OK。

人們對你的評價，不是以房子的大小爲尺度，更不是以你開的汽車廠牌爲標準，而是依據你所說的話、你所做的事以及你所貢獻的一切。

那個時代：

公共汽車司機年薪一千三百元，教師年薪一千二百七十二元，女侍年薪五百廿元，裁縫年薪七百八十元，農場工人年薪二百十六元……。

一張雙人床廿五元，一條毛毯一元整，一部洗衣機四十六元，一件女大衣六元九角八分，一件男大衣十一元，一部查斯勒汽車一千元……。

這就是美國「貞觀之治」時代！

（星島日報副刊，一九九二年六月十日）

美國是天堂？是地獄？還是戰場？

華爾街日報最近刊登一篇評介《北京人在紐約》的文章，筆者在讀過之後，決定將這部以華人新移民生活為背景的寫實小說，依據小說攝製的電視連續劇錄影帶看了一遍。因為華爾街日報的銷路居美國報紙的第一位，平日登載關於中國的報導或評論不多，有關《北京人在紐約》這部小說與電視劇的評論的刊出，表示這部內容涉及美國社會的小說尤其是電視劇，已經受到美國重要傳播界人士的注意。

在這以前，最近一年多來，前往大陸探親或觀光的華裔常被當地人士問道：『美國與《北京人在紐約》的情形眞的一樣嗎？』首次從大陸到此間訪問的人們見面也常詢問：『美國各地的生活都像《北京人在紐約》嗎？』

華爾街日報在評論《北京人在紐約》一文的開首就說，這部電視片與小說已為中國帶來一場『暴風雨』。該文的女作者琳達·查文非常注意這部作品——電視與小說——的影響。

她提到當這部電視連續劇在大陸播映時的收視率高達百分之五十六，超過晚間新聞節目的收視率。她提到大陸上除了原著小說暢銷外，另有數部與小說及電視劇有關的書籍也有不錯的銷路。她特別提到這部電視劇錄影帶『是全世界各地中國城錄影帶店舖最熱門的影帶之一，及美國公共電視台計劃播映兩小時的濃縮版。』三月初香港剛播映過這部電視片。

查文小姐不但注意到北京報章雜誌對《北京人在紐約》所引起的『暴風雨』，她甚至也看到一位上海作家在台北一家新聞雜誌上發表的觀感文字。這位美國作者顯然是一個中國情勢的『守望者』。的確如此，華爾街日報附帶介紹說，查文小姐與另一位作者吉蘭密·巴姆於一九九二年合著一部與中國有關的書籍：《新幽魂，舊夢想：中國叛徒的呼聲》。

她是一位中國情勢的『守望者』，自然注意一切中國事務，因《北京人在紐約》不但涉及中國，也涉及美國，這應該是她撰寫這篇評論的基本理由。在全文中雖然找不出『不滿』、『失望』、『遺憾』一類的形容辭，但她的文章背後顯然隱藏著這種情緒。

作者說：『在這部電視劇裡，資本主義世界是一項在床第間玩弄的卑劣行爲競賽。爲了成功，你不得不出賣靈魂。』

她說：「《北京人在紐約》不只是大肆攻擊資本主義，它的仇視外人的條痕像紐約第五大道那麼寬。劇中的美國人角色幾乎完全是壞蛋、僞君子與種族歧視主義者。他們被演成不能賞識中國優秀文化與文明的任何方面的人物。」

這位美國作者又引用北京英文《中國日報》的評論來反映中共官方對《北京人在紐約》

的反響。該報認爲這部作品也有其重要的『觀念上的目的』：『提醒那些懷著美麗的美國夢的分子要變得冷靜些。』她還有其他的批評。

華爾街日報這篇評論當然是美國人觀點的代表，我們可以不完全同意，但卻不能完全不曉得。

《北京人在紐約》電視影片是根據《北京人在紐約》小說改編攝製的，劇情大體上相同，內容敍述一對北京人年輕夫妻從大陸到紐約做美國夢，將小女兒留在北京等待團圓的一天，經過將近十年辛辛苦苦的奮鬥，曲曲折折的演變，與男男女女的糾纏，錢是賺到了，但是家庭崩潰了，等到滿懷希望的女兒從北京到達紐約發現實況之後，由失望而逐漸被美國的污流所吞沒，最後竟死於父親的槍彈之下——雖然不是父親的錯誤。美國團圓之夢驚醒，以大悲劇結束。但是，電視劇情將結局改寫，給女兒留一條生路，代她進入公墓的是一名汽車輪下喪生的大陸留美學生，他爲了『綠卡』要做到『死也死在美國！』

《北京人在紐約》小說中的對白部份相當多，而對於劇中人物造型的描述與性格的刻劃則嫌少，這也是它很適於改編爲電視劇的一個有利條件。由於小說的作者曹桂林先生、導演鄭曉龍先生與男主角姜文先生等都是大陸人士，他們在有意或無意之中會顯示出在大陸政治情況下所受的影響，例如紐約一家華僑店舖的經營者說，他『曾做過堂堂的國民黨軍師長。』小說與影片的內容也就是著者的出身與經歷的影子。

這部小說與電視片對大陸的讀者與觀衆的影響最大，旅美華裔及美國人士也感受到它的餘波，這正是作者曹先生所希望的，因爲他在小說的前言中說：『它對一些沒出過國，和想出國的人，或已經出國的人，會有一些幫助，會對美國有一個眞實的了解和認識。』《北京人在紐約》與《囍福會》有若干共同之點，可以說都是近年來相當成功的與華裔有關的智慧產品——小說與影片。

作者曹先生最得意的幾句話是：『美國不是天堂，也不是地獄，它是個戰場。』以及印於小說封面上的與全書結尾的：『如果你愛他，就把他送到紐約，因爲那裡是天堂；如果你恨他，就把他送到紐約，因爲那裡是地獄。』

（星島日報副刊，一九九四年四月十七日）

黑奴解放宣言一百卅週年

一九九三年新年，是美國黑人社會應該最隆重、熱烈及愉快慶祝與珍視的日子，因爲這天是「黑奴解放宣言」（EMANCIPATION PROCLAMATION）一百三十週年紀念日。

先看一百三十年前美國的國家局勢。美國南北戰爭第二年（內戰開始於一八六一年四月十二日）戰鬥告一段落，而開始第三個年頭——一個決定性的年份，世界聞名的「蓋茨堡會戰」就發生在一八六三年的夏天。

在內戰第二年期間，政府軍（北軍）在西線與北線雖然獲得幾次大捷。但是，在東線尤其是叛軍（南軍）首都列治文方面，雙方保持對峙的局面。新年開始，南北兩軍都準備爭取決定性的勝利。

一八六三年元旦，林肯總統爲了鼓勵士氣，尤其是爲了爭取黑人支持政府作戰，發表了舉世聞名的「黑奴解放宣言」，到今天屆滿一百三十週年。

「黑奴解放宣言」是林肯總統的一項最銳利的政治武器。他宣佈說：舊的南方必需「被摧毀，而代之以新主張與新觀念。」

但是，在當時戰火遍地的情勢下，「黑奴解放宣言」實際上只是一篇總統文告而已，並沒有眞正的效力。因爲，在政府軍各州境內，林肯總統在憲法上並沒有廢止黑奴制度的權力，而在叛軍各州境內，林肯總統更沒有權力廢除黑奴制度。因此，當時部份人士認爲，「黑奴解放宣言」好像一種劍術表演，只能嚇唬敵人而已。

林肯的解放黑奴宣言初步聲明，是他於一八六二年九月廿二日發表的。那時在政府軍於瑪里蘭州安特丹獲得大捷之後五天。林肯本打算在一八六二年夏天發表解放黑奴宣言，但在七月間的內閣會議中，國務卿威廉姆·蘇華德建議他將發表時機延擱到安特丹戰役結束之後。林肯在九月廿二日發表聲明說，自一八六三年一月一日開始，在叛軍地區內的全部黑人奴隸一律恢復爲自由人。

一百天之後，即一八六三年一月一日，林肯總統在「黑奴解放宣言」上簽署並正式予以發表。他出現在白宮的涼台上，向歡呼的民衆們揮手，而寫下了人類解放史上重要的一章。

「黑奴解放宣言」雖然是全球人士所熟知的一件大事。但是，一般人卻沒有機會看到它的眞面目，直到一百三十年後的新年。

「黑奴解放宣言」原文件爲兩張較大的紙，摺疊成爲八面（頁），有三面係空白。宣言的封面與林肯總統簽名的一面，過去曾經加以公開展示，但是全部文件一百三十年來從未公開展出過，因爲擔心紙張受損傷。

今天，大衆有百載難逢的機會一覩「黑奴解放宣言」的眞面目。此項人類解放史上的珍貴文件，自十二月三十一日到一九九三年一月四日的五天期間，在華盛頓賓夕法尼亞大道的國家檔案館內公開展出，用以紀念林肯總統簽署與發表「黑奴解放宣言」第一百三十週年。

（星島日報副刊，一九九三年一月）

蓋茨堡會戰一三〇週年紀念

從華府開車向北到哈理斯堡的公路上，大約一個多小時的路程，會看到一個路標牌子上寫著：「蓋茨堡戰場紀念公園」。這條公路沿線大都是丘陵地帶，叢林草地很茂盛，河流也不少。但是，並沒有高山懸崖、深淵大谷等的軍事上所謂的險要地形、戰略據點。可是，就在這個近似平原的地帶，一百三十年前發生美國南北戰爭史上最慘烈與最具決定性的一場大戰役：蓋茨堡會戰。

今年七月一日是蓋茨堡會戰一百三十週年紀念日，國家軍事公園將舉辦種種紀念活動，夏季遊客將紛紛前往憑弔蓋茨堡古戰場。舉世聞名的林肯總統的「民有、民治、民享」的蓋茨堡演講，就是在這裡的國家公墓發表的。

回顧一八六三年是美國內戰的第三個年頭，也是一個決定性的年份。在這一年中，南北雙方間發生數次關係重大的戰役，其中以蓋茨堡會戰爲最重要。經過這次戰役之後，聯邦京城華盛頓的軍事威脅消除，南軍即叛軍沒有力量向北方擴大戰事。

一八六三年開始時，政府軍即北軍的情勢頗爲不利，士氣很受影響。不過到了春夏之交，西線政府軍先後傳來捷報，格蘭特將軍的陸軍及法拉古將軍的水軍都獲得勝利。但是，六月中旬，南軍總司令勞伯·李將軍的精銳大軍，在波多馬克河上游地區渡過河道向北猛攻，華盛頓感受到戰火威脅，首都民衆開始爭搭火車向安全地區撤退。

據軍事專家對南北戰爭史料及雙方軍事領袖的文件分析的結果，兩軍最高指揮官北軍的喬治·密德將軍及南軍的總司令李將軍本來都未計劃在只有居民二千五百人的蓋茨堡作一場大戰。而且，政府軍另有一點顧慮，因爲波多馬克軍區總司令約瑟菲·胡克將軍（他於內戰結束後在加州蘇諾瑪縣建造大農莊居住。）與華府軍事當局間有爭執，甫於六月廿七日辭職，而由林肯總統任命第五軍軍長喬治·密德將軍爲波多馬克軍區總司令。這是陣前易帥的禁忌。

蓋茨堡是個交通樞紐，東西南北共有十條大道都在這裡交會，就那個時代的軍事觀點來說，它稱得上是個戰略要津。南北兩軍前鋒在此地區內「相會」，欲罷不能，只有奮力大戰一番。

據內戰史籍記載，六月三十日，政府軍約翰·布福德將軍的騎兵部隊進駐蓋茨堡市內佈防。次晨即七月一日，南軍的兩個師的大軍即自西方向蓋茨堡接近，據說他們是爲了獲得「鞋子的補給」。蓋茨堡會戰於是展開，並持續三天三夜方告結束。

七月一日，南軍總司令李將軍親自指揮優勢部隊自西北方向蓋茨堡市區步步進迫，北軍向市南轉進，南軍當天攻抵市南的公墓山，到夜間雙方大舉增援。在第一天的戰鬥中，北軍的喬治・雷諾將軍陣亡，而南軍的詹姆斯・阿克爾將軍被俘。七月二日，北軍總司令密德將軍向南軍反攻，下午南軍對守軍左翼發動猛烈攻擊，戰鬥激烈，而以小圓山爭奪戰爲最高潮，到夜幕低垂時北軍固守陣腳，南軍顯然受挫。七月三日正午戰鬥開始，南軍先以大炮一百五十門轟擊兩小時之久，然後李將軍指揮十一個精銳步兵團共計一萬兩千人對北軍中央陣地發動攻擊，雙方全力拼殺，白刃血戰，叫喊之聲震動田野，遍地戰士及戰馬屍體，戰鬥持續達五小時之久，然後開始沉寂。南軍中央突破的攻勢挫敗，政府軍終於獲得捷報。南軍於四日夜間向南撤退。

在三天的蓋茨堡會戰中，政府軍即北軍兵力計八萬三千三百人，叛軍即南軍兵力計七萬五千一百人。經過七十二個小時的血戰之後，政府軍死傷二萬三千餘人，南軍死傷兩萬八千餘人，爲內戰史上規模最大的一場戰役。

但是，在蓋茨堡大捷之後，政府軍並未乘勝追擊，使南軍得以從容南撤，並保存實力繼續作戰到一八六五年四月九日投降時爲止。據史書記載，林肯總統對此頗感遺憾！

一八六三年七月一日到三日，發生於賓夕法尼亞州小城蓋茨堡的這場大血戰，是美國內戰史上最慘烈與最具決定性的一場戰役。政府（北）軍與叛（南）軍共出動步兵、砲兵與騎兵十五萬八千人之衆，在經過七十二小時的反復衝殺，白刃搏鬥之後，雙方共死傷五萬一千餘人，而在戰鬥結束前的三小時決戰中，死亡人數就達五千以上，近千匹戰馬亦躺在血地上。

蓋茨堡會戰對南北戰爭的重要性，正如同一九四八年『徐蚌會戰』（淮海戰役）對國共內戰的重要性。

在一百三十年前的戰爭新聞報導中，只有少數的戰場照片，沒有新聞紀錄影片，更沒有人造衛星火線傳眞電視報導，我們只能從當年的紐約時報上看到這場大戰的眞面目。

蓋茨堡會戰政府軍總指揮『波多馬克軍區總司令』喬治·密德將軍，於七月三日下午八時三十分以電報向華府報告說：『敵軍於下午一時開始攻擊，使用大砲約一百五十門，集中轟擊我軍左翼中央陣地，連續約三小時久，砲擊停止，敵軍兩度猛攻我軍左翼中央陣地，均被我輕易擊退，敵軍損失慘重，我俘虜敵軍將近三千人。

戰俘中包括阿姆斯特准將，校官多名及其他低級軍官。敵軍在戰場上遺屍累累，並有大批傷兵落於我軍手裡。

我軍損失亦重。漢柯克准將與吉朋准將皆掛彩。

在擊退攻擊之後，跡象令人相信，敵軍可能在撤退中。我軍從左翼派出斥堠，已發現敵軍大部隊。

此刻一切平靜。

我騎兵部隊雖然遭遇優勢敵軍騎兵與步兵，但整天在敵軍兩翼奮勇作戰，予敵重創。

我軍士氣高昂。』

密德將軍於七月四日上午七時以電報向華府報告說，敵軍已經自三日佔據之陣地撤退。

他復於七月四日正午發電報告如下：

『自我於早上七時發電報告後，前線迄無重大變化，我軍固守蓋茨堡。敵軍將許多死者與傷者棄於戰場，我可能於夜晚之前提出被俘與損失報告及在我軍手中之敵俘與敵屍報告。』

七月四日夜間十時，密德將軍向華府報告說：『自正午發電後，情況無變化。』

七月五日清晨八時卅分，密德將軍向華府報告說：『敵軍在黑夜與大雨掩護下向費爾菲德與卡希鎭撤退。我軍騎兵正在追擊中。

我無法提出俘獲的敵軍、敵旗與武器之詳細數字。每一單位獲敵旗二十餘面。我軍傷者及敵軍傷兵皆在我手中。」

除了軍方的直接戰報外，紐約時報戰地記者格倫西從蓋茨堡前線發出大會戰報導說：

『三日下午又發生一場大戰，我軍獲得大捷。

下午二時，郎斯特的全部部隊從敵軍中央向我中央陣地進攻，敵軍以大縱隊向我軍陣地壓迫，我軍中央陣地由漢柯克將軍的鐵軍第二軍據守，並由杜希利德將軍的第一軍部隊協防。

叛軍先以猛烈大砲轟擊，以圖損傷我士氣，繼以大軍向我陣地進逼。漢柯克將軍堅定沉著應戰，經過持續到下午五時爲止的鏖戰之後，敵軍被逐出戰場，郎斯特的部隊幾乎全被殲滅。

戰鬥極爲驚人。搏鬥在蓋茨堡正北一處開闊地區內進行，沒有樹木妨礙視線，我軍的英勇至爲感人。

下午五時，敵軍倉皇退卻，遺下軍旗數十面。據漢柯克將軍估計，戰場上至少有五千人死亡或受傷。』

在蓋茨堡三天血戰大獲全勝之後，林肯總統於四日即國慶日上午十時對全國報告捷音並表示相信內戰終將獲得勝利。

（星島日報副刊，一九九三年七月）

林肯的「三民主義」宣言

——蓋茨堡演說一三〇週年紀念

一百三十年前的十一月十九日，美國第十六任總統林肯在賓夕法尼亞州蓋茨堡國家公墓落成典禮中，發表一篇悼念蓋茨堡會戰陣亡將士的演講辭，其結尾說：「民有、民治、民享的政府將永存於地球上。」林肯總統的這篇「蓋茨堡演說」全文雖然只有短短的兩百六十多個字，但它與傑佛遜總統的「獨立宣言」同爲美國歷史上最偉大的政治宣言。

一八六三年是美國南北戰爭中一個具有決定性的年份，其中最著名的一場戰役就是「蓋茨堡會戰」。近一年多來，美國已經推出多部與內戰、林肯總統有關的電影、電視片與各種出版物，以及舉行紀念林肯的文物展覽等。目前正在舊金山與全美各地上映中的內戰歷史電影：「蓋茨堡血戰記」，就是以這場三天大會戰爲取材的影片。

「美國通史」著者倪文斯與甘邁格對蓋茨堡戰役的評論說：「李將軍的精銳傷亡過重，一蹶不振，黯然退至波多馬克河。蓋茨堡的高潮顯然也成了邦聯（南軍政府）一切希望的盡頭。」（見香港美國新聞處今日世界社出版的「美國通史」。）自蓋茨堡大戰以後，南軍再沒有力量對聯邦（北軍）地區發動重大攻勢。因此，蓋茨堡會戰成爲美國內戰史上的一個轉捩點。

蓋茨堡會戰發生於一八六三年七月一日到三日。防守蓋茨堡的聯邦軍隊計有八萬三千餘人，進攻的南軍計有七萬五千餘人。雙方在經過連續七十二個小時久的慘烈的砲兵、騎兵與步兵的殊死戰之後，南軍攻勢挫敗，乘黑夜裡向南方撤退，蓋茨堡無恙。在這場浴血大戰中，聯邦軍隊傷亡達二萬三千餘人，南軍損失兩萬八千餘人，其中在七月三日下午戰役終止前的短短三個小時內，雙方死傷人數就超過五千之衆，將近一千匹戰馬也躺在血地上。指揮這場大戰的聯邦主帥爲波多馬克軍區總司令密德將軍，及南軍總司令勞伯李將軍。

在蓋茨堡會戰之後，聯邦政府在蓋茨堡修建一所國家公墓，成爲數萬名陣亡將士的長眠之處。四個月後，國家公墓完成，林肯總統自華府專程到蓋茨堡親自主持公墓落成典禮，在追悼會中發表一篇全文不足三百字，但文情並茂、千錘百鍊的演講辭：「蓋茨堡演說」，成爲英文散文中的一篇精華之作。

一八六三年是美國南北戰爭中的一個關鍵性的年份。林肯總統於這年新年發表其不朽的「解放黑奴宣言」，爲美國內戰宣示一項光明正大的政治目標，不僅是爲了爭取黑人的支持，亦是對外政策上的一大手筆。在軍事方面，聯邦名將格蘭特的大軍於春夏之際先後攻克南軍的戰略要津新奧爾良及維克斯堡，使密西西比河下游地區完全控制在聯邦軍隊手裡，將南軍地區切斷爲二，使其補給運輸大受影響。蓋茨堡會戰大捷，北戰場局勢穩定，首都華盛頓的軍事威脅消除，使林肯總統的聲威大大的加強。

繼七月初的蓋茨堡大戰之後，不久雙方又發生兩次亦相當重要的戰役：九月中旬的吉甘毛加（印第安人語「死河」之意）之役，與十一月下旬的查達諾加之役。這兩次戰役的戰場相距很近，都位於田納西州與喬治亞州及阿拉巴馬州邊界地區，臨近密西西比河，爲內戰中密西西比河流域戰事的最後一個階段。

這兩次戰役實際上是一場大戰役的兩個階段。在第一階段的吉甘毛加之戰中，南軍獲得捷報，但在第二階段的查達諾加之戰中，聯邦軍隊贏得勝利，由此爲聯邦大軍深入叛軍腹地喬治亞州與薛爾曼將軍火燒亞特蘭大（電影「亂世佳人」中最動人的戰爭場面）之戰敞開大門。查達諾加戰役發生於那年十一月廿三日到廿五日，結果聯邦軍隊死傷五千八百餘人，南軍死傷六千七百餘人。由於這場大戰的勝利，聯邦軍隊總司令格蘭特將軍（一八六九年到一八七七年任美國總統）成爲叱吒風雲的第一號內戰英雄。

就南北戰爭的全盤情勢來說，雙方在經過兩年半久的廝殺搏鬥之後，都發生了財政困難、兵員不足、物資缺乏，以及社會經濟問題日益惡化等現象。這種種都是在任何戰爭拖久之後必然發生的情況，而在南軍地區內的情況更爲嚴重。據內戰史料記載說，南軍首都列治文市不時發生人民的反饑餓示威遊行，衝進食物店裡亂搶東西，物價不斷在飛升。例如，在一八六一年內戰開始時，牛油三磅只需七角五分錢，六三年漲到五元二角五分，食糖五磅自四角漲到五元七角五分等。同時，南軍士氣日趨低落，士兵逃亡事件不斷發生。但是，南方仍拼力繼續作戰，拖到一八六五年四月八日李將軍向格蘭特將軍投降，四年久的美國南北戰爭才告結束。這是林肯演說的時代背景。

「八十七年前，我們的祖宗在此大陸上創建一個深信自由並奉獻於一切人生來一律平等的觀念的新國家。現在我們正從事一項偉大的內戰……我們堅信，犧牲者決非白白的犧牲，國家將獲得自由的新生，及民有、民治、民享的政府將永存於地球上。」

林肯總統在一八六三年十一月十九日下午在蓋茨堡國家公墓落成典禮中發表這篇演說後，一萬多位聽衆給他報以長時間的鼓掌聲與歡呼聲。

今天，凡是信奉民主制度的人士，都將「民有、民治、民享」視為民主政治最明確的三大原則。但是，於一百三十年前，在林肯剛剛發表演講之後，一般的反響並非如此，甚至遭到肆意的攻擊。

據當時紐約時報的新聞報導中記載，在林肯總統的演說結束之後，聽衆的反響「出奇的冷淡與有限。」有人認為這可能是因為在林肯發表演講之前，政要與演說家愛德華・艾維利特發表的兩小時久的冗長演說已使聽衆相當的疲憊。林肯總統本人對聽衆的冷淡反響也感到不安，而對一位侍從說：「完全失敗了。人民感到失望。」

美國各方面對林肯的「蓋茨堡演說」的反響也有很大的距離。當時頗有影響力的芝加哥時報說，林肯的演說辭「愚昧，乏味，濫調。」該報並且指責林肯曲解美國的歷史，因為他在演講中說，軍人的犧牲是爲了「自由的新生」。

南方叛軍方面對林肯演說的惡劣反響是意料中的事。南軍首都列治文市一家報紙發表評論說，從林肯的演辭中看來，千千萬萬人的死亡只不過是爲了「一種不切實際的觀念」。

但是，那時有一家報紙的看法與後來的事實十分接近。芝加哥論壇報說，林肯總統的蓋茨堡演說「將永活在人類歷史中」。此項預見在一百三十年後的今天更證明其難能可貴。

就當時的新聞報導來說，林肯演說的份量確實不及後人看得那麼重大。一八六三年十一月二十日的紐約時報的第一版約三分之一的篇幅刊登蓋茨堡國家公墓落成典禮的消息，其主要標題是：「七月的英雄」與「莊嚴偉大的儀式」。「蓋茨堡國家公墓落成典禮」，「無數的觀衆」，及「艾維利特致辭，林肯總統、席華德與賽莫爾演說」。

再就演說辭文字的長短來說，這幾位要人的講辭中，以林肯總統演說的全文最短，牧師史德克頓，紐約州長賽莫爾等的演辭都較林肯的演辭爲長。而那位演說家艾維利特的話更是長得驚人，眞是洋洋數萬言，全文刊在紐約時報內頁佔了一整版有餘，他講了兩個小時之久，而且在林肯總統致辭之前發言，難怪當時有人認爲，觀衆對林肯總統演講的反響「冷淡」是因爲他們受了所謂「疲勞轟炸」的影響。

在儀式中發言者的順序是，牧師史德克頓首先致祈禱辭，第二位是演說家艾維利特的冗長報告，敍述蓋茨堡會戰三天的詳細經過與講評，第三位才輪到林肯總統發表他的「民有、民治、民享」演說。

國家公墓落成典禮的確是「莊嚴偉大的儀式」，參加的人達一萬五千之衆。典禮自十一月十九日星期四上午十時開始，到下午四時左右結束，幾乎持續整個白天的時間。大典開始時，萬人遊行大隊自蓋茨堡市中心區整隊出發，到達典禮會場的司令台前向林肯總統致敬，這時是十一時三十分。

司令台上有許多政治、軍事、宗教與社區等要員們。林肯總統坐在前紐約州長席華德與演說家艾維利特的中間，觀衆們都注意到林肯親臨參加典禮。

由軍人組成的儀仗隊陣容感人，隊伍圍繞在司令台四週，軍隊中包括一連騎兵，兩個砲兵連，與一個步兵團，軍容雄偉壯觀，使典禮氣氛十分隆重肅穆。此項軍禮相當於軍中最高將帥葬禮中的哀榮。在司令台與軍隊之間是一般文職人員與民衆，其中包括許多在蓋茨堡會戰中捐軀將士們的遺屬，而且女性人數特多。

當典禮開始時，天氣有濃霧，但是在牧師史德克頓祈禱時，太陽光照射在深秋的落葉大地上，而司令台的位置就選在七月三日戰場的最高地點，俯瞰整個戰場，令人難忘這場大血戰。

在司令台上的要員中尚有：馬里蘭州長布拉福德，賓夕法尼亞州長柯爾廷，印第安納州長莫爾頓，紐約州長賽莫爾，新澤西州長派克，俄亥俄州長杜德，舒恩克將軍，杜布爾德將軍及憲兵司令佛瑞將軍等。

蓋茨堡國家公墓落成典禮，於下午四時左右在讚美詩歌聲與軍樂聲中禮成。林肯總統一行於六時左右搭火車返回華府，在歷史上寫下了「蓋茨堡演說」一頁。

（星島日報副刊，一九九三年十一月）

李將軍身降心未服

——美國內戰結束一三〇週年紀念

「不再破壞聯邦！不再實行分離！不再有奴隸制！」

一八六五年四月十四日，美國各界在南卡羅萊納州查利斯頓港的森特堡舉行慶祝南北戰爭結束的升旗典禮時，牧師亨利・比奇爾在致詞中提出這三大願望。一八六一年四月十四日，南方叛軍攻陷森特堡，內戰爆發，森特堡政府守軍指揮官安德遜少校將一面國旗降下，並將它保存著。過了恰好整整四年，林肯總統特別下令由安德遜將軍（他因戰功已晉升爲少將）將他降下的那面國旗重新升於森特堡的旗桿頂。這確是一次意義極不尋常的升旗儀式。

一百三十年前的四月九日，美國人打美國人的南北戰爭，在經過四年久的拼打後，終於在一個無名小村中宣告結束。南軍總司令勞伯・李將軍向政府軍總司令格蘭特將軍投降。「邦聯」政府解散，南方總統戴維斯化裝女人在逃命途中，於五月十日在喬治亞州被捕下獄。美國歷史上的重要一章於是落幕。

南北戰爭結束一百三十週年是件大事，美國朝野上下都在準備種種不同的紀念活動。實際上，近數年來這類活動已經做了不少，許多以南北戰爭爲內容的新書籍、電影、電視紀錄片等先後問世。同時，從各種作品與言論中可以看出來，美國人對於南北戰爭的爭議在內戰過後一百三十年之久仍未完全平息，這對今天的中國分裂情勢也是一種啓示。

古今中外的戰爭都是一樣的模式，千千萬萬的人死了，只有極少數的人是眞正的勝利者，成爲英雄，而不論是戰勝的英雄或戰敗的英雄。美國內戰打出了三位英雄：政府軍的格蘭特將軍與薛爾曼將軍、及南軍的李將軍。

格蘭特將軍與李將軍都是美國與墨西哥戰爭（美國勝利、加利福尼亞州歸屬美國版圖）中的健將。當南北戰爭開始時，林肯總統已任命李將軍爲政府軍總司令，負起剿平南方叛亂的重任。但是，在維幾尼亞州宣佈脫離聯邦並加入南方「邦聯」集團之後，李將軍因爲他是維州人要爲維州效命，所以辭去政府軍的職位，並返回故鄉就任叛軍的職位。內戰初期，格蘭特只是西線戰區的指揮官，在經過四年大戰之後，李將軍卻向格蘭特將軍投降。格蘭特是西點軍校的畢業生，而李將軍曾一度擔任西點軍校校長職位。校長向其學生投降。「命運」捉弄人，歷史的諷刺，勞伯·李能心服嗎？格蘭特於一八六九年當選總統，他的陸軍總司令職位由薛爾曼擔任。李將軍後來擔任維州一所學院的校長職位，活到六十九歲，於一八七〇年逝世。他被美國歷史家譽爲一位「有信心、有尊嚴、有毅力」的失敗的英雄。歷史上記載說，當李將軍準備投降之際，萬分感慨的說：「我寧願死一千次！」

今天，許多著名的歷史性名勝，曾經是很少人曉得的小地方：滑鐵盧、蘆溝橋、蓋茨堡、諾曼第、硫黃島、南北戰爭結束的紀念地維幾尼亞州的阿波瑪度克斯法院村等等。阿波瑪度克斯國家歷史公園正在準備南北戰爭結束一百三十週年的紀念活動，預期今春必將有特別多的遊客前往憑弔美國內戰中的「垓下之圍」的歷史現場。

這裡是一八六五年四月十四日紐約時報刊載的李將軍向格蘭特將軍投降的現場報導，時間是四月九日星期日：

「正午過後不久，停戰旗持者走向阿波瑪度克斯法院村。下午二時，兩位將軍在麥克林先生的住宅內會面。李將軍由其副官長馬紹爾將軍陪同，格蘭特將軍由副官派克上校陪同。兩位將軍見面後彼此以莊嚴的禮貌態度互相問好，立即處理他們面前的事務。李將軍立即提起投降的條件，認爲它們十分寬大並且說，他樂於聽取格蘭特將軍的細節說明。格蘭特將軍說明假釋的條件爲：武器應該繳出，大炮停下來，將供應品與彈藥交與他，軍官保有其佩刀、座騎與個人物品。李將軍立即接受各項條件，並於二時三十分鄭重地在降書上簽名。

「李將軍要求格蘭特將軍將『個人物品』一詞加以解釋，並且說他的騎兵中有許多人騎的是自己的馬匹。格蘭特將軍說，他的解釋意謂馬匹必須交給合衆國政府。李將軍承認解釋的正確與公正。當格蘭特將軍說他將命令其部屬准許擁有自己的座騎的士兵保有其馬匹供農耕需要時，李將軍表示對此一寬大的條件十分感激並且說，這將有很好的效果。李將軍接著表示希望每一名士兵能獲得一紙假釋證明書，作爲一項證據以防止在正式交換俘虜之前被強迫入陸軍中。格蘭特將軍答應此項建議，及不久將印製此項文件。

在會後，李將軍返回相距大約半英里的他本軍的營內，他的重要軍官們聚集在那裡等待他返來。」

戰火遍及十二州，大小戰役達萬次，持續四年久的美國南北戰爭終於結束。這場內戰代價的清單是：北軍死亡三十六萬四千餘人，其中有三萬七千黑人；南軍死亡二十六萬餘人，佔南方白人人口中的十分之一；雙方並且共有四十萬人受傷。當然還有億萬財產的損失。

（星島周刊，一九九五年四月九日）

美國的五位元勳總統

在美國獨立運動成功，建立合衆國的最初五十年期間，自第一任總統華盛頓開始共有五位總統，都是革命英雄開國元勳。

他們從殖民地的臣民變爲新國家的主人。他們飽嚐專制奴役的痛苦，要建立一個民主自由的新國家。他們創訂典章制度，確立長遠政策。他們開疆拓土，建立國際地位，爲新大陸的新國家奠定穩固的基礎。他們有政爭，而且很激烈，從一黨制度逐漸演變成兩黨制度，但是他們的最高原則是維護聯邦，國家至上。

以中國史家的筆法來說，這五位總統對美國的貢獻是，武功烜赫，文治流芳。但是，他們卻沒有「六合之內，皇帝之土」的統治者意念，更沒有「數風流人物還看今朝」一類的氣焰。

這五位美國總統是：華盛頓，連任兩屆，任期自一七八九年四月三十日到一七九七年三月三日；亞當斯，自一七九七年到一八〇一年；傑佛遜，連任兩屆，自一八〇一年到一八〇九年；麥迪遜，連任兩屆，自一八〇九年到一八一七年；門羅，連任兩屆，自一八一七年到一八二五年。

一七八九年四月三十日，華盛頓在紐約華爾街聯邦大廈（現在爲紐約市的歷史名勝）宣誓就任第一屆總統時，首先鄭重宣佈「維護自由聖火」是美國的最高立國精神。

當華盛頓的第二屆總統任期屆滿時，萬民齊聲擁護他連任第三屆總統，他的答覆是：「我們趕走了英國皇帝，爲什麼又要一位美國皇帝。」

一七八三年美國獨立戰爭勝利結束後剛剛三個月，華盛頓於十二月十九日即向國會辭去革命軍總司令職位，而於十二月廿三日匆匆趕回故鄉維農與家人共度聖誕夜。

華盛頓爲美國對外政策確立一項大原則，美國應對歐洲表明：「我們的行動是爲我們自己而非爲他人」——這是美國第五任總統門羅的「門羅主義」宣言的由來。

華盛頓是獨立運動領袖，但他卻未在「獨立宣言」上簽名，因爲當時他正在紐約指揮軍隊備戰，準備迎擊英軍的進攻。

華盛頓是第一位總統，但他並非第一位白宮主人。他雖然是新首都的倡議者，但當時華盛頓市尚未建成。

生於一七三二年的華盛頓，於一七九九年逝世。

第二任總統約翰．亞當斯，是首任總統華盛頓任內的副總統。他對美國憲政體制的建立有至大的貢獻，歷史家認爲，由於他對華盛頓總統的輔助，使美國革命——包括軍事與政治——得以順利成功。

亞當斯是第一位住進白宮的總統，他爲白宮主人留下了名言：「只有忠實與睿智的人在此治理。」

亞當斯的兒子約翰．昆賽．亞當斯，爲美國的第六任總統。在兩百餘年的美國史上，祇有亞當斯父子兩人都做總統，這紀錄不知道是否會有被打破的一天？

第三任總統是美國「獨立宣言」的執筆人傑佛遜。他是華盛頓任內的國務卿，及亞當斯任內的副總統。他是美國黨爭的中心人物，也是美國由一黨制度逐漸演變爲今日的兩黨制度的肇始。他對民主政治立下一個明確的定義：「各種不同的意見並非原則的不同。」

一八二六年七月四日，傑佛遜逝世。在他去世後數小時，亞當斯亦去世。美國在第五十週年國慶一天之內失去了兩位開國元勳，莫非天意？

第四任總統麥迪遜被稱爲「小人」總統，因爲他身高只有五呎六吋，體重不過一百磅，說話的聲音又低。但是，麥迪遜富有辯才，頭腦極精細，對美國憲法的制定貢獻尤大，受尊爲美國的「憲法之父」。

在他任內的一八一四年八月廿四日，美國與英國戰爭中，英軍突入首都，放火燒毀白宮及國會大廈，麥迪遜幸及時走避安全地帶。這是美國史上唯一的「國恥」。

第五任也是最後一位開國元勳總統爲門羅。他在任內從西班牙人手裡購得佛羅里達殖民地，使美國疆土擴展到大西洋東南部。他在國際上知名的主要原因是他的「門羅主義」宣言。他的國務卿約翰‧昆賽‧亞當斯——第二任總統亞當斯的公子——繼他之後爲第六任總統。

門羅與傑佛遜都是不治產的廉潔人物。傑佛遜逝世後，其女兒將他的故居賣掉爲他償債。門羅卸任後與在夫人去世後在紐約寄居在女兒家生活。門羅於一八三一年美國獨立紀念日逝世——三位開國元勳皆在七月四日逝世。

在五位元勳總統之外，還有一位革命領袖與開國元勳富蘭克林。他雖然未擔任過總統，但受到與總統同等的敬重。美國鈔票上只印總統肖像，但富蘭克林（百元券）與財政專家哈密爾敦（十元券）兩人爲例外。這也是值得稱頌的美國民主風度。

（星島日報副刊，一九九三年二月十四日）

遭暗殺的四位美國總統

最初至少有三年的時間，每天在住家附近街口的「賈菲德」路名牌下等公車巴士，但是筆者只記著這個街名、站名，而對這個名字的緣由並「未求甚解」。後來在美國歷史中，特別是美國總統傳記中，對「賈菲德」有了認識，因爲他是四位遇刺的總統之一。

阿布拉漢·林肯

一八六五年四月十四日，在華府遭刺客約翰·布斯擊傷，於次日逝世。

詹姆斯·賈菲德

一八八一年七月二日，在華府被刺客查爾斯·葛特歐擊傷，於九月十九日在新澤西州艾比倫市逝世。

威廉姆・麥金萊

一九〇一年九月六日，在紐約州水牛城遭刺客利安・捷古茲擊傷，於九月十四日在水牛城逝世。

約翰・甘迺迪

一九六三年十一月廿二日，在德克薩斯州達拉斯被刺客李・奧斯華開槍擊中，當天逝世。

這是美國史上的四大「政治」命案。其中林肯與甘迺迪兩案是一般人所熟知的，因爲林肯在美國史上是僅次於華盛頓的一位偉人，而甘迺迪是現代人物，時常被人提到。但是，曉得麥金萊謀殺案的華裔並不多，知道賈菲德被刺案的華人自然更少了。在這四位遭不幸的政治領袖中，生平最坎坷、最悲慘的應該是賈菲德。可是，賈菲德是位很值得大家欽敬的人物，因爲他雖然出身於寒門，卻有「大丈夫當如是也」的抱負，而且有志者事竟成。

賈菲德更有與中國人傳統一樣的報恩德行。他在自已的就職總統大典舉行時，特別請辛辛苦苦將他撫養成人的寡母同享這項榮譽。這位老夫人是美國第一位參加總統就職慶典的總統母親，白宮第一個電梯也是爲她安裝的，因其行動不便。

賈菲德在經過許許多多的艱難困苦，克服各種各樣的障礙挫折之後，終於當選爲合衆國的第二十任大總統。但是，賈菲德沒有想到，美國大衆也沒有想到，他的老母當然也沒有想到，賈菲德只做了兩百多天的白宮主人就遭到非命，死於刺客葛特歐的兩粒子彈下。僅僅有半年「總統壽命」的賈菲德，自然在歷史上不能留下什麼「武功文治」。因此，賈菲德這個名字在美國人心目中與在外國人心目中的份量，也就遠不及甘迺迪，更趕不上林肯了。

美國傳記作家說，賈菲德是美國「最後一位出生於小茅屋」裡的大總統，是個苦學成名的人物。

一八三一年十一月十九日，賈菲德在俄亥俄州橘縣僻鄉他父母的農場上出生，他們的家是只有一個房間的小木屋。賈菲德剛剛一歲半，他的父親就因病去世，由其母親獨自撫養五個孩子。爲了償債，他母親將農場大部份田產五十英畝賣掉，僅剩下大約三十畝土地來維持六口之家。

賈菲德三歲時開始在當地的學校裡上學，從小養成好學的習慣，而且抱著希望升入大學深造。童年時代的他，生活自然是困難的。

長到十七歲，賈菲德出外謀生，先做一名水手，在大湖的貨船上賣勞力。但這並不是他希望做的事，不久他當一個「拖船孩子」。他的工作是騎著騾馬，用長繩索將騾馬繫住俄亥俄運河上的船隻拖航。沿河岸的小徑崎嶇，好多次他從馬背上墜下來，幾乎遭淹死在運河裡。

與中國的舊傳統一樣，窮人家父母將希望完全寄託在兒子身上。母親將心血積蓄下來的十幾元金錢給予賈菲德，送他進入俄亥俄州吉斯特城的吉奧卡神學院讀書，那是在一八四八年，賈菲德十七歲。但是，每週一元五角的膳宿費使他感到負擔太沉重。讀了一年書，他便自動輟學，到一所學校內教書，每月有四十八元的收入。後來他返回神學院完成學業。

二十歲那年，賈菲德進入希拉姆艾利克學院（現爲希拉姆大學）。他在大學三年，成績殊優，特別是精通拉丁文與希臘文。他能夠同時一隻手寫拉丁文，另一隻手寫希臘文，使同學們無比的欽佩。他爲其他同學們補習功課，用換來的金錢做學費，其中有個女生露柯麗霞，後來成爲「第一夫人」。

一八五四年，賈菲德進入麻薩諸塞州威廉姆市的威廉姆學院。冬天放寒假，他到佛蒙特州的北波納城一個學校內教書，接替吉斯特·亞瑟的工作。這位亞瑟先生後來做了賈菲德總統的副總統，並在賈菲德遇刺逝世後，繼任爲美國第二十一任大總統。威廉姆學院校長是著名教育家馬克·霍浦金斯，他對賈菲德有莫大的影響。

一八五六年，賈菲德在威廉姆學院畢業後回到其母校希拉姆學院，次年升任爲校長，那時他廿六歲。賈菲德廿八歲時與他的那位女同學露柯麗霞結婚，他們有七個孩子，其中一個兒子倫道夫後來在齊奧道·羅斯福總統任內曾任內政部長職位。

美國第二十五任總統威廉姆·麥金萊，於一九〇一年九月六日在紐約州水牛城泛美博覽會場被利安·捷古茲擊傷後，有兩句話最爲大家稱讚。他開口先對其秘書說：「照顧我太太，不要告訴她。」接著又說：「不要傷害他。」這個他是指行刺他的兇嫌。

麥金萊總統對其妻子伊黛的恩愛是傳記家特別強調的一點。當一八九二年到一八九六年麥金萊擔任俄亥俄州州長期間，他家住於州政府對街的一家旅館內。每天早晨，麥金萊於離開旅館之前，一定在門前稍停，取下帽子，對著他太太的房間窗子一鞠躬。麥金萊在州長辦公室內，每天下午三點鐘，一定站在窗口，向對街旅館內的太太揮著手帕致意。麥金萊遭刺客擊中兩槍受傷後，最初醫師尙認爲他沒有性命之虞，但後來傷勢惡化，終於在九月十四日不治。他對其夫人的臨終遺言是「永別了，永別了。這是上帝的意旨。」

麥金萊於一八四三年一月廿九日出生於俄亥俄州尼爾斯城，一八九七年當選總統，一九〇一年九月六日在紐約州水牛城被刺客刺傷，到九月十四日逝世。

美國第十六任總統阿布拉漢·林肯，是美國人也是全世界人士十分熟知的偉人，他的生平，他的「解放黑奴宣言」，他的「蓋茨堡演講辭」，他的被刺殺案都是世界歷史中的重大事件。在這裡只摘記幾點林肯的小故事。

▲一八五八年，林肯在伊利諾州自由港城與民主黨候選人史蒂芬·道格拉斯舉行國會參議員競選現場辯論，吸引聽衆達一萬五千人之多，在政治史上稱爲「林肯——道格拉斯大辯論」。一九五八年，美國郵政部特發行一種面值四分的郵票，紀念林、道大辯論一百週年。

▲高禮帽、手杖、小山羊皮手套是林肯的「儀表」標誌。據說林肯並不喜歡戴白手套，

但他的夫人常替他購備手套，林肯都將它們塞在大衣口袋裡，有一天在口袋內發現積有手套七、八副之多。

▲一八六四年七月間，內戰突然轉緊，叛軍一部攻到首都市郊，戰鬥在距華盛頓僅七英里的史蒂文堡前線進行。林肯親臨火線督師，槍彈在身邊飛舞，他泰然自若。守軍司令芮特少將一再促請他掩蔽。最後，林肯身邊三英尺處的一名軍官中敵彈倒下，他才勉強同意掩蔽。

▲林肯身高六英尺四寸，為身材最高的美國總統，白宮臥室的床是為他特別訂造的。深夜裡他常獨自外出，在白宮附近散步，有時停下來與陌生人談家常。

▲林肯的夫人瑪麗·杜德，在內戰期間以相當多的時間花費於各醫院內，將水果與酒類分贈給傷兵們，鼓勵士氣，爭取勝利，這位第一夫人也有莫大的貢獻。

林肯於一八〇九年二月十五日出生於肯塔基州的何吉維爾，一八三〇年遷到伊利諾州，一八六一年當選總統，一八六五年四月十四日在華府福特戲院內遭刺客槍擊重傷次日逝世。

美國第三十五任總統約翰·甘迺迪在美國總統史上獨佔三個第一：最年輕的總統（四十三歲當選），第一位出生於二十世紀的總統，及第一位天主教徒總統。他是遭暗殺的第四位總統，一九一七年五月廿九日在麻薩諸塞州的布魯克林出生，一九六三年十一月廿二日在德克薩斯州達拉斯遇刺逝世。

在四位死於刺客手下的美國總統中，甘迺迪是現代人物，他的生平與政海紀錄是一般人所熟知的，在此不重複記述。但他的被暗殺卻是件新的「千古疑案」，在他逝世後三十年的今天，報紙上還不時刊出有關他被刺事件的種種「秘聞」，有傳說也有猜測。可是迄今並沒有一種說法令人信服，外國人如此，美國人也一樣。在許多有關甘迺迪案的文章書籍中，大都含糊的說，這是一件更大的陰謀的一部份，究竟更大的陰謀如何？「千古疑案」或許是個解答。

四位美國總統遇刺案在美國史上都是重大事件，四名兇手也因此「遺臭萬年」。刺殺林肯總統的兇手約翰・布斯，當夜騎馬逃走，數天後被警察射殺。刺殺賈菲德總統的兇手查爾斯・葛特歐，在受審判後，於次年被處絞刑。刺殺麥金萊總統的兇手利安・捷古茲，在受審判後被電椅刑處死。刺殺甘迺迪總統的兇手李・奧斯華，在甘案後兩天，突然被夜總會東主傑克・魯比開槍擊斃。元兇死亡，這應該是甘迺迪遭刺事件成爲千古疑案的眞正原因。

（星島周刊，一九九五年四月三十日）

附：林肯冤魂，白宮鬧鬼

一八六五年四月初在一個星期內，美國發生兩件歷史性的重大事件：九日南北戰爭結束，十四日（星期五）夜間林肯總統遇刺殞命。

一百三十年前的美國新聞傳播事業還沒有現代化、高科技化，新聞傳播工具只有電報。舊金山紀事報那年一月十六日剛剛創刊，它在四月十五日的報上印著僅僅一欄寬的標題：「最新電訊：林肯被刺」。有一幅林肯照片。新聞內容是三個發自華府的電報，三則電訊總共祇有五十六個英文字，其第一個電報說：「林肯總統於昨夜在戲院內被刺」。

當年的新聞報導雖然很簡短，但林肯總統遭暗殺案立即成爲驚天動地的美國大事件，尤其是發生於他領導的解放黑奴的南北戰爭結束才五天的時間。林肯被槍殺的地點華盛頓的福特戲院已成爲美國首都的名勝之一。今年是他遇刺一百三十週年的紀念日，前往憑弔的遊人必然特別衆多。

「白宮鬧鬼」，「信不信由你」。中國歷代宮廷鬧鬼，法國宮廷鬧鬼或英國宮廷鬧鬼的故事，傳說並不罕見，但是美國「宮廷鬧鬼」確是新聞。而且，白宮的鬼話並非所謂愚夫愚婦「聽人家說的」那一套鬼話來源公式，而是來自美國大總統、英國首相、荷蘭女皇等上流社會的，有現代知識的與有科學頭腦的要人們。

說到鬼立即聯想到死人，白宮鬧鬼當然也與死人有關，這個死者就是在一百三十年前在華盛頓福特戲院內被男演員約翰・布斯一槍擊殺的美國第十六任總統林肯。

白宮鬧鬼事件發生於白宮二樓的林肯臥室內。他的臥室是維多利亞式的房間，現在保留著作爲對他的紀念。林肯臥室的特別標誌是一張超級大床，係用黑色花梨木料做成的，其床頭板不但雕刻精緻而且格外的高，有中國帝王龍床的氣概。林肯床長八英尺、寬六英尺，因爲他的身材異於常人的高大，普通的床對他不適用。

林肯套房有兩個房間，室內的傢具也不平凡。現在擺著他的座椅，閣員們開會時的椅子，以及他在夏季別墅裡使用的桌子。桌面上放著一份十分珍貴的歷史性文件，是其著名的「蓋茨堡演講辭」原稿，也是僅存的一份講稿，稿上有林肯的簽名與日期。傳說，第一夫人瑪麗・杜德很想將第一家庭佈置得很出衆，預算超過國會批准的兩萬元。但是，林肯不同意。他說如果購置許多不必要的奢侈品，而聯邦士兵們沒有毯子用，那實在太不應該了。

林肯臥室並非白宮平常開放供大衆參觀的一部份，因此，白宮鬼話只能從極少數身份特殊的人物口裡傳出。多位總統與第一夫人都表示有一種「與歷史生活在一起」的憂慮。齊奧道・羅斯福總統（中國人通稱爲老羅斯福以與富蘭克林・羅斯福總統區別）是一位不容易受別人說法影響的人物，但是他也談到他在走道上看到的「現象」的影響。他說，他看到林肯在不同的房間內進進出出。曾在白宮內作國賓的英國首相邱吉爾爵士與荷蘭女皇茱麗娜都說，他們看到林肯臥室內有某種奇異的「事情」，意謂林肯的幽靈出現。像邱吉爾這樣智慧的偉人應該不會說些「無知識」、「不科學」或「迷信的」話吧！

最新的白宮鬼話是從雷根總統的女兒瑪琳口裡講出來的。一九八七年時，瑪琳偕同丈夫丹尼斯・瑞維爾回娘家，因爲瑞維爾身高六呎七吋，他發現衹有林肯的那張超級巨床能適合他睡覺。他倆睡在林肯的大床上，兩人都承認看到「幽靈」。瑪琳說它是一種「靈光」，在黑夜裡出現，「有時爲紅色，有時爲橘色。」除了他們外，甚至雷根總統的愛犬「雷克斯」

似乎也看到鬼。當牠經過林肯的臥室時，好像看到什麼陌生人，不但汪汪的亂叫，而且不肯進入室內。

還有，當詹森總統與第一夫人搬入總統臥室時，突然在壁爐的裝飾物上出現題字道：「當林肯總統住於白宮期間，睡在這個房間裡。」同時，另有一字體較小的題字說：「當約翰·甘迺迪擔任總統時，與其妻子賈桂琳在此臥室內居住兩年，十個月又兩天。」詹森是在甘迺迪總統在德州達拉斯遭暗殺逝世後繼任總統職位的。

那個暗殺林肯的兇手約翰·布斯原是一名二流戲劇演員，但是他主演的「刺林案」卻使他一夜之間變成「大明星」。布斯於當天夜間與共犯大衛·希洛德從華盛頓騎馬逃走，企圖逃入南方謀求庇護，政府軍警在各地嚴密追蹤搜捕。他們從馬里蘭州逃入維幾尼亞州境內，到四月廿六日在維州的小城羅亞爾港被軍警發現截住，布斯不肯投降，立即被騎兵開槍擊斃，共犯希洛德就逮。於是，震驚美國南北的刺林案宣告結束。今天，與林肯總統大名一同留下的是空空的福特戲院與一些「白宮鬼話」！

（星島周刊，一九九五年四月九日）

哥倫布留下的疑問

哥倫布節是十月份的一個重要紀念日與假期。今年的十月十二日爲哥倫布發現新大陸美洲第四百九十九年紀念日，明年將是五百週年大慶。美國與西班牙等國現在已經開始爲明年的盛大慶典作籌備，明年此際哥倫布節將是個不平凡的日子。

但是，哥倫布，這位偉大的航海家，與中外許多其他偉人、英雄一樣，給後人留下一些很難解答的疑問。關於哥倫布至少有三點重大的疑問有待解決：他的相貌如何？他的墳墓在那裡？他最初的登陸地在何處？

舊金山市的名勝電報山有座哥倫布的雕像，每年參加哥倫布節慶祝的人士會說：「這就是新大陸的發現者。」可是，歷史家迄今無法說明哥倫布的相貌究竟如何？現在一般書籍上所見到的哥倫布像，最早的根據是公元一五一九年賽巴斯狄諾·皮奧波的油畫或者十九世紀留下的西班牙女皇伊莎白拉接見哥倫布的油畫像。據說，迄今沒有一幅哥倫布畫像是『最權的像』。

出生於義大利熱那亞的哥倫布，於一五〇六年五月廿日在西班牙的法拉度利德逝世，享年五十四歲。他感到終生遺憾的是，他未能發現中國。在哥倫布去世後，他的遺體暫時葬於法拉度利德。但是，其後每隔一段時間，他的遺體就遷葬一次。西班牙、古巴、多明尼加共和國及義大利等國都有他的墓塚。一直到數百年後的今天，研究哥倫布生平歷史的學者、專家們還未能對此一疑問提出最後的解答。

比較最新的發展是，加州南部艾文市的加州大學分校的約納旦・伊利柯森教授相信，一八七七年在聖多明哥一家天主教堂內發現的一具金屬棺內的遺體是哥倫布的遺體。伊利柯森利用科學方法鍶同位素的特性，對棺內的一個牙齒加以檢驗並實施其他檢驗，以判定該遺體是否爲哥倫布的遺體。但是檢驗結果尙未公佈。

公元一四九二年十月十二日，哥倫布的探險隊在今日西印度羣島中的聖薩爾瓦多島（原名華特陵島）登陸，此即哥倫布節日的由來。但是，經專家們研究分析的結果認爲，他首次登陸的地方是聖薩爾瓦多島附近的薩瑪納島。因此，哥倫布發現新大陸的第一片土地也成爲疑問。

（星島日報副刊，一九九一年十月十六日）

黑人，黑奴，黑人

上帝爲甚麼造了白人，又造黑人？

你能告訴我，亞當與夏娃究竟是白人還是黑人？

在美國史上，「黑人、黑奴、黑人」，是一群來自非洲的人的三階段，第一個階段的記載不多；第三個階段就是今天我們所看到的或者聽到的情形。

請你閉目試想，黑奴階段的一幅圖書：

黑奴不是人，是黑貨、黑物、黑畜。

一六一九年，維幾尼亞州詹姆斯城的羅爾飛寫道：「大概是八月底的某天，來了一位生意人，將二十名尼格魯人賣給我們。」這是美國史上第一頁黑奴紀錄。

一六四〇年，維幾尼亞州有一名黑奴企圖逃走，主人爲了懲罰他，將其賣身爲奴的時間從「有期」改爲「無期」——終生爲奴。

一六五九年，黑奴一詞正式出現於維州的法律中。

一六六五年，黑奴變成所謂「世襲制」，一個黑奴的孩子生下來就是黑奴，除非隨其母親獲得自由身分。

一七〇五年，維州將黑奴定爲「財產」。主人有權將其黑奴遺留給他的子子孫孫。如果黑奴逃亡，人人可以將他殺死。主人因黑奴潛逃所造成的財產損失，政府將給予補償。

黑奴終於怒吼了。一七三九年九月間，七十多名黑奴在查理斯頓附近的史度諾河鄉搶得武器，喊出「自由」口號，轟轟烈烈的幹起來。最後他們當然是壯烈犧牲，四十多個黑人與二十多名白人喪命。

這裡是一張拍賣黑奴的商務傳單，就像今天的報紙廣告：「一七六九年七月廿四日於查城。

定八月三日星期四。出售貨物一批。

計尼格魯人九十四名。情況良好，身體健康。

包括卅九名男子，十五個男童，廿四名女子，十六個女童。

甫自獅子山（註：非洲英國屬地）運到，刻在布利甘廷。代理商大衛與約翰謹啓」

英國的奴隸商人將銀子、鐵及紡織品等賣給非洲的土皇帝或大商號，他們沒有「外匯」支付，就以「黑人幣」來替代。英國商人便把黑人運到加勒比海各群島賣給橡樹園作奴工，後來他們被運賣到新大陸各地。

裝載「黑貨」的船艙分爲四部份：男子、男孩，女子、女孩。每兩個人一起被鏈子將他們的手足綁起來，排在艙內與木材等貨物一樣，既缺乏流通的空氣，更沒有醫藥照顧。經過非洲到新大陸間的長程海運，許多黑人死在途中，據估計總數達兩百萬之衆。

黑奴在被賣與主人之後，除了供主人驅使外，主人也可以把黑奴「出租」給他人使用。爲了怕黑奴潛逃，主人將號碼牌子掛在他們身上作爲「ＩＤ」。

俄亥俄州的黑女奴楚斯在一八五一年對人們說：「我生了十三個孩子，眼看著他們都被賣作奴隸，我發出悲慘的母親哭號，只有耶穌聽到！」

上帝爲甚麼造了白人，又造黑人？

（星島日報副刊，一九九二年五月廿三日）

黑人作家·不平則鳴

在美國的三千萬衆黑人當中，除了民權運動領袖馬丁路德·金恩之外，我們常見的是：

棒球場上的黑人，足球場上的黑人，田徑賽場上的黑人，熱門（流行）音樂台上的黑人，以及公共汽車駕駛座上的黑人。

當然，民權運動人士、政府官吏與其他行業中另有若干成名的黑人，黑人當中有沒有著名的文學家或大作家呢？

從美國的作家名人錄與黑人名人錄中，翻了許多頁，我們只能發現少數幾位有聲望的黑人作家與文學家。而且，美國黑人作家的作品不論是長篇小說、短篇小說、散文、詩篇或者歌劇，其內容有一個共同的特點：貧窮者的嘆息，被壓迫者的呻吟，與反抗者的怒吼，換句話說就是「不平則鳴」。以下的五人是美國文壇公認的黑人作家。

休斯 L. HUGHES（1902–1967）：休斯是位詩人、小說家、劇作家、曲作家與新聞記者，他生於米蘇里州約普林城，自中學時代開始就在學校雜誌上發表詩篇與小說，曾就讀於哥倫比亞大學，但僅一年即自動輟學。他的生活經歷奇特而豐富，在大郵輪上當過信差，在巴黎的夜總會中洗碗碟，當美國經濟大恐慌開始時，他的思想日益左傾，一九三二年曾在蘇聯度過一年，到二次世界大戰時他的思想逐漸轉溫和，休斯的重要作品有：THE WEARY BLUES（1926），THE WAYS OF WHITE FOLKS（1934），THE BIG SEA（1940），STREET SCENE（1947），BLACK NATIVITY（1961）及 JERICHO-JIM CROW（1964）。

賴特 R. WRIGHT（1908-1960）：賴特是位小說家與散文家，與休斯同被譽為美國黑人文壇的雙傑，他與千千萬萬黑人家庭小孩子的命運相同，六歲時父親拋棄了他與家庭，他與母親流浪各地，十五歲時離家出走，隻身奮鬥。他在自述中說，洗碗盤，打掃街道，挖泥溝，做侍者，當信差，拉保險，在郵局分檢信件，最後「我正在忙著寫一部小說。」他於一九四六年移居花都巴黎，因為他們的女兒住法國，直到逝世為止。賴特的重要作品有：THE ETHICS OF LIVING JIM CROW（1937），UNCLE TOM'S CHILDREN（1938），NATIVE SON（1940），THE OUTSIDER（1953），THELONG DREAM（1958）及 EIGHT MEN（1961）。

強森 W. JOHNSON（1871-1938）強森是位詩人、教育家與律師，不只是位全國聞名的大律師，而且是第一位獲准加入佛羅里達州律師公會的黑人律師。他的多方面天才中包括作曲，名震紐約歌壇，他曾到中美洲的尼加拉瓜及南美洲的委內瑞拉等地執業律師，他的重要作品有：THE AUTOBIOGRAPHY OF AN EX-COLORED MAN（1912），BLACK MANHATTAN（1930），

ALONG THIS WAY（1933）及SAINT PETER RELATES AN INCIDENT（1933）。

鄧巴 P. DUNBAR（1872-1906）：鄧巴是位詩人與小說家，出生於俄亥俄州的德頓城，母親曾做過奴隸，因此他從小就聽到許多有關南方黑人社區生活的悲慘故事，成爲他作詩與寫小說的素材，他的重要作品有：OAK AND IVY（1893），MAJORS AND MINORS（1895），LYRICS OF SUNSHINE AND SHADOW（1905）及 THE UNCALLED（1898）。

伍森 C. WOODSON（1875-1905）：伍森是位歷史家與編輯家，致力於黑人活動史料與文獻等的整理與編纂，並且創辦與主編「黑人歷史學報」，他的重要作品有：HISTORY OF THE NEGRO CHURCH（1921），THE NEGRO IN OUR HISTORY（1922），及 AFRICAN HEROES AND HEROINES（1939）。

（星島日報副刊，一九九三年三月）

改寫印第安人歷史

少數學者專家正在改寫美國西部歷史，也是改寫美國印第安人的歷史。

當「美國西遊記」兩篇稿子刊出的期間，美國「發現電視台」在連續六天的晚間播出一部觀點獨特的紀錄影片：「西部淪陷史」，這是第一部以改變西部歷史筆法完成的作品，也是第一部以改變印第安人歷史筆法完成的作品。收看這部紀錄片的華人或許不多，但值得我們注意，因爲它獲得許多美國評論家的重視。

「西部淪陷史」（HOW THE WEST WAS LOST）的片名具有深長的意義，顯然爲了針對「西部開拓史」（HOW THE WEST WAS WON）。這兩個題目只換了一個字，但意義卻完全不同。「西部開拓史」是好萊塢一九六〇年代的一部重要產品，係典型的西部電影，使世界各地的觀衆都留下相當深刻的印象：白人英雄征服了野蠻的印第安人。現在，「西部淪陷史」顯然要改變此種印象，甚至推翻這種印象。

「西部淪陷史」的形成，自然有其客觀的因素，那就是印第安人——美國的法定稱謂是美洲土著——的「民族意識」活動的日益成長。

半年多以前，正值美國與其他國家慶祝哥倫布發現新大陸五百週年的同時，不少印第安人團體發起運動，不但反對慶祝哥倫布節，而且強烈譴責哥倫布殘殺印第安人，奪取他們的土地，消滅他們的種族，而呼籲改寫歷史，要求爲印第安人「平反」。金門灣區的印第安人民權運動人士亦舉行紀念會，促使公衆對「歐洲人入侵西半球的後果有更深刻的了解」。

「犯人島」是灣區人士熟知的一處觀光「名勝」。一九六九年冬天，這個小島上曾發生引起全美注目的印第安人「起義事件」。印第安人部落聯合會的人士佔據犯人島並宣佈該島是他們的土地，當時他們對外宣佈說：「當來自世界各地的船隻駛入金門灣時，將首先看到印第安人的土地，由是提醒這個國家的眞正歷史。」此一印第安人「起義事件」拖了十九個月的時間才獲得和平解決。

一九七三年春天，「印第安人運動組織」分子兩百餘人，將南達科他州西南部的小村「傷膝村」佔據，並向政府當局提出多項要求，政府方面最後同意改善印第安人情勢。但是，這次印第安人「起義事件」持續六十九天之久，印人與治安人員曾發生多次小衝突，共有三百餘人被捕，兩名印人死亡及數人受傷。這個小村被燒毀，損失估計值二十四萬元。此一事件到那年五月八日才告完全解決，在印第安人史上稱爲「第二次傷膝村事件」——第一次傷膝村事件發生於一八九〇年十二月間。

一八九〇年的「傷膝村事件」，在印第安人史上稱爲「傷膝村之役」或「傷膝村屠殺案」，是美國政府軍或者說是白種人與印第安人之間的最慘烈也是最後一次「種族戰爭」。自此事件以後，印第安人完全被征服，而不再作流血的反抗。

一八九〇年除夕的前兩天，是美國北部一個嚴冬的日子。由於政府軍方與印第安人之間長期對立與仇恨累積的結果，十二月廿九日清晨，第七騎兵師師長密爾斯派佛賽斯上校率領部隊五百人進入印第安人營區內，由爭執而演變成血戰，部署在附近山頭的四門加農炮亦開炮轟擊，結果共有一百五十三名印第安人西奧克斯部落族人死亡，及許多人受傷。印人領袖「大腳」也死在雪地裡。政府軍士兵亦有二十五人陣亡！另一名印人領袖西廷布爾業在十二月十五日的衝突中喪生。

「西部淪陷史」紀錄影片就是以大雪紛飛中的「傷膝村大屠殺」鏡頭閉幕的。

西方人士說：「歷史原爲勝者寫！」中、外都是一樣，但願此種傳統將來能有所改變。

（星島日報副刊，一九九三年五月三十日）

美國西遊記：八千里路雲和月

「美國西遊記」並非一篇實際的遊記，更不是一部小說，而是取「西遊記」人物所代表的精神：唐玄奘師徒懷著崇高的理想，以堅忍不拔的信心，攀高山越荒野，冒著步步的驚險，克服重重的困難，通力合作，終於達成西域取經的歷史性任務。美國西部開拓的歷史正是如此。

美國郵政總局五月份發行一種紀念郵票，圖案是，自美國地圖的中部，畫一條曲折蜿蜒的紅線，一直伸展到俄勒岡州的沿海。

美國時代雜誌社出版一部內容約四百頁，圖文並茂的美國西部開拓史書：「蠻荒的西部」。

舊金山的「四四」號電視台最近花了五晚十個小時的時間，播映一部西部紀錄電視片：「蠻荒的西部」。

俄勒岡州觀光局，懷俄明州觀光局及俄勒岡小徑（探險路）協會等機構都發起宣傳運動，歡迎公衆前往參觀西部開發的歷史文物與名勝古蹟。還有許多報刊登載與西部歷史有關的專欄及西部故事的電影片。

這種種與美國西部有關的事物與活動，都是爲了紀念一百五十年前美國史上一個重要時代「蠻荒的西部」的開始：「俄勒岡小徑」。

一八四三年五月廿二日，第一批拓荒者大約一千人，搭乘蓬車隊，自中部米蘇里州獨立城附近的艾爾格洛夫（榆樹鎮）出發，前往遙遠的西部俄勒岡地區尋求生活的新天地。

一八四三年五月廿九日，由綽號「西部霸王」約翰·查爾斯·佛利蒙率領的一支西部探險隊，自米蘇里州的堪薩斯城出發，征服洛磯山，渡過大鹽湖，直抵今天的俄勒岡沿海附近地區，花了十四個月的時間，完成了一次空前的「長征」。次年，他再度率領探險隊西來，經過新瑞士城（又名沙特堡，即今日的沙加緬度）到達太平洋海濱的一個重要港灣口並將這個海口命名爲「金門」——金門灣的來歷。

美國西部史上的「俄勒岡小徑」是一條西部拓荒者的汗淚血築成的道路。他們偕家帶眷，爬山涉水，與風霜雨雪搏鬥，與吃人的野獸搏鬥，與殺人的野人（印第安人）搏鬥，最後到達荒涼無人的「西域」時，已經變成家破親亡的天涯淪落人。

據史籍記載，在一八四三年到一八六九年的廿多年期間，共有三十五萬到五十萬衆的東部人民，經過「小徑」移居到西部地區。那期間，每年四月與五月份內，幾乎每天都有篷車隊出發西行。據說，因爲天災、戰鬥、疾病及各種意外事件而死亡的達四萬五千人之衆。在這條全長兩千英里的小徑上，自米蘇里到俄勒岡的威拉米特，平均每隔八十碼就有一人死亡——委實是一條「死亡小徑」。

「俄勒岡小徑」自米蘇里州獨立城開始，經過堪薩斯、內布拉斯加、南達科他、懷俄明、愛達荷到達俄勒岡爲止。它有一條支線稱爲「加利福尼亞小徑」，從愛達荷，經內華達，到達加州的沙加緬度。

今天，你駕著有空氣調節的汽車，行駛在高速公路上，以觀光古蹟名勝的度假心情，輕鬆愉快的完成「俄勒岡小徑」之旅，最多只需兩星期的時間。一百五十年前呢？六匹騾馬拉著大篷車，走一趟「小徑」需要至少五個月的日子，如果途中不幸遭到天災人禍，那就要挨受半年以上的折磨！

拓荒者亞當斯在一八四八年的一篇日記中寫道：「我與妻子抱著孩子們攀登泥濘的卡斯克德山，然後將篷車內的行李一件一件背著上山，因爲我們的騾馬實在疲憊不堪，連拉著空篷車爬山的氣力幾乎都沒有了。」

這只是千千萬萬拓荒者的心酸血淚故事之一。

一百五十年前，四萬多人的白骨，鋪成一條自米蘇里州到俄勒岡州全程兩千英里的西部拓荒者的道路：「俄勒岡小徑」，而它的支線「加利福尼亞小徑」，也是一條血淚築成的探險者之路。

下個週末或者任何假期，當你搭乘發財車或灰狗巴士經過八十號高速公路去雷諾或南太浩湖做發財夢的途中，不妨下車一停，在唐奈湖畔玩賞一番。在這個位於「雪山」（賽拉內華達係西班牙語雪山之意）最高峰的勝地，一百多年前曾發生一件西部拓荒史上的大悲劇。一八四六年五月間，六十二歲的探險家喬治・唐奈與其六十五歲的妻子丹森，六十五歲的哥哥賈可貝，以及詹姆斯・雷德與其妻子瑪格麗特等，從米蘇里州獨立城隨著篷車大隊出發。這批西部拓荒英雄於七月間在懷俄明州境內分爲兩隊，其中由唐奈等率領的一隊共有八十七人，循山路向加利福尼亞地區進發，由於山區荒徑行路困難，到那年十月底才走到今天的賽拉內華達山最高的唐奈峰與唐奈湖一帶。

出乎意料之外，那年冬天山地暴風雪季節提早來臨。在唐奈探險隊人員抵達楚魯吉關（今日的唐奈關）地區後不久，山路便被數十英尺深的大雪封閉，而且連續多天的大風雪猛襲山區，使這群拓荒英雄完全束手，唯有仰天長嘆！他們只好搭起簡陋的帳篷，在冰天雪地裡挨日子。

唐奈等派出十多個年輕力壯的人，冒著危險向山區以西的加州方向設法求援。但是，被困陷於唐奈湖地區的那些人的情勢不斷的惡化。隆冬的天氣一日比一日更酷寒，新的風雪使他們的希望更爲渺茫。食物吃光了，他們開始吃被凍死與餓死的騾馬肉，最後他們在毫無辦法的情況下，只有忍痛的以遭凍餓死的旅伴們的人肉來維持微弱的生命，他們在這種絕望的環境裡一直挨到次年二月間，才獲得第一批救援隊人員的援助。在經過三個多月久的折磨之後，死的死了，垂死的無力行動，還有些人已經變成瘋子。

拓荒隊領袖唐奈在救援人員抵達時已死亡，而他的妻子丹森不忍心丈夫孤魂獨留在荒郊，也陪伴在身邊死去。唐奈探險隊共有男女老少八十七人，其中五人先死於沙漠途中，三十五人在暴風雪中喪生，最後只剩下四十七人抵達加州的沙特堡即今天的沙加緬度。唐奈關及唐奈湖等命名都是用以紀念他們的。

「俄勒岡小徑」西部拓荒者的悲慘動人的故事更多，許多以西部開拓經過情形爲主題的小說、電影及電視連續劇等都是以這條山地小徑的故事作背景的。

馬古斯．惠特曼是位「俄勒岡小徑」的拓荒英雄，一位虔誠的牧師，也是一位救人的良醫。他與妻子娜麗莎最後皆爲西部開拓而犧牲了性命。惠特曼在俄勒岡創建教會，並且行醫，尤其是致力於對印第安人的傳教與醫療服務，但他們夫婦最後都死在印第安人手裡。

隨著白人到俄勒岡的數目日增，也帶來一種印第安人特別害怕的疾病：痲疹。惠特曼不但爲白人的兒童們醫治痲疹，也爲印第安人的兒童們醫治痲疹。因爲有些印第安人的兒童患者不幸死亡，而引起印第安人的懷疑，以爲是惠特曼在藥品中秘密摻入毒物故意害死印第安人，以圖使白人搶奪印第安人的土地。

悲劇終於來臨，印第安人酋長狄勞克的兩個孩子較早已經死於痲疹病，第三個現在又死了，使狄勞克起了殺人報復的念頭。一八四七年十一月廿九日是個陰森的日子，在惠特曼爲新死兒童等舉行宗教悼念儀式之後，狄勞克與杜瑪哈等三個印第安人衝入教堂的廚房內先殺害惠特曼，然後在教堂內大肆屠殺，結果共有十三位白人喪命，其中包括惠特曼的妻子娜麗莎。這對爲白人及印第安人服務十一年之久的夫妻拓荒英雄竟然遭到如此悲慘的下場！

（星島日報副刊，一九九三年五月廿三日）

舊金山與加州

舊金山自畫像

我的生日快來臨，我願有個快樂的誕辰。

今年我兩百十六歲，與合衆國同年齡。當我降生時，全家只有六、七十個人，如今有七十萬衆。

見面先通名報姓，我有許多個不同的名字。但是，我的乳名或許很多人並不曉得。我出生時，西班牙人很喜歡我，給我選個女孩子的芳名「薄荷」，西班牙文叫「耶芭布納」。

那是兩百多年前的事了。我家建在一個荒涼的半島上，本是印第安人的國度。我家有三個分子：杜洛瑞教會、普利西度村與耶芭布納灣。後來這三個小村合成了一個「大家」。

英國大商人理察遜與他的夥伴李斯，於一八三五年在我家的海口山坡上搭建了一個帆布帳篷，算是他的家，並且命名爲「耶芭布納」村。這個一家村早就無影無蹤，但它的原址就在今天很熱鬧的中國城華盛頓街與企李街之間的都板街八二三—八二七號。

在這兩百多年間，我的身份一變再變，那是無可奈何的事！從一七七六年我降生到一八二一年期間，我是西班牙籍，共度過四十五個寒暑，後來墨西哥人鬧革命搞獨立，我隨著變成墨西哥籍，自一八二二年至一八四八年，只有短短的廿六個年頭。

一八四八年年初，美國與墨西哥戰爭結束，墨西哥失敗，割地賠款。於是，我隨著加利福尼亞區變成了美利堅合衆國籍，至今又過了將近一百五十年。

一八五〇年，加州州議會通過法案，給我一個舊金山市與縣的身份。最初，我家的轄區很大，包括金門半島的大部份地區。但是，過了數年，聖馬刁一帶的居民開始鬧「聖獨」運動，他們終於在一八五六年脫離我家，成立了聖馬刁縣。我家地產大幅度縮小，市與縣只好兩合一。

因此，今天，有人喚我爲舊金山市，也有人稱我爲舊金山縣，而我的合法名字是「舊金山市與縣」。耶芭布納、金山、大埠、三藩市、聖法蘭西士柯等指的都是我。

「金門」是我的綽號，它是有來歷的。一八四八年，西部開拓英雄之一的查爾斯・佛利蒙來到了聖法蘭西士柯灣，看到了這個海灣非常雄偉，想起了歐洲與亞洲兩大陸間的海峽門戶土耳其的博斯普魯斯海峽口的「金角城」——東方財富流入歐洲的門戶。因此，佛利蒙將這個海灣口命名爲「金門」。不過，最初他用的「金門」並非英文「GOLDEN GATE」，而是希臘文「CHRYSOPYLAE」。據說佛利蒙命名金門的用意是，希望東方的財富將經過「金門」流入這個新大陸，如同東方的財富經過「金角」流入歐洲一般。

在我這兩百餘年的經歷當中，最值得驕傲的是「淘金熱」時代，它使我變成西海岸的大都市，世界聞名。我最沉痛的一頁是一九〇六年的大地震，軀體殘破，元氣大傷，好多年才恢復健康。

二次世界大戰以後，我的輝煌家世開始沒落，海運生意被屋崙（奧克蘭）、長堤搶走，工廠也遷往外地，無家之人滿街溜。但是，我仍然獲選爲美國最適於住家的大都市之一。

我的生日六月廿七日快到了，我願過個快樂的誕辰！

（星島日報副刊，一九九二年六月二十日）

舊金山生日快樂

六月二十七日是舊金山市的二一六歲誕辰，祝它生日快樂。

如果你想看看舊金山降生時面貌的話，你可以搭公共汽車或開車到舊金山米慎區第十六街與杜洛瑞街口，宅是一幢土裡土氣的建築物，也是舊金山的第一座房屋。

舊金山與美利堅合衆國是同年齡的。舊金山誕生於一七七六年六月廿七日，而美國獨立宣言發表於同年七月四日。

兩百十六年前的六月廿七日，一群西班牙探險隊員自聖地牙哥抵達一個風景美麗的海濱荒野裡。

他們是西班牙安薩將軍龐大探險團的一部份，他們的領隊是陸軍中尉軍官荷西．莫瑞嘉。隊員中有男有女，有小孩子，也有保護他們的軍人，共有約七十人。莫瑞嘉的任務是建立一個軍事基地，作爲擴大探險與保護殖民的根據地——他創建的基地就是今天舊金山的普利西度軍區。（軍區於一九九四年關閉後已改爲國家公園。）

這支探險隊的神父是法蘭西士柯·巴勞。他的任務是創建一座天主教堂。因爲那時代西班牙爲政教合一制度，宗教、政治與軍事三位一體，而且事實上教會的權力是至上的。

這群白人抵達後，在小溪杜洛瑞河畔搭建十五個帳篷作爲棲息處。這裡風景宜人，有瀑布在望，有青青的草地供騾馬休息飲食。

第三天，神父巴勞在一處野籐架下舉行這個印第安人地區的第一次彌撒儀式。他們跪在如茵的草地上，地上遍是芬芳的野花。除了紫羅蘭、百合等花外，還有一種開著小白花的植物「耶芭布納」（薄荷科植物），特別令人喜愛。於是，西班牙人便將這片處女地命名爲「耶芭布納」，也就是舊金山最早的名稱。目前，舊金山市中心區正在興建中的「耶芭布納中心」的命名正是源於這個故事。

這群異鄉人在儀式中感謝、祈禱，士兵鳴槍致敬，「教堂」的鐘聲第一次響起。這個地點成爲聖地，稱爲「聖法蘭西士柯·德阿齊斯教會」——今日的「杜洛瑞教會」。

當年的杜洛瑞教會原始建築物仍在，還是土裡土氣的模樣，但其中保存著許多有價值的歷史性文物。它是舊金山的第一幢建築物，也是本市的一處觀光勝地。

古老的杜洛瑞教堂的土牆有四英尺厚，足證當年建造時是很艱鉅的工作。在老教堂的右邊有個陰森的古墓園，西班牙探險隊的領隊與普利西度軍區第一任司令莫瑞嘉與其他探險隊要員都長眠在這裡，但是墓園的圍牆高高的，從外面的寬廣大道上是看不到的。

一七七六年七月間，「耶芭布納」的大部份殖民移居到金門灣口附近的「普利西度」，並於是年秋天建成這個金門灣口的重要軍事基地。現在的普利西度軍區的「軍官俱樂部」木質房屋就是這群西班牙人拓荒者的遺物——不過在一七九一年曾加以重建。

今天，在舊金山二一六歲的生日，如果你站在那座古老的教堂屋簷下，會有如何的感觸呢？

（星島日報副刊，一九九二年六月廿七日）

金山華埠的變、變、變

書報攤前愛留連

書報攤是言論、出版、閱讀、經營等自由存在的事實，也是華僑知識水平提高的明證。美國人說經濟復甦還要等待，加州人說經濟情勢仍難樂觀，但是華埠人士說，唯有唐人街是例外。你看，華埠「領土」年年擴展，新生意店舖不斷的慶祝開張，房租房價只漲不降……，而我最愛留連的書報攤更是繁榮。二十年前，僅有企李街與柏思域街之間的都板街頭有數家書報攤，今天，華埠幾條大街上處處可見到書報攤。過去祇有「專業」的書報攤，現在許多其他店舖也「兼職」這種生意。

書報攤雖然是華埠繁榮的景象之一，生意興隆的証明之一，但它所代表的意義比繁榮、興隆更重要，它代表華人求知心的普遍與升高，言論與思想自由的存在。書報攤的歷史也記錄下中國人的一些「悲哀」。在過去二十年歲月裡，首次從台灣來的客人突然發現「匪報」公然出售而感到有點害怕，首次從北京上海來的客人讀到中國對日抗戰犧牲貢獻最大的是國民黨軍隊而非「八路軍」的文章仍有些懷疑。

我個人呢？二十年紀錄的前一半，居處與華埠較近，每天到街頭報攤買報紙，也注意別人買報紙。第一個人買一份星島日報與另一份報紙走了，第二個人也是拿起這兩份報紙付錢後走了，第三個人仍然是……。今天，只有週末到報攤上買報紙，我依舊注意別人買報紙。幾乎人人是買兩份：星島日報加上另一份，只不過另一份已經不是過去的那另一份了。

語言天才女店員

在華埠開店做生意不容易，要天天忙碌辛苦，月月耐心撐持，年年奮鬥不息。這自然是指店東或合夥人的生活而言。而在華埠當店員這行職業也很不簡單。

華埠的店員不論是銀行、餐館、一般店舖，以女孩子佔大多數。一般人都知道做女店員或者女侍，當然要年輕、美麗、機敏、伶俐、勤快……。但在華埠做這種工作還有一個其他地方罕見的必備條件：語言天才。

進入華埠店內，你一會兒聽到英語，一會兒聽到廣東話，一會兒聽到國語（普通話），一會兒聽到越南話、台灣話（閩南話）、上海話……。

與二十年前最顯著的不同是，今天很少再聽到「唐人不能講唐話」的論調了。有人說，電影、電視，特別是錄影（像）帶對語言教育的貢獻最大。的確，你不承認嗎？

花街謝了

大城市有一個共同的「特點」，都有一條與色情有關的街道或地區。中國最有名的色情街是唐朝首都長安城內的「平康坊」，因此「平康」成為妓女或娼妓業的代名詞。華埠最早的「平康坊」據說是「新呂宋巷」，今天自然時過境遷了。

但是，華埠北端的布律威（百老匯）街在二十年前是一條遠近聞名的所謂「花街」。花街的花是四季常開的，一年三百六十五天，夜夜春宵，五彩的霓虹燈，閃爍得令男男女女都心醉。

據那時代的警方報告說，光顧「花街」的人們中以東方人佔比例最大，有台灣人、日本人、香港人……（大陸竹幕垂著來客極少），因為東方的「性門」緊閉，甚至「花花公子」每年印的裸體月曆也是違禁品。

據說，那時代從台灣來舊金山的達官顯貴們，白天的名義是「宣慰僑胞」，夜間的節目是「遊逛花街」。他們大都是語言不通，又有點怕「洋鬼子」。因此，只好拉著領事館人員陪同服務，變成外交官做「內交」工作。

今日的百老匯街已經是花事闌珊，徐娘嘆息矣！

僑領身價貶值

二十年前，「僑領」在台灣是國賓，在大陸是罪人，在舊金山是榮譽。

「僑領」者華僑之領袖也。這個稱謂不曉得起於何年何月，也不知道這個名詞是什麼人的傑作。僑領沒有資格限制，不需要考試，不必填表繳費申請，自然勿須等待批准，既不受名額限制，也不要耽心任期屆滿。僑領的優點眞多，難怪人人想做僑領。

僑領愈來愈多，逐漸有了大小之分，地位也有輕重的差異。當年有一位被外交界稱爲「地下總領事」的超級僑領，最獲得國府的信任。

有一次國府外交部在台北已經發表一位駐舊金山新總領事的任命，但是爲了尊重「地下總領事」代表的「僑意」，立即收回成命。

自從李登輝當了總統，做了國民黨主席以來，華僑的政治份量變輕，僑領的身價隨著貶值。過去只有華僑而不論是廣東人、四川人或者山東人。今天，李登輝集團眼裡只有「台僑」，甚至我們在台灣出生的兒子、孫子仍然只能做華僑而不能當所謂「台僑」！

只有都板街譯名未變

二十年前是華僑社區反共意識最高潮的時代，因爲北京政府對於「有海外關係」的同胞加以種種罪名，給予重重的「劣待」，而且舊金山是國民黨在海外的最早的基地。因此，舊金山僑社的極多數人士是支持反共的蔣介石總統的。那時候提到「中國」就是指毛澤東的北京政府，而以「自由中國」指台北的蔣總統政府。今天，「自由中國」的稱謂消失了，「台灣政府」變成通用的名稱。

那時代，華僑社區的政治分界線十分顯著。乾尼街是條邊界，因爲左派機構設於一幢紅磚建築物裡，被稱爲「紅衛兵總部」，就是現今已成廢墟的「國際旅店」舊址。有個故事說，一個來自台灣的小學生對其母親說：「媽，晚間我們不能去那裡，會被紅衛兵抓住送到大陸的。」今天已成掌故了。

二十年前出生的嬰兒今年應是大學生了。徘徊在華埠街頭，看到的與聽到的都是變、變、變。但是，突然發現一個「未變」：都板街的譯名。不論是外州、台灣、大陸或東南亞的華人，一進入都板街就驚訝的懷疑說：「GRANT 怎麼會譯成都板？」說法不只一個，合理的解釋是，這條街原名爲 DU PONT，爲了紀念美國與黑西哥戰爭期間的一位英雄薛穆·杜邦（杜邦是德拉華州的望族），「都板」即杜邦。

一九〇六年的舊金山大地震與大火中，都板街損失慘重，街道重建時易名爲格蘭特，用以紀念美國第十八任總統尤利西斯·格蘭特。英文街名已變了一百年之久，但華文「都板」依舊寫在路牌上，除非有一天市政府將「都板」改爲「格蘭特」。

（星島日報報慶特刊，一九九五年八月一日）

附：舊金山華埠的新面貌

早晨、傍晚輕霧迷濛是三面環水的舊金山夏天的特徵。夏天是舊金山的觀光季節，也是華埠的繁榮季節之一，另一個是每年新年與春節前後。

儘管加利福尼亞州鬧了幾個月的人爲的汽油荒，不少人暫時放棄或減少開汽車出外旅行。但是，舊金山華埠觀光旺季所受的影響並不太顯明，這是由於華埠與其他遊樂勝地的條件不盡相同。

來舊金山華埠觀光遊覽的，除了搭飛機——飛機燃料並未受到加州汽油荒的影響——的國際旅客及美國境內的遠程旅客外，居住於金門灣區的廾萬以上的華德可以說是「長期觀光客」。他們將舊金山當作華人生活首都，也是華人生活必需品的一個「總批發市場」。許多剛從國內抵此的人士，一踏入市德頓街，看到滿街的肉店、魚店、蔬菜與水果攤，不約而同的都驚嘆一聲：「這裡眞像台北的中央菜場！」

舊金山華埠的骨架與三十年前、五十年前沒有多大的不同，但是外貌天天在變——向華麗、繁榮、蓬勃方面變。不論在都板街、企李街、華盛頓街、積臣街、市德頓街、跑華街及中外人士所慣稱的唐人街（沙加緬度街），街頭店舖經常在粉刷、裝修，新招牌不斷的增加。一家店面租約滿期必有好多家爭搶承租，這種情形很類似台北若干年前西門町黃金地段的現象。

舊金山華埠不但商業蓬勃，經濟繁榮，而且華僑所經營的企業種類與性質也與十年前、二十年前大不相同。

雖然餐館仍然是舊金山華埠今天的主要生意，但是，站在街頭四下觀望，保險公司、印刷公司、珠寶與金銀首飾店、進出口公司、電視與收音機錄音機公司、攝影公司、服裝公司、藝術畫廊、書局、報社、廣播電台、電視台、廣告公司……。

在華埠新企業當中，值得特別一提的是金融機構與旅遊社。早期成立的華資銀行只有加州廣東銀行及金山通商銀行，四、五年前華資的建東銀行及中央聯合儲蓄貸款會先後成立，而且發展迅速，於是華人開銀行的興趣大增——當然是具備了條件。現在又有兩個華資金融機構正在加緊籌備中，將在三數月內開幕營業。一家是「金錢儲蓄貸款會」，另一家是「誠信儲蓄貸款會」。

舊金山華僑從開洗衣店、賭館、飯店、到創建報社、電視公司及銀行，正是代表他們百年來血汗奮鬥的里程碑——成功的里程碑。

在舊金山華埠的新興企業中，旅行社尤其突出。旅行社業自從中華航空公司開闢中、美直達航線後轉入一個起飛的新階段。華埠街頭的旅行社大大小小不下三十多家，另外還有不少關著門在家裡做旅行社生意的「單幫客」。

開旅行社的愈多，競爭自然愈激烈，從華僑報紙、廣播電台及電視台的廣告中很明顯的表現出來。

舊金山華埠鬧區，不論大街小巷到處都有旅行社存在：助世、金星、好運、明華、捷安、天天、聯邦、東亞、遠東、七海、四海、天洋、美利安、廉價、順風、金山、天佑、佳佳、藍天、中華、毅聯、世紀、仁仁、好世界……。

華埠旅行社的業務大概可分為兩類，國際業務與短程業務，其中國際業務佔重要部份，而在國際業務中尤其以經營台灣與香港兩地生意為主，在這兩處市場上的競爭也最為激烈，尤其是旅行季節。

舊金山旅行社的短程業務有兩個重要對象：太浩湖與賭城雷諾。他們經營定期遊覽專車赴這兩個觀光勝地，普通分為當天來回及兩天一夜來回兩種，費用低廉，而且為了號召顧客，訂有種種優待辦法，例如當天來回的旅客到太浩湖時可以獲得現金十二元、餐券二元及飲料券三元。兩日一夜的旅客到太浩湖及雷諾時可獲得廿七元的籌碼及餐券等，目的在為這兩地的賭場拉生意。旅行社的這種業務，對於外地來舊金山而想到這兩個賭城一玩的遊客來說是十分便當的服務。這種生意在週末及重要假期相當有利潤。

華埠旅行社競爭最激烈的是台灣與香港的生意，自從政府開放觀光護照便利國人出國以來，他們的業務已有進一步的開展。

據幾家規模較大的旅行社的客機票價表顯示，自舊金山到台北、香港或馬尼拉的個人單程價目為三四九美元，來回為八八七元，但有的低到台北單程二八九元，或台北單程二九九元與來回五九八元，及香港單程三四九元與來回六四九元。

但據熟習旅行社業務的人士稱，由於同業競爭的結果，若干旅行社或旅行社的代理人將票價的實收數字再打折扣，不過這種情形要憑一點私人關係，因爲涉及到美國的民航管理法律問題。

（台北中央日報，一九七九年八月）

附：甘苦滄桑兩百年

——金山展出早期華人移民史料

中國人在美國活動的歷史最近受到特別的注意與重視，尤其是在華僑最集中的都市舊金山。

在舊金山市郊的一個水庫附近，最近發現一處百年前華人參與建造水庫的工人宿舍遺址，掘出許多有歷史價值的中國物品。

華人僑美歷史學會與加州州立大學美亞研究所等機構，在舊金山召開第二屆全美華人社會歷史研究討論會，並舉行「甘苦滄桑兩百年」華人史料照片展覽。

一部有關早期中國人來美的慘痛經歷的寫眞：「天使島華人血淚圖」出版發行，使今天來此的國人讀了潸然淚下。

發現華工宿舍遺址的地點在查波水庫附近。查波水庫位於舊金山的東方，隔著金門灣相望，汽車路程大約一個小時。該地距海華市不遠，參與發掘與研究工作的就是加利福尼亞州州立海華大學（該校有不少中華民國的留學生）的教師與學生。

此新發現的時間在今年八月初，但是專家們爲了便於發掘與研究工作及爲了免受外界的干擾，直到九月底才公開此訊，因爲大部份挖掘與整理工作已經完成。經掘出的華人古物將舉行公開展覽。

美國與華人歷史學者及一般華僑對此新發現都十分珍視，因爲過去大家都曉得華人對舊金山的發展，對美國橫貫大陸鐵路的修築，及對西部淘金業等的貢獻極大，但是卻沒人提到華人對舊金山的鄰居阿拉米達縣及康曲柯士達縣建設的貢獻。

據查波水庫附近的一塊紀念銅牌上記載，加州的水利先驅安東尼・查波於一八七四年僱了大約八百名華人勞工到聖利安曲湖地區修建水庫，兩年後完成，爲該地區歷史最久的水庫，原名「聖利安曲水庫」，後來爲紀念創建人查波而改稱今名：「查波水庫」。

由於查波水庫已建造百年之久，工程陳舊，水利當局撥款三百萬予以整建與加強，就是當整建工程快完成之際，發現了當年華工宿舍的遺跡。

當時有一架開路機在新建的水庫溢洪道的山坡上工作，這部機器掘出了大堆廢物，因爲這些廢物的形狀奇異而引起工人們的注意。因此，他們用電話通知海華市州立大學的考古學家密勒博士。他即率領大約二十個學生到現場，經他鑑定這些遺物是華人使用過的東西。於是，將該地區加以警戒保護並決定予以發掘。

在密勒博士的指揮之下，他們費了數星期的時間，完成了這個華人勞工營遺址的發掘工作。他們獲得了許多破碎的陶瓷器瓶子、罐子、甕、茶杯、碗、碟及吸鴉片烟用的「烟槍」等。

他們也發現有爐灶臺遺跡，表示該處是當年華工做飯的場所。另外，還掘出豬骨、牛骨、雞骨、烏賊及烏龜等動物的殘骸。

密勒博士認爲，這是他們的驚人發現。

據工程人員說，該水庫使用岩石及黏土等砌建，結構很好，曾經過一九〇六年的舊金山大地震等天災而未受損傷，足證當年華人腳踏實地工作的精神。

第二屆全美華人社會歷史研究討論會，定於十月九日開幕，會期三天，地點在舊金山華埠的假日大飯店。在開幕之前，華人史料照片展覽先於十月四日開始，到十三日結束。

本屆討論會的主題是早期的華人移民及最近的移民情勢。與會人士將提出他們的研究論文，並報告他們的意見。會議研究課題包括：歷史、移民、藝術、女權運動、教育及大衆傳播等。參加的學者專家有六十多位，分別來自舊金山地區、洛杉磯、紐約、加拿大及中華民國等地。

該會第一屆會議於一九七五年七月在舊金山舉行，五年來中西學者專家對僑美華人的歷史活動有不少新發現及研究心得，將借此機會互相提出交換。該會在第一屆會議結束後，曾將各專家的論文彙集編印成冊出版，書名爲：「華人在美生活及其影響——一七七六年至一九六〇年」，是一部很有價值的海外中國人史籍。在這次大會之後，亦將編印論文集。

「甘苦滄桑兩百年」照片展覽包括珍貴照片三百多幅，分爲三大部份：㈠一七八五年至一八八二年，早期華工生活，建築鐵路的辛勤艱苦，經營輕工業、農業、漁業、參加開發美西大地，及經濟競爭引起排華風潮。㈡一八八二年至一九四三年，排華法令迫使華人自農村避居城鎮，華埠（唐人街）成份變化，保持祖國文化，第二次大戰中華人地位重大改變。㈢一九四三年至一九八〇年，排華法令廢除後，華人社會繼續演變，大量華人移民來美，適應美國生活環境，華埠成爲東西文化的交匯中心。

「天使島華人血淚史」是一部華人詩集，用中英文對照印刷出版，這些詩是早期來美的中國同胞用血淚寫成的，他們所經歷的艱辛與遭受的苦難，絕不是今天搭乘波音七四七噴射客機抵此的同胞所能想像的。

天使島是金門灣中的三個小島之一（另兩個是珍寶島及阿爾卡曲島——亦稱「犯人島」），島上從前是美國移民局的一個拘留所，在一九一〇到一九四〇年期間，中國人抵美不准逕行入境，必須在該島拘留所內等待辦理各種手續，苦待數月甚至數年是極平常之事，或者被遣送返華，有的因忍受不了而自殺。

許多苦難的華人，當被拘禁期間在他們的小木屋的牆壁上寫下了他們的呻吟與憤慨。這些詩於一九七〇年被美國人亞歷山大·威斯發現，他告訴舊金山加州州立大學的一位教授轉請人用攝影機將這些詩篇拍成照片，後來請三位華人將它們譯成英文，並安排編印出版。

由於種種困難此書拖了五年之久始行問世，其印刷費等是齊爾巴奇基金會及吉博德基金會資助的。這部詩集的成本花了二萬一千美元，共印了五千冊，定價每冊八元九角五分。

「天使島華人血淚圖」中收集了詩篇一百三十五首，茲抄錄三首如次：

木屋拘留幾十天　所因墨例致牽連
可惜英雄無用武　只聽音來策祖鞭

×　×　×

從今遠別此樓中　各位鄉君衆歡同
莫道其間皆西式　設成玉砌變如籠

×　×　×

刻薄同胞實可憐　醫生刺血最心酸
冤情滿腹憑誰訴　徘徊搔首問蒼天

（台北中央日報，一九八〇年十月廿一日）

附：羅省華埠欣欣向榮

——發展快速、愈來愈壯大！

旅美華僑花了百年的心血寫下一部「雙城記」——大埠（舊金山）與羅省（洛杉磯），就中華文化背景來說，舊金山華埠愈來愈成熟，洛杉磯華埠愈來愈壯大。

有關洛杉磯華僑活動的報導雖然不及舊金山，但洛杉磯華埠近年來發展之速與成長之快，的確超過了舊金山。更值得重視的是，洛杉磯市政府甫於上月中通過撥款七千五百萬美元，作爲華埠的重建與更新基金。這是羅省華埠開埠以來市當局所撥的金額最鉅的一筆建設基金，也是洛杉磯華僑力爭多年的豐碩收穫。

洛杉磯華埠不但在市內不斷的發展，並且隨著華人的日益增加，已經開闢了新境界，在洛杉磯四週的衛星城市建立基業，其中的蒙特利公園市不只是有了「新華埠」的頭銜，而且有了「小台北」的令譽。在記者最近重訪洛杉磯之後，更相信如此。

今天，從舊金山到洛杉磯乘飛機只要一小時，自己開汽車約需八個小時，全程約四百英里，合一千二百華里。但是在百年前華僑從舊金山到洛杉磯，坐的是馬車或牛車，路上要費時半月以上。因此，在經過加州中部的農業豐富的聖荷昆河谷地區的南北大道沿線，也有數處城市有華埠存在。在三大城市沙林納（美國已故文學家史丹貝克的故鄉）、佛瑞斯諾及貝克斯菲，現在都有不少華僑居住與經營生意。

從「小台北」這個稱呼可以想見蒙特利公園市華人的衆多，這與以廣東籍僑胞爲主的洛杉磯華埠成爲顯明的對比。洛杉磯縣包括蒙特利公園市等市鎮。蒙特利公園市已成爲台灣的縮型，在台北常見與常聽的大都出現在這裡：大同電視、大同磁器、頂好超級市場、蒙古烤肉、味全醬菜、上海老天祿、眞北平、李園川菜、山東餃子館、鍋貼大王、國華戲院、中心診所、中華電視公司……。

但是，洛杉磯沒有一家中文日報，這是當地華僑最需要的一點。洛杉磯本地有三家華文週報：美華新報、新光大報及立報。但是，日報都是從舊金山運來銷售的，消息大都遲了兩、三天甚至四、五天，這些日報有：少年中國晨報、金山時報、星島日報及世界日報等。

洛杉磯地區的華僑與舊金山的華僑相似，大都以經營小型生意爲主，其中以餐館業歷史最久，而且一直在增加中。過去以粵菜爲主，現在範圍逐漸擴大，蘇浙菜、平津菜、四川菜、湖南菜、台灣菜、花樣日繁，競爭也日烈。在上百家的餐館中，常爲華人光臨的包括：美麗華、金華、金鼎、南天、天香樓、台灣小吃、金門小吃、及阿里郎等。

旅行社是舊金山華埠的新興商業之一，也是洛杉磯華埠的重要新興生意。這與交通便利、華僑與國內人士往來頻繁有直接的關係。而且經營旅行社的開辦費與經常維持費較低，就辛勞與乾淨兩方面說，旅遊業較飯館業強多了。

洛杉磯地區華人經營的旅行社大小不下三十家，其中業務活動較多的包括：中華旅遊公司、美亞旅遊社、太陽神旅遊社、中國之友旅行社、僑聯旅行社、學友旅遊中心、捷順旅行社、順通旅行社、大衆旅遊公司、追風旅遊公司、泛美旅遊、杉杉旅行社、七海旅遊及東南旅行社等。

洛杉磯地區旅行社的遠程業務以台北、香港及日本的國際旅行爲主。而且，由於洛杉磯附近有世界聞名的影城好萊塢、狄斯奈樂園及稍遠的賭城拉斯維加，這些都是遠近遊客要去的地方，也是旅行社重要的收入來源。

加州的人口增加得很快，房荒的嚴重居美國之首，尤以舊金山及洛杉磯兩市爲最。因此，住變成四大需要之首，而做房地產買賣隨著成爲大熱門生意。顯然是受到在國內時的環境影響，新來到舊金山或洛杉磯的人士，先要解決房子問題，於是房地產公司也成爲洛杉磯華僑的新興行業之一。據旅居洛杉磯較久的人士稱，蒙特利公園市在十年以前很少看到中國人，現在不僅到處聽到講國語的人，更可聽到講閩南方言的人，正如同在舊金山華埠一般。

「本公司規模宏大，有最優秀的房地產工作人員，能講國、粵、滬、台、英語，忠誠爲閣下服務。」這是典型的房地產生意宣傳。現在洛杉磯華人經營的房地產公司也不下三十餘家，其中聲勢較大的包括：羅省實業公司、加州房地產公司、金門實業公司、渣打房地產公司、新世紀實業公司、大西洋實業公司、文華實業公司及國民實業公司等。

洛杉磯地區的華人社區正在快速發展中，華僑人數據非正式的估計在八萬與十萬之間，其中一萬多人居住於市區內，其餘的分散在各衛星城市內。許多僑社人士認爲，洛杉磯有一天可能取代舊金山的歷史性的地位，而成爲美國境內最大的華人聚集都市。從洛杉磯現在有了三家華語電視台（中華、七海及華語），四家國片電影院（勝利、金都、文華、國華）來看，此種預見是確有根據的。

（台北中央日報，一九八〇年二月廿九日）

十字架等待判決

舊金山有三大「摩天陸標」：華埠地區的環美金字塔大廈，雙峰山上的電視發射塔，與戴維遜山頂的巨型十字架。

在這三大陸標當中，只有戴維遜山頂十字架引起「麻煩」，尤其是近數年耶穌復活節前後，常發生與它有關的新聞，今年也不例外。這當然是因爲十字架與基督教有關，或者說這是宗教自由帶來的「麻煩」，如同言論自由帶來的「誹謗麻煩」。

由於我家住在戴維遜山腳下附近街坊，這座位於舊金山最高的山巔上的一〇三英尺巨大十字架，是不出門也常遙見的熟面孔。

每年復活節黎明，成千上萬的基督徒與一般市民攀登到戴維遜山頂，在巨型十字架前參加復活節宗教儀式。將復活節登戴維遜山朝拜十字架比作我們的「重九登高」或許頗爲適當的。

據記載說，復活節到戴維遜山登高已有七十年的歷史，而山頂的巨型十字架也有六十歲的年紀。過去數十年，戴維遜山十字架只受到崇敬、讚頌與觀賞，而不曾遭到所謂挑戰。

可是到了一九九〇年，舊金山有九位「後知後覺者」持著狀紙到舊金山聯邦地方法院控告市政府，指控市政府准許在市有的公園內建豎代表基督教的十字架，構成對美國憲法中之教會與政治分開的原則相違反。

聯邦地方法院法官武家新於一九九二年一月間首先發出口頭裁定說，舊金山市政府可以合法的維持戴維遜山頂的十字架而並不違反聯邦憲法中的原則。同年九月間，武家新法官又發出正式的書面裁定，表示市政府獲勝。但是，那些原告的市民與宗教人士們對地方法院法官的裁定不服，於是向舊金山第九聯邦巡迴上訴法院提出上訴，迄今此案尚無結果。

今年復活節前兩週，舊金山聯邦巡迴上訴法院對一宗類似戴維遜山十字架案的案子發佈裁定說，南加州聖地牙哥縣公園內的十字架構成對加州州憲法中的「呈現宗教偏袒」禁令的違反。

法官對聖地牙哥公園十字架案的裁定，有利於反對十字架人士的立場。這自然使舊金山戴維遜山十字架案的原告方面感到高興。但是，舊金山市政府（被告）則認爲，戴維遜山十字架在事實上不同於聖地牙哥十字架，因爲戴維遜山十字架位於一個「偏僻的地點」，而且是一個「文化的陸標」。因此，戴維遜山十字架的前途要看法官如何裁決了。

座落在九二七英尺高山頂的巨型十字架確是舊金山的一處歷史名勝。當它於一九三四年舉行揭幕典禮時，由當時的羅斯福總統在華府「遙控主持」。曾有許多年，每逢在十字架前舉行復活節日出祈禱典禮時，由電視與無線電台向全國作現場廣播，是本市的大事之一。戴維遜山原名「藍山」，於一九二二年易名爲戴維遜山，用以紀念科學家喬治·戴維遜。

戴維遜山十字架曾有許多年，全年都是電炬通亮，聖光射天。在一九七四年與一九九〇年期間，它只在聖誕節與復活節時燃亮電燈，照耀天空。在二次世界大戰初期的一次復活節日出儀式中，參加的達五萬人之衆，創下空前的紀錄。

近三年來，戴維遜山十字架不僅在「受難」中，而且在等待法官的判決！聖經中有此預言嗎？（此案的法律爭執到一九九七年初尚未解決。）

（星島日報副刊，一九九三年二月）

憑弔金門口古砲台

當你開車駛過金門大橋之際，或許不曉得橋下站著一個「守衛老兵」。每逢夏天觀光季節，來自外州、台灣及中國大陸的好友至親紛紛到西部名城舊金山觀光。除了「中國租界」華埠、金門公園、金門大橋、漁人碼頭及最彎曲的道路等名勝之外，還有不少特別人士希望看看特別的名勝古蹟——金門口要塞砲台是突出的對象之一。

也是個夏天，台灣的中國現代史學家吳相湘教授，從芝加哥來史丹福大學蒐集寫作資料與查閱五十年前舊金山少年中國晨報刊載的華人活動報導。筆者曾特別陪同吳教授攀登金門灣口歷史性的要塞砲台一遊。

這位史學家站在金門口岸的老砲台頂樓平台上，向西望著波濤洶湧的太平洋，自然有無限的感慨。砲台上的巨砲拆去了，只剩下生著鐵鏽的砲座及荒草。

「這是海權時代的象徵，空權時代太空權時代已經取代了它！」

這座曾經風雲兩百年之久的要塞古砲台已經退役了，但是它的一頁歷史是永遠存在的。

金門要塞歷史最近的一頁是，一九七〇年十月十六日，美國國會通過法案，將金門要塞古堡宣佈爲「角堡國家歷史名勝」，劃爲金門國家公園的一部份，它的英文名稱是「FORT POINT NATIONAL HISTORIC SITE」。國家公園管理處屬於聯邦政府內政部。

據軍事史料記載，金門口砲台上裝的八英寸口徑加農砲，能發射重六十五磅的砲彈，射到口外達兩英里遠的海上對付敵人的軍艦。不過此種十九世紀時代的重武器，在一九〇〇年左右已被更現代化的巨砲所替代。

當金門大橋建造期間（一九三三至一九三七），這座砦堡用作工程總部。一九四一年，日本偷襲珍珠港，美國參加第二次世界大戰，爲了防備日本潛水艇溜入金門灣內滋事，美軍派了大約一百名部隊駐防於此要塞內。他們的任務是負責以探照燈對天空與海上搜索，操作砲台上最新式的加農砲，以及監視金門灣口海底佈署的阻攔潛水艇的電網等等。這是金門口砲台最後一次擔任美國西海岸門戶的防衛角色。

金門口要塞迄今已有兩百多年的歷史，公元一七七五年，西班牙探險家阿雅拉首先將此海口地角命名爲聖荷西角。一七九四年，西班牙人爲了保護舊金山（那時稱爲耶芭布納）殖民地，在此海口建造一座土磚質的砦堡稱爲「聖荷昆堡」。在加州歸屬美國版圖後，美國海岸測量隊將此地角改名爲「角堡」。一八五四年，美國軍方將舊的西班牙砲台拆除，並建造一直存在到今天的新要塞砲台。一八八二年，這座要塞被命名爲「司柯特堡」，用以紀念陸軍總司令溫飛德·司柯特將軍，但一般仍稱它爲角堡。

美軍建的新要塞爲磚質，係一座三層樓建築物，頂層設有三十六座砲位，堡內每層有三十個砲室，全要塞共有巨砲一二六門，巨砲的砲彈重廿四磅到一二八磅，射程最大達兩英里。堡內可容納駐軍六百人，裡面並有彈藥庫、物資庫、廚房、醫院及蓄水池等設施。堡壘牆壁的厚度自五英尺到十二英尺，從那個時代的軍事標準來說，確是一座銅牆鐵壁的要塞。

虎踞在美國西海岸門戶的金門口砲台，兩百年來經歷過無限的風雨，也耗費了鉅額的金錢。可惜它的巨砲不曾對敵艦射擊過一發砲彈就退役了。今天，它悄悄的站在金門大橋下面，只能供遊人空憑弔！

（星島日報副刊，一九九三年四月）

話說「普利西度」

舊金山寸土寸金，現在有一大塊一千多英畝的公有土地將供大家「使用」，於是有三百多個大小機關團體爭先提出建議，希望分得一片「排」，這筆地產就是我們常聽說的「普利西度」。

在金門大橋南端出口高速公路邊，有個茂密的森林。從飛駛中的汽車裡看去，綠林中有許多紅磚建築物，表面上是個和平寧靜的鄉村社區，但它實際上是個神秘又緊張的場所，平日戒備森嚴，一般人只能遠望而不能進去一遊，因爲它是美國陸軍第六軍團總司令部所在地。

隨著科學的進步，武器由刀劍槍矛、機槍大炮、坦克飛機，發展到雷達飛彈、人造衛星與電腦系統，使美國西海岸這個陸軍基地的重要性大大的降低，佈署在金門灣口對岸山頭上，爲了防備蘇聯洲際飛彈攻擊金門灣區的「勝利女神」式飛彈已經拆除。普利西度陸軍基地的前途是可以想到的。

聯邦國防部兩三年前已經決定，將於一九九四年秋天以前，把普利西度基地關閉，將把基地移交給國家公園管理處經營，國家公園當局去年宣佈，公開徵求各界對普利西度未來用途的建議。

國家公園管理處最近公佈各方面的回應，共有三百五十個機構社團提出建議，其中有慈善團體、文化教育機構、藝術組織、保護環境社團，甚至蘇聯「末代總統」戈巴契夫的美國基金會也希望將總部設在這裡。

「普利西度」（PRESIDIO）究竟是什麼？它是個西班牙語名詞，其意義是兵營、砦堡、軍事基地。它是西班牙殖民時代的遺物。

當十八世紀西班牙開拓加利福尼亞（包括今日的加州與墨西哥境內的下加州）期間，爲了保護其移民、天主教會及戒備印第安人的武裝攻擊，自南加州的聖地牙哥開始，隨著殖民地的擴展，從南到北逐步建立五處普利西度軍事基地。

西班牙人自墨西哥進入南加州之後，首先於一七六九年建立了聖地牙哥普利西度，作爲他們「北伐」的基地。次年即一七七〇年，西班牙人勢力抵達加州中部，於是在蒙特瑞建立第二個普利西度。

在美國宣佈脫離大英帝國的一七七六年，西班牙殖民隊到達金門灣區，他們在那年六月間首先在今天舊金山米慎區建立杜洛瑞天主教會，並於九月間在戰略性的金門灣口山頭建立其第三個普利西度，迄今已有兩百十六年之久。

一七八二年，西班牙人在南加沿海的聖他芭芭拉建立第四個普利西度。過了五十多年，西人於一八三六年在今天北灣區的蘇諾瑪建立其第五個也是加州最後一個普利西度。不過，此最後一個的正式名稱是「防衛部」而非普利西度。

普利西度的建築形式類似中國大陸上的土寨，有方形的圍牆、寨門、碉堡、營房及練兵場等設施。其中駐軍隊大約四百人，武器也有限。從現代軍事觀點看來，普利西度祇不過是個小據點，但在兩百多年前的環境條件下，普利西度稱爲重要軍事基地是允當的。

（星島日報副刊，一九九三年五月）

蒲安臣與柏林甘

「你曉得蒲安臣嗎？」

對這個詢問的答覆，搖頭的必然很多，而點頭的必然很少，除非你對近代的中、美外交關係史具有相當豐富的知識。

但是，如果再問：「你曉得柏林甘嗎？」我想反應就大大的不同，尤其是住在金門灣區的人士。

蒲安臣就是柏林甘，柏林甘就是蒲安臣。他是早期的「中國之友」亦即「華僑之友」，爲美國外交家與駐中國公使「ANSON BURLINGAME」，只是中文譯名不同而已。

位於國際機場附近的柏林甘，是個美麗的社區，標準的美國城市，創建柏林甘市鎭的是加州早期的大財主威廉姆‧雷斯頓。雷斯頓爲了懷念他的好友柏林甘，就將這個小城命名爲柏林甘。那是在一八六八年（清代同治七年），美國駐華公使蒲安臣（柏林甘使華期間的正式譯名）任滿之後，接受清政府的聘請，擔任「欽派辦理中外交涉事務使臣」，到美國、英國、法國、普魯士及俄國等國家從事友好訪問。用現代的說法，蒲安臣是中國外交史上的第一位「巡迴大使」。美國外交專家爲中國服務以蒲安臣爲第一人。

有人說，加州政府爲了紀念蒲安臣對中、美友好關係的貢獻，尤其對華人來加州參加開金礦、築鐵路的協助而將舊金山市以南的一個市鎭命名爲「蒲安臣」——事實並非如此。

雷斯頓是位不平凡的人物。他出生於俄亥俄州，於一八五四年來到舊金山。經過十年的奮鬥，他成爲大富豪，經營銀行、金礦、輪船及鐵路等大企業，又在半島的一個風景宜人的地點創建一個市鎭並將至好的姓名作爲城名。可惜，最後在一八七五年八月間，雷斯頓在金門灣游泳時遭滅頂，年僅五十歲。傳說他因財務困難而選擇了這個結局。舊金山英格賽區有一條「雷斯頓街」就是用以紀念這位西部開拓英雄的。

美國林肯總統於一八六一年派任蒲安臣爲駐中國公使。他在北京服務六年，於一八六七年卸任。當他任期間結識清朝的重臣如恭親王奕訢、曾國藩及李鴻章等。蒲安臣在臨別前對這些要人們建議，中國應派遣代表到世界各國訪問，以加強了解與敦睦邦交。他的意見受到清廷的重視，而且聘任蒲安臣代表中國政府到各國從事友好訪問。

蒲安臣於一八六八年率領一個代表團離華，第一站就是華人最多的舊金山，華僑對這位洋人中國欽差大臣給予十分熱烈的歡迎。舊金山的企業鉅子雷斯頓特別將他新建的城市命名爲「蒲安臣」。

他在華府代表中國政府晉謁總統約翰遜，並與國務院談判締結「中、美天津條約續增條款」——中國條約史上亦稱爲「蒲安臣條約」。華人有機會來加州參加築鐵路、開金礦，就是依據蒲安臣條約的規定。

蒲安臣後來又到英國、法國、德國（普魯士）等歐洲國家訪問。不幸的是，他在一八六九年初，正在俄京聖彼得堡訪問期間，以肺炎急症逝世，享壽僅五十歲。清政府特贈予恤金一萬兩白銀，並命令追贈一品銜（即今日的特任官），以酬庸這位最早的「中國之友」對中、美兩國友好關係的卓越貢獻。

（星島日報副刊，一九九二年七月十八日）

誰願居住妓女村？

美國人也為「正名」而奮鬥。

有人計劃在「胡克村」興建新社區，因為「HOOKER」的俚語意義是「妓女」，曾引起一場論戰。

胡克是北灣區蘇諾瑪縣一個小村，一條小河與一個峽谷的名稱。這些命名都是為了紀念美國與墨西哥戰爭及美國南北戰爭的名將約瑟夫・胡克。舊金山市內也有一條胡克巷。胡克將軍絕未料到「人以名累」，百餘年後惹起了正名之爭。

一方面說，以妓女（胡克）為地名，太不雅，太難聽，蓋了房子，一定不會有人購買。另一方面說，胡克是位大英雄，歷史人物，他與文學家傑克・倫敦，都是蘇諾瑪縣史上的珍品，一定要加以維護。

不論北灣的胡克是否是妓女的代名詞，大部分的論者確實同意一點：胡克將軍是位風流英雄，美國人常說的所謂「LADYKILLER」。

據傳說，胡克於一八四九年美國與墨西哥戰爭之後居住於北灣的大農場（即今日的胡克村）期間，因爲他是位單身漢英雄，經常與成群的鶯鶯燕燕們在一起。那些崇拜英雄的美人兒被好事者譏爲「胡克的女郎」。經過長時間的傳說、渲染，於是「胡克」變爲「妓女」，「妓女」就是「胡克」，直到今天。

傳說畢竟只是傳說，但並沒有人能拿出憑據來。現有的英文韋氏大辭典與若干英漢辭典，雖然將「胡克」註解爲「娼妓」，但並未提到胡克與約瑟夫·胡克有任何關係。

美國俚語辭典中說，胡克（妓女）一辭可能是源於紐約市的柯利爾·胡克區。十九世紀期間，胡克區是紐約市的「平康里」或者紅燈區。海員們常到該區宿娼尋樂，久而久之胡克成爲妓女的代名辭——又是一種說法。

至於北灣的那位約瑟夫·胡克。據記載，他到北灣購下農場居住時，是個陸軍中校軍官。南北戰爭開始時，胡克晉升爲准將，由於在維吉尼亞州的佛瑞德堡戰役中獲大捷，而被林肯總統任命爲波多瑪克軍區總司令。後來，胡克因爲在陳賽維爾之戰中受挫敗而被解職並調往西部。最後胡克於一八七九年去世，葬於辛辛那提市。

（星島日報副刊，一九九二年四月四日）

「西部霸王」佛利蒙

佛利蒙是東灣的一個農村小鎮，近年來發展快速，華人日增。最近有位朋友家新遷居這個舊金山的衛星城市，談起佛利蒙，也聯想到佛利蒙這個人。

佛利蒙是位美國陸軍中的土地測量官，是位不怕艱難的探險家，是位能征慣戰的將領，是位百萬富豪，是加州第一任州長（那時加州尚未加入聯邦，不稱州長而稱軍事總督），是美國共和黨第一位總統候選人，而且幾乎成爲美國第十五任總統。

生於十九世紀初期（一八一三年）的佛利蒙，正值合衆國積極發展的時代，也就是開疆拓土的時代，人人－尤其是青年軍人－都想做一番頂天立地的偉大事業，成爲揚名聲顯威風的英雄。

二十多歲的青年軍官佛利蒙，自然是中國傳記作家筆下的「少有大志」人物之一。

一八四二年，佛利蒙率領探險隊，經過歷史上所說的「俄勒岡小徑」深入洛磯山以西的荒蠻地區，過了兩年，他又率領一個探險隊，經過七千英里的長途跋涉，攀越只有印第安人與野獸的賽拉內華達山（雪山），最後抵達北加州的重鎮「沙特堡」——今日的加州州城沙加緬度。

佛利蒙於一八四五年再度來到加州，他看到當時加州統治者墨西哥人的政治腐敗，社會不安，以及他們「美僑」遭到壓迫等令人不滿的現狀。

受到環境刺激與鼓勵的佛利蒙，於是糾合同志，轟轟烈烈的發難「加獨」運動，攻城略地，在今日北灣區的蘇諾瑪建立「加利福尼亞共和國」——俗稱熊旗共和國。只是他的共和國僅僅存在了一個月（一八四六年六月十日到七月九日），還亞於八十三天的袁世凱的「中華帝國」。

美國與墨西哥戰爭爆發，佛利蒙獲美國海軍司令士德頓將軍（舊金山華埠的士德頓街就是用以紀念此人）任命爲少校軍官，率部參加大戰，從加州北部一路掃蕩到南部的聖地牙哥。最後，美國戰勝，加利福尼亞歸屬合衆國版圖。

佛利蒙被派任爲加州首任「軍事總督」。但是他與華府派任的軍事總督乾尼將軍發生爭端，激起他的反叛以致受到軍法審判，幸喜佛利蒙獲得總統樸克的特赦，於是他脫離軍職。

佛利蒙的硬漢作風，贏得美國人的英雄崇拜，使他的知名度飛升，佛利蒙又回到了加州，恢復探險事業，加州淘金潮已經在擴大中。他在今日優勝美地國家公園附近的瑪利波薩發現重要金礦，不久就成爲鉅富。

名利雙全，佛利蒙在加州加入聯邦成爲第卅一州後，獲任命爲加州的第一位聯邦國會參議員（一八五〇—五一年）。

一八五六年，美國政爭的結果，共和黨創建，民主與共和兩黨制開始，佛利蒙獲選爲第一位共和黨總統候選人，但他敗於民主黨候選人布甘南之手。

南北戰爭爆發，林肯總統任命佛利蒙少將爲西線總司令，參加多次戰役，爲內戰名將之一。

佛利蒙的末任公職是亞利桑那總督（當時尙未建州）。他的一生最後幾年日子也是在加州度過的，而於一八九〇年逝世。

佛利蒙的妻子吉絲·班頓也是一位不平凡的女性。她父親湯瑪斯·班頓是米蘇里州的國會參議員，也是一位主張開拓西部的人物，十六歲的吉絲與廿七歲的佛利蒙相偕「私奔」，後來協助丈夫成爲全國性的英雄，而她自己也成爲全國性的名女人——只差一點做了第一夫人。

除了東灣的佛利蒙的命名是用以紀念傳奇性人物約翰·查爾斯·佛利蒙外，佛利蒙縣（即今日的宇洛縣），佛利蒙谷（後易名爲賽拉谷），及佛利蒙峰（亦稱卡比蘭峰）等地名也都是用以紀念他的。

「西部之夢」就是一部以佛利蒙生平爲取材的小說，並於數年前經改編拍成電視劇，描述這位富有曲折起伏人生的西部霸王。

（星島日報副刊，一九九三年七月）

馬克吐溫在舊金山

美國大文豪馬克吐溫，一生雖然沒機會到中國一行，但他寫過不少有關中國人的作品，替他那個時代的中國人說話，並且多方面支持在美國的華僑，尤其是舊金山與美西的華僑。

在美國亞洲基金會（總會設於舊金山，台北設有辦事處）出版的「亞洲學生半月刊」最近一期中，刊出一篇長達英文五千字的專文，敍述這位幽默大作家與中國人的關係，題目就是：「馬克吐溫與中國人」。

馬克吐溫在美國西部城市生活頗久，並在舊金山的「呼聲晨報」作過記者，因此，他與旅美的中國人有直接而且經常的廣泛接觸。

他是個環球旅行家，但是，他未到過中國及日本。他很希望到中、日兩國旅行，可是一生沒有如願。

一八六七年十二月廿四日，馬克吐溫自華盛頓寫信給席維倫夫人說：「我渴盼離開華盛頓。果然的話，我現在一定在赴中國的太平洋上。」第二年六月十八日，他從舊金山寫給他母親的信中也說：「我接到在中國及日本的許多好朋友來信，邀請我前往度幾個月。現在我不能去。」一八六七年十二月間，他正在華府擔任美國參議員史迪華的私人秘書。

一八六一年，當馬克吐溫廿五歲的時候，離開密西西比河的故鄉，到美國西部，隨他的兄長到了內華達。他兄長是新任內華達州長的秘書。馬克吐溫就做他兄長的私人秘書，據他說：「既沒事情做，也沒有薪金。」後來他到了維幾尼亞城，在「領土企業報」工作。「馬克吐溫」的筆名就是在這家報上開始使用的。他的本名是索馬爾·朗豪尼·克利蒙。

馬克吐溫於一八六四年離開維幾尼亞城，到了舊金山，並在舊金山「呼聲晨報」服務。他後來寫道，「在太平洋沿岸的每一個城鎮，都有很多的中國人。」他開始注意中國人的外表，他們的個性，他們的風俗習慣與作風，他們的工作，以及他們所遭受的不公平對待等。

他於一八六三年二月十九日，在「領土企業報」刊出的「審判中國人」一文中，對於美國人不能分辨中國人而鬧出的事件大加諷刺。當時發生一宗暗殺案，司法當局糊裡糊塗地將一名中國人定了罪，後來當局發現判錯了人，又把他釋放了。馬克吐溫寫道：「你們看，這些中國人都很相像，他們無法辨認誰是誰。唯一公平的辦法便是，隨便將善良的中國人吊起來，直到法官感到滿足時爲止。」

當馬克吐溫在「領土企業報」服務期間，有天晚上，他與一位記者同事訪問維幾尼亞城的唐人街，並寫了一篇報導刊在該報上。

當馬克吐溫在舊金山服務報界期間，看到很多意外事件，都是中國人遭當地人的虐待，他在其新聞報導中，一再表示憤慨，主持正義，爲中國人打抱不平。有一次，馬克吐溫在新聞中抨擊布律威街（百老滙街）的愛爾蘭人屠夫。因爲當一個中國人頭上頂著一籃子衣服，悄悄地經過時，愛爾蘭人讓他們的狗去咬他，當狗咬破中國人的肌肉時，一名屠夫用一半磚頭將中國人的牙齒打掉幾顆。

但是，「呼聲晨報」的市聞版編輯巴尼將馬克吐溫的這篇稿子扔掉了。關於這件事情發生的經過，據馬克吐溫後來回憶說：「通常，第二天早上我不想看我頭天夜裡所寫的東西，因爲心裡沒有靈感，但這篇是出自眞情的東西，所以，我渴望它刊在第二天早晨的報上。可是，報上沒有，我去到報社的拼版室，發現稿子與其他廢物扔在一起，我質詢此事，領班的說，是巴尼命令撤消的。」於是，馬克吐溫去找巴尼理論。巴尼答覆說：「這稿子可能觸怒某些報紙訂戶。」他是指對中國人怨恨的愛爾蘭人訂戶。

馬克吐溫這篇正義報導被扣壓，是他與呼聲晨報決裂的一個主要因素。在此事件發生後不久，這位剛直的新聞記者便離開了該報。

他於一九六八年，在一封公開信中說道：「我並不喜愛中國人，但我更不喜愛看到他們受虐待凌辱。」他深切地認爲，只有一切少數民族與白人享受同樣的權利，美國才能成爲眞正的自由土地，他寫道：「我們國家是個自由土地，沒有人否認此事，沒有人對此挑戰，這或許是因爲我們不許其他人民來作證。」

他攻擊僅對中國人徵收的所謂「外人」礦產稅，他對政府的歧視政策表示不滿。因爲，當時美政府規定，白人可以出席法庭對中國人作證，而中國人卻不准對白人作證。

馬克吐溫對於舊金山警察當時對中國人的不公平對待，十分憤慨。他說，像前面所提到的讓狗咬中國人的案子，現場的警察佯裝著沒看見，但是，警察會迅速地抓到一個偷雞的中國人，並把他送進市監獄裡。

他在舊金山期間，經常去唐人街，對中華總會館人員很有好感。有一次他應邀出席總會館的宴會，回去後在呼聲晨報上大加稱讚。

不論何時何地，馬克吐溫都樂於協助中國人。一八八零年時，設於康涅狄格州哈特福的中國教育代表團，滿清政府準備撤銷。中國的第一個留學生容閎希望挽救該團的命運。美國的崔奇爾牧師也十分關心此事。容閎當時表示，只要李鴻章說句話，那個與留學生有關的團體即可獲維持。崔奇爾記得李鴻章當美國格蘭特將軍（曾任美國第十八屆總統）訪華時曾予以厚待，而格蘭特對其摯友馬克吐溫十分敬仰，因此，崔奇爾牧師便向馬克吐溫求助。馬克吐溫立即寫信給格蘭特，格蘭特覆函說，將在紐約會見他。於是，在一個約定的日子，馬克吐溫帶著崔奇爾及容閎二人，在紐約第五街旅館裡會見了格蘭特。格蘭特慨然允諾協助，他就致函李鴻章。在格蘭特的信發出後不久，滿清政府便有電報到美國，命令繼續維持教育代表團。

一八六八年八月，美國與滿清政府簽定新條約，談判新約的是美國前駐華公使蒲安臣

（Anson Burlingame，1822-1870），他也是馬克吐溫的一位至好。因此，馬克吐溫在一八六八年八月四日的紐約論壇報上發表專文，對新的條約加以讚揚，因爲新約對中國有較佳的對待，承認中國有較大的權益。他在文中說：「美國人永不能狂妄，不能再放狗去咬中國人了。這些花樣永遠成爲陳跡，加利福尼亞迫害中國人的日子成爲過去了。」

義和團事件引起了八國聯軍攻入北京，正當西方各國政府高喊教訓滿清政府，懲處中國排外份子之際，馬克吐溫卻大膽地爲中國人說話，攻擊西方帝國主義國家及在華教會的跋扈。他說：「中國希望取自外國的，絕不會多於外國希望取自中國的。關於這個問題我永遠支持義和團，他們是愛國者。我希望他們成功。」

這位美國大作家逝世於一九一〇年，沒有機會看到中華民國的誕生，否則他必然有更多同情中國的言行，用現在的話說，馬克吐溫是首位「中國之友」。他的作品在我國十分普遍，但他生平對中國人的同情與友誼，我們知道的人確實不多。

（舊金山少年中國晨報，一九七四年四月）

熊旗的故事

繪著一顆五角紅星，一隻大灰熊，一片綠野，加上黑字「CALIFORNIA REPUBLIC」的州旗飄揚在沙加緬度州政府大廈的廣場上，飄揚在舊金山市政中心的廣場上，也飄揚在加州各地方政府機關與學校等建築物屋頂上。

令人奇怪的是，州旗上不書明「CALIFORNIA STATE」而寫著「加利福尼亞共和國」，其中是有緣由的。

現今的州旗通稱爲「熊旗」，的確是「加利福尼亞共和國」的國旗，只是這個共和國在歷史上只存在了一個月。共和國與其國旗的誕生是這樣的。

加州史上有一件很轟動的大事，稱爲「熊旗革命」，也可以稱作加利福尼亞獨立運動，而熊旗就是熊旗革命的產物。

一百五十年前，加利福尼亞在墨西哥人統治之下，政治、經濟與社會等情況都十分惡劣，民心當然浮動。於是少數來自美國東部的美國人起來革命。他們就在現在的北灣區蘇諾瑪城發難，起義順利成功，而成立了「加利福尼亞共和國」。

一八四六年六月十日，一群美國人在艾齊克·麥瑞特的領導下，發動武裝攻擊，將蘇諾瑪附近的墨西哥人軍事基地攻佔，獲得大批武器與戰馬等。

六月十四日，革命英雄麥瑞特，威廉姆·艾德，及勞伯特，賽普爾等繼續獲捷，並將墨西哥軍隊總司令馬利諾·委利賀等要員俘虜。

熊旗革命中最大的一場戰鬥稱爲「歐洛巴利之役」，於一八四六年六月廿四日發生於今天的北灣聖拉菲市以北的歐洛巴利小村莊。雙方頗有傷亡，但革命軍獲勝。

在起義軍攻佔蘇諾瑪城之後，二十四位革命英雄舉行會議，發表「獨立宣言」，創立加利福尼亞共和國，並且推選艾德爲共和國第一任大總統。艾德爲馬薩諸塞州人，生於一七九六年，歿於一八五二年。稍後由於另一位革命領袖佛利蒙爭權的結果，艾德改行從事礦業與法官等職業。

新國家成立之後，當然要有代表國家的標誌國旗。另一位革命領袖威廉姆·杜德，用一幅白布，在左上角繪了一顆五角明星，又繪了一隻加州特產的灰熊面對著明星（係用黑莓汁繪成的），在灰熊的下面寫著「CALIFORNIA REPUBLIC」字樣，並在國號下面綴上一幅紅條（使用紅色法蘭絨）。這就是加利福尼亞共和國國旗，也就是今日加州州旗的祖先。

加利福尼亞共和國於六月十日誕生，灰熊國旗於六月十四日首次在蘇諾瑪城升起。但是此國旗與共和國同時於一八四六年七月九日壽終而成爲歷史的一頁。因爲，美國與墨西哥戰爭爆發，海軍司令史洛特將軍率軍佔領蒙特瑞半島，共和國的重要領袖佛利蒙接受聯邦政府的新職位，共和國於是結束，而加利福尼亞不久隨著美、墨戰爭的告終而歸屬於美利堅合衆國版圖。

一九一一年，加州州議會通過法案，將原加利福尼亞共和國國旗的圖案略加修改，並正式將「熊旗」定爲加州州旗。

（星島日報副刊，一九九二年五月九日）

加州爲何多『聖』？

從外州來的人士常問道：『你們加州爲何這麼多「聖」？』

從中國大陸、台灣或東南亞各地來的親友們也常詢問：『加州爲什麼到處是「聖」？』甚至在加州住了相當久時間的人們也會發問：『加州的地名，學校名爲什麼愛加上個「聖」字？』

如果你站在舊金山西區的聖法蘭士塢高級住宅區的高處，向四面八方一看，大街小巷都是『聖』：聖安西莫、聖比尼度、聖巴布洛、聖勞倫蘇、聖菲立普、聖他安那、聖他克拉拉……。

再打開加州地圖來看，或者翻開加州地名辭典來看，從北到南：聖他路薩、聖拉菲、聖巴布洛、聖法蘭西斯柯（舊金山）、聖馬刁、聖他克拉拉、聖荷西、聖他克魯茲、聖路易奧比斯波、聖西蒙、聖馬丁、聖他瑪利亞、聖他芭芭拉、聖他蒙尼加、聖克里門、聖瑪科斯、聖伯納汀諾、聖地牙哥……。

在加州的五十八個縣（市）中，帶有聖字的命名佔了十個之多：聖馬刁、聖他克拉拉，聖荷昆、聖他克魯茲、聖比尼度、聖路易奧比斯波、聖他芭芭拉、聖伯納汀諾、聖地牙哥，以及聖法蘭西斯柯（三藩市或舊金山）。

加州如此多『聖』究竟爲什麼？解答是：歷史文化因素。

加利福尼亞在四百年前完全是印第安人的世界，自十六世紀開始，第一批外人西班牙移民進入加州，於是加州成爲『新西班牙』殖民地的一部份。西班牙是以天主教爲國教的政教合一制度的國家。西班牙的勢力達到那裡，天主教的勢力就隨著達到那裡，而且傳教士常常是殖民的前鋒。最初與探險隊一同進入加利福尼亞的天主教會是聖法蘭西斯柯教派（聖方濟會）——也就是三藩市的英文名稱。

西班牙探險隊是個『教政軍』三位一體的組織，他們抵達一個地方，立即給它一個西班牙語的地名，而且在選取命名時，最優先的選擇是與西班牙皇室和天主教有關的人物或地名。其中最常見的是以天主教的聖者的名字作爲地名，這就是今天加州很多地名中帶『聖』字的由來。

同時，依據西班牙語文法的規定，男性聖者名字冠以『SAN』，女性聖者名字冠以『SANTA』，因此中文譯名出現『聖』與『聖他』的不同。

這些冠以『聖』或『聖他』的地名，華文譯名都以音譯方式予以譯出，而只有『SAN

FRANCISCO』譯爲『三藩市』或『舊金山』，但天主教會則譯爲『聖方濟』。今天，若是將『三藩市』寫成『聖方濟』，必然被認爲『荒謬之至』的！

以英語爲美國國語運動的人士，主張將現有的非英語的地名——自然包括西班牙語地名在內，一律改爲英語地名。那將是一項糜費財力與人力的大事件，不曉得那年那月會發生這種『文化大革命』？

（星島日報副刊，一九九三年八月）

加州的南北之爭

加州又掀起一波分治獨立運動。

這次提出將加利福尼亞州分為南、北兩加州的人士，將舊金山與若干灣區縣份摒棄於新的『北加州』門外，而且將沙加緬度摒棄於新州門外，因為他們認為舊金山與沙加緬度是『南方』，與『北方』的利益不一致。

加州的『南北』之爭，與美國內戰的『南北』之爭的基本原因相同：工業社會地區與農業社會地區的利害衝突。所不同的是，美國內戰雙方，北方為工業社會，南方為農業社會，而加州的南北之爭，北方為農業社會，南方為工業社會。

北加州地區人士奮起反對南加州人士的主要理由包括：州政府當權派處處偏袒南加州，將北加州農業灌溉十分需要的水引輸到南加州使用，不重視北加州地區的交通建設，以及保守的北加州人士很討厭同性戀等所謂「開放主義」。

加利福尼亞州自一八五〇年九月九日獲國會通過加入合衆國聯邦爲第三十一州以來，迄今不過一百四十年的歷史。但是自一八五二年開始，就出現了主張加州南北分治的獨立運動。此項南北不和的運動每隔一段時日就掀起一陣浪濤，而以五十年前的一次北加州「獨立」運動事件最爲轟動。

一九四一年十一月廿七日，北加州的三個縣與俄勒岡州南部的一個縣（柯利縣先宣佈脫離俄州而加入加州），組成「傑佛遜州公民委員會」，鄭重的發表一份「獨立宣言」，其中說：

「你現在進入聯邦的第四十九州傑佛遜州。

傑佛遜州現在從事於反對加利福尼亞州與俄勒岡州的愛國革命。

本州於一九四一年十一月廿七日星期日脫離加利福尼亞州與俄勒岡州。」

但是，在北加州宣佈「獨立」與建新州後不久，那年十二月七日，日本飛機偷襲珍珠港，美國參加第二次世界大戰。全面戰爭掩蓋了北加州的獨立運動，「傑佛遜州」事件就此不了了之。

一九七八年，金門灣區的州參議員巴瑞·克尼，又提出加州南北分治的建議，喧鬧一陣便成過去。

在最新的分治運動發生後，若干舊金山人士的反響是：北加不要我們，我們不要南加，那我們就自行成立一個「城市州」——「舊金山州」。美國式的民主花樣委實千變萬化。

（星島日報副刊，一九九一年十月十八日）

加州處處見『米慎』

美國人的俗語說：『家鄉路遠，天堂路近。』這表示教會十分普遍，窮鄉僻壤，三家村可能找不到一所郵局，但可以找到教堂。這些教堂自然是基督教會與天主教會，而加州的天主教會更居於一種特殊的地位。因爲天主教與加州的歷史是不可分割的。天主教在加州開拓史上有一種特別的制度：『教莊』（米慎 MISSION）。通常我們將『米慎』稱作『教會』，但是『米慎』制度的原意並非單純的教會，而是一種自給自足的社區單位，將『米慎』稱作『教莊』更切合實情些。

『米慎』在加州是個常見的名詞，舊金山有米慎區、米慎街、米慎灣及米慎高中，其他城鎮也有許多『米慎』命名，足證『米慎』在加州有深遠的影響。

夏天旅遊季節來臨，最近陪同對歷史有興趣的友人探訪名勝古蹟，特別選了『教莊』（米慎）。加州全境內共有二十一座教莊，其中金門灣區有五處，而以『舊金山米慎』與『

聖荷西米慎』的遊客最多。但是，由於兩百餘年來都市不斷發展的結果，『舊金山米慎』的大部份已經是面目全非，而『聖荷西米慎』雖然經過整修改建，但站在莊前一眼便看出它決不是二十世紀的建築物（它建於一七九七年），全身土裡土氣，高聳的主建築物教堂的土牆厚度達四英尺到五英尺，是用『土坯』（類似中國大陸北方鄉間舊式房屋的建築材料）建成的，堅固的圍牆頂蓋著紅瓦——西班牙式建築物的特色，正面一長排房屋幾乎完全是用品質優良的木材建成的，而那些木材是從『遙遠的』屋崙山砍伐運來的。整個教莊是長方型的設計，是個完整的社區。

『聖荷西米慎』的任務與『舊金山米慎』以及加州各地的其他米慎的任務完全相同：擴大西班牙人殖民與開化附近山區內的『生番』印第安人。生活在附近山地的印第安人部落族稱爲『歐倫』人，這個部落族人是個『和平的』小民族，不同於那些騎馬射箭、燒教堂、殺『洋人』的所謂『紅番』。教莊的神甫與移民們教導他們耕種的各種技術，說服他們信奉天主教，取個『洋姓名』，最後變成西班牙王國的新臣民。據記載說，在一八三一年左右，這座『教莊』內住有一千九百名屬於多個部落的印第安人，成爲當時南灣區的一個『要津』市鎮。聖荷西米慎的創建人是天主教的費爾明·雷蘇恩神甫。這個有兩百年歷史的古蹟內有不少值得參觀的文物紀念品。

『舊金山米慎』前面每逢週末或例假，經常停著多部觀光大巴士，因爲它是舊金山的第一幢建築物，舊金山的生命從它開始。它創建於一七七六年六月二十七日，也就是現在年年慶祝的舊金山『市慶日』。現在它通稱爲『杜洛瑞教會』。

舊金山米愼的面目幾乎全非，今天在米愼區杜洛瑞街與第十六街口只能看到也是用『土坯』建造的教堂正面大門，裡面主要是博物館，保存著這座歷史性建築物兩百年來的遺物。博物館是於一九七六年即舊金山『教莊』兩百週年慶典時完成開放的，原係當年教導印第安人的課堂。這座『教莊』最早的正面全景照片保存在華府的國會圖書館內。如果你拿著那幅舊照片與今日的它一比的話，就會了解『滄海桑田』的眞義。

舊金山『教莊』的墓園是極少數原始設施之一，長眠在這裡的歷史人物中包括墨西哥統治時代的第一任『上加利福尼亞』總督路易斯·阿瓜洛，及第一任舊金山市長法蘭西士柯·哈洛等。

舊金山教莊的設計人爲法蘭西士柯·柏勞神甫，由印第安人勞工擔任建造工作，全部工程到一七九一年才完成。其主要建築物天主教堂（現仍存在）不僅是舊金山市的第一幢房屋，也是加州迄今仍完好的第一座教堂建築物，其長度計一百十四英尺，闊二十二英尺，土牆厚達四英尺。

這座教莊最繁榮的時代是十八世紀末期與十九世紀初期，莊內住的印第安人多達一千五百人（那時舊金山市內只有居民一千人左右）。印第安人的日常生活是在附近山坡放牧牛羊，種植農作物：麥子、玉米、馬鈴薯及葡萄等。他們雖然接受神甫的宗教教育，但他們並不完全遵守天主教教規。他們有時以武器、工具或飾物作賭注來賭博。星期天在舉行天主教彌撒之後，男的女的常常又將身上塗上紅、白、黑的彩色，戴著長長的羽毛，在教堂前面跳他們的部落舞。每年天氣寒冷的季節，他們住於教莊的舒適的房舍裡，天氣暖和時，仍喜歡重享他們的遊牧生活。現在的舊金山居民恐怕很難相信兩百年前的鄰人生活情形！

西班牙在加州的殖民與開拓是很有計劃的行動。他們在各地建立廿一所『米慎』（創建人是著名的尤尼皮洛・賽拉神甫），又在各險要地點建立五處『普利西度』（防衛總部）。米慎是民政文化機構，普利西度是軍事基地，他們更仿傚我們秦始皇帝的『驛道』政策，從南到北修築數百英里長的『艾爾卡密諾瑞爾』，將米慎與普利西度兩大系統聯結成一個完整與強固的『統治網』。今天，當我們站在這些名勝古蹟的面前時，曉得它們的身世，知道它們的根，或許更有意義些。

（星島日報副刊，一九九四年六月）

加州的華人

由於舊金山市政府選舉事務所主任克尼最近出言不遜，侮辱華人，引起華裔市議員劉貴明的鄭重抗議與嚴詞譴責。雖然經克尼在致市議會的公開信中說明，他當時因在「憤怒的」情況下用過粗俗的措詞但並無種族歧視之意。於是，有關旅美華人的地位問題，因此引起一陣新的關切。同時，由於美國正在大力宣傳，在一九八〇年的全國人口普查中，將特別重視少數民族人口的精確統計，有關旅美華人數目問題也成爲注意的新焦點。而且，這個問題在華僑衆多的舊金山，尤其引人注意。剛從台灣來此的人士，看到華埠街頭的情形，看到舊金山市府公車處第五十五路或三十路公共汽車上華人之多，都會開口詢問：「舊金山到底有多少中國人？美國究竟有多少中國人？」

一位美國記者在月初的一篇特別報導中說：「在美國估計有六十萬中國人，有人將他們稱爲看不見的少數民族。他們在教育、政治、專業等方面都獲有重大的進展。但是，大部份仍然貧窮，遭到文化與歧視的障礙。」這是一段頗爲中肯而公允的評語。

紐約社會研究所的中國問題專家利曼說：「中國人已經遍及美國全國各地，但是大部份仍然居住於各大都市的華埠。中國人的數字一直在增加中。據戶政官員稱：一九六〇年時有二三七、二九二人；一九七〇年時有四七五、〇六二人；今天據估計達到六〇〇、〇〇〇人。戶政局稱，一九七〇年時，舊金山共有華人五八、六九六人，其中三三、〇六九人即百分之五十六點四都居住於華埠。」

美國全國人口普查每十年舉行一次，加利福尼亞州人口每年夏季舉行調查一次。在加州去年舉行的人口調查中，中國人共有二十八萬，僅次於三十二萬的日本人。舊金山市人口共有六十五萬，其中大約十分之一是華人。

不過美國人口調查是以有美國國籍的公民及有永久居留權的合法外僑爲對象，其他如具有外交官員身份者、留學生、條約商人、觀光客等人士，都不在戶口統計之內。同時，美國官方對舊金山市的人口統計，只是以有戶籍設在舊金山市轄區內者爲限。而華僑一般提到的舊金山，除了市區外，還包括附近的衛星城市，例如：金門灣東岸的奧克蘭（屋崙）及柏克萊，舊金山南方的南舊金山、得利市、聖布魯諾、史丹福及柏林甘等市鎮。

因此，如果將這些市鎮的有美國籍的華人，有永居權的華人，留學生（包括其眷屬）、條約商人（包括其眷屬）及其他各種簽證的華人統統計算在內的話，據熟悉僑社人士的估計，舊金山地區的中國人在十二萬左右。

舊金山的華僑人數僅次於紐約市的大約十三萬五千名華人。紐約市政當局在本週發表的報告中稱，一九八〇年人口普查時，華人數字將在十三萬五千人到十五萬五千人之間。關於華人收入方面，舊金山及洛杉磯等地的華人平均每年爲一萬零六百十美元，紐約市華人平均每年爲八千三百十元，及紐約華埠華人平均每年爲七千三百四十四美元。此等數字較十年前增加相當多。美國衞生教育福利部的統計表示，一九七〇年時，紐約華埠華人平均每年收入只有二、二六四元。

美國記者舒夫曼在其有關旅美華人的特別報導中，提到以下令人感到興奮的各點：

—一九七〇年代後期以來，舊金山的華人獲得民選及任命的官吏人數較以往任何時期爲多。

—夏威夷的中國人佔當地人口中的百分之六點八，他們在企業、政治及專業等方面所居的重要職位，多於其他少數民族人士。

—許多中國移民的子孫，已能夠脫離華埠而打入美國社會的各階層。

—一九七四年加州人民選舉一位華裔女子江月桂爲州政府的州務卿，爲美國史上開例，她正在擔任第二屆的任期。

—舊金山市警察局已保證增加更多的少數民族—包括華人—的警官並予以晉升。

江月桂的成就的確爲旅美華人增光至鉅，但她也親自嚐過種族歧視的滋味。她回憶她從前在舊金山租公寓的一個經歷：「我打電話給一位房東，將我的姓名告訴他，當他聽到一個中國字音的姓氏時，就問我是不是中國人。我告訴他我是美國人，但祖先是中國人。他聽了之後便說：對不起我不能將房子租與你。」

抱著成功的意志並努力證明能成爲一個上等的公民，江月桂踏入了政界，她做了八年的州議員。一九七四年她當選爲州務卿，她獲得的票數超過那次選舉中其他任何公職人員。一九七八年她又以高票比當選連任。

（台北中央日報，一九八〇年一月四日）

華文報紙優勝劣敗

星島日報於一九九三年八月一日舉行其創刊五十五週年慶典時發表紀念專文說：「自一九六四年三藩市辦事處正式成立後，本報海外版業務不斷擴展，及海外地區範圍不斷擴闊，確可稱爲『凡有華僑的地方，就有星島日報。』」筆者在拜讀之後，曾奉上一份遲到的「秀才人情」賀禮，並在拙文末說：「舊金山華文報業二十年來的變化很大，有的凋謝，有的成爲歷史名詞，筆者看到星島日報從日出兩大張發展到今天的彩印二十大張，願在『半張紙』上祝它生日快樂。」

今天欣逢星島日報香港總部與舊金山分社雙慶良辰，筆者再引用那段文字，並將拙文末的話加以較詳的補充，作爲另「半張紙」的賀禮。

星島今日雙慶，對讀者、對華人社會一定有更珍貴的貢獻。

舊金山華文報業二十年來的變化很大，有的隨著時代不斷的成長進步，有的逐步萎縮凋謝，有的已經成爲歷史名詞。筆者早年讀過一些華僑報業史，對獻身華僑報業的新聞界人士是衷心欽敬的。

按照時間順序來說，近二十年期間，筆者在舊金山看到的第一家新創刊的報紙（係指設有編輯、經理與印刷等部門完整設施的報社）是一九七六年一月十日發刊的【美西日報】。

創辦報紙與創辦其他企業一樣，有創辦的動機，創辦的經過，更有創辦的目的。就報紙來說，最重要的應該是創辦的目的。美西日報在出版第一天，以「本報董事局同人」署名發表「我們創辦本報的理由」一文中說：「我們拳拳赤子之心，念念不忘者是中華民族，誰能爲中華民族爭地位、爭自由、爭獨立，我們都願與之爲友。諍規容或有之，決不欺心謾罵。」

在看過美西日報的發刊日「社論」之後，正在注意該報的「將順應潮流，不斷改進」之際，卻十分意外的又看到二月二十八日該報刊出「暫別讀者」的社論。這兩篇社論相隔只有四十九天。「暫別讀者」文中說：「我們之所以這樣做，一句簡單的話，就是不願被迫而跳牆，亦即是不願被逼而放棄我們早已決定的不偏不倚的中立原則。」及「我們相信，這僅是暫時的現象，而不是永遠的。」壽命僅有四十九天的美西日報，在華僑報業史上祇佔了幾行字。

一九七六年二月十二日，舊金山又誕生一家華文報紙：【世界日報】。世界日報雖然較美西日報晚生了一個月，但今天仍在繼續出版中。世界日報在創刊日的社論「加強服務僑胞，結合自由力量」文中說：「爲了加強對僑胞與僑社的服務，結合海外中國人的自由力量：爲了發揚中華文化，迅速報導自由中國實施民主憲政，民生福利建設的實況；也為了促進中、美兩國友誼。」這家新創辦的華文報紙雖然在其第一篇社論中並未提到它的背景，但華人社區大都曉得它是台灣報業人士在美國出版的第一家日報。

在過去這二十年間，舊金山有一家華文日報悄悄的來了，又悄悄的去了。筆者高興看到一家報紙的誕生，也悲嘆一家報紙的逝世，因為它們都是華人社區的一分子。這家報紙是台灣報業人士在舊金山創辦的第二家日報：【遠東時報】。就記憶所及，遠東時報在出版後兩天，筆者才買到了它第一天的報紙，而且在該報已經停刊後數日，筆者始曉得它已經離開了人間，而且不會有復活的一天。遠東時報創刊於一九八〇年十一月四日，第二年就消失了。

一九八二年九月一日即中華民國的新聞記者節，舊金山的【美洲中國時報】創刊，它是台灣報業人士在舊金山創辦的第三家日報。這家報紙在出版之前，投下鉅額的促銷本錢，而且最初宣傳的報名是【環球時報】，但創刊時改為【中國時報】。很多來自台灣的移民讀者不相信【中國時報】會走上遠東時報的結局。

一九八四年十一月十一日，舊金山華埠的報攤上展出半大張的中國時報印著：「敬告讀者：本報自一九八二年九月一日創刊以來，荷承各界僑胞愛護支持，勉勵督策，得使本報發行與日俱增，成為海外重要僑報之一。……無如報紙成本提高，市場發展受限，彌補虧負款項，難於長期維繫，而縮減篇幅，影響內容，亦有違本報之初衷，為此不得不向讀者告別，自即日起正式停刊，良深為憾。」舊金山華文報紙史上又增加了一條：中國時報存在了兩年二個月又十一天。

美洲中國時報的突然關閉顯然是新聞界的一件大事，不僅華人社區談論紛紛，舊金山的兩家英文大報也注意到此事。舊金山紀事報於中國時報宣佈停刊後五天即十一月十五日刊登文長千字左右的特稿，報導與分析中國時報停刊的事件。接著舊金山評論家報於十一月廿四日以罕見的半版的篇幅登載中國時報停刊與舊金山華文報紙現狀的深入報導。紀事報說，中國時報每月虧損五十萬元之鉅，及該報準備以六百萬元來拯救危機，但台灣當局不批准其外匯。評論家報也談到該報的關閉原因涉及財務與政治兩方面。在該報停刊之後，華人社區曾數度傳說中國時報準備恢復出版，但迄今仍限於傳說而已。

一九八五年七月一日，中共的機關報北京【人民日報】開始在舊金山發行海外版，現仍繼續中。該報雖然不是一家設施完整的報社企業，但它是中共在舊金山的官方宣傳機構，華文報業史上是不應闕如的。另外，舊金山的【中報】也是一家創刊又停刊的華文日報。

一九九三年四月一日，舊金山的【少年中國晨報】宣佈停刊，結束了它八十一年的歷史。該報的停刊，不僅是華文報紙史上的一件大事，也是華僑社會的一件大事，因爲它與舊金山華人共同度過八十一年之久的歲月，歷經中國現代史上的辛亥革命、對日抗戰及國共內戰等重大的時代。該報是孫中山先生手創的宣傳革命運動的言論機構，更一直是國民黨的重要海外宣傳機構。少年中國晨報於一九一〇年八月十九日創刊號上印著「黃帝紀元四千六百零八年七月十六日禮拜五」而不用滿清宣統皇帝的年號，第一篇社論是：「少年中國晨報發刊弁言：筆權。」

少年中國晨報的最後一篇社論是：「爲本報暫時停刊告讀者」，其中說：「本報乃總理所手創，今竟無力繼續維持，衷心實感遺憾。」

（星島日報報慶特刊，一九九五年八月一日）

附：小廣告裡天地大

他爲什麼看小廣告？他是剛來的移民要買房子。

他爲什麼看小廣告？他剛從大學畢業想找電腦工作。

她爲什麼看小廣告？她希望嚐到「甜心」。

我爲什麼看小廣告？小廣告裡天地大。

小廣告或說分類廣告，是星島日報的特色之一，而且是舊金山華文日報中最先開闢這種版面的報紙。今天的星島日報分類廣告整整有五大版之多，二十年前不會多於半版（手頭資料不全）。以此比例推算，二十年期間分類廣告的成長率是百分之一千亦即十倍，這是個不尋常而且極不尋常的數字，值得而且很值得稱頌。

報紙小廣告的內容反映出社會生活的多方面，華文日報的小廣告可以說是華人社區生活的縮影。小廣告的內容是個「萬花筒」，其中有衣食住行，加上現代生活不可缺少的遊樂、社交等等，更有喜怒哀樂的小故事。有的是對仁人善士慷慨義舉的衷心感謝，有的是對背信邪惡歹徒的斥責。有的是無辜者的不平之鳴，有的是對不幸者的同情。有的是懇求愛人重歸於好，有的是男婚女嫁各聽自由。有的是妻子遭惡夫虐待棄家出走，有的是夫責妻攜細軟潛逃。有的是父母籲請協助尋找失蹤的愛兒愛女，有的是特此登報聲明脫離父子母女關係。更有一個眞實故事說，多年前潛伏在台灣的共黨分子（那時稱爲匪諜），利用在一家日報的小廣告內的「密語」與其同路人聯絡。小廣告裡天地的確大。

將一天報上的小廣告（以七月一日的星島日報爲據）加以分析研究之後，獲得成果如次：以廣告內容劃分：（以欄數爲統計單位）人事佔百分之四十四，居首位；房地產佔百分之二十四，居第二位；生意佔百分之二十一，居第三位；其他佔百分之十一。進一步分析如下：

人事：英文部份佔百分之十三，計有三十二則，其中包括聘請（徵才）與待聘（求職）兩項。

人事包括聘請與待聘兩項：辦公室工作佔百分之十一，製衣廠工作佔百分之八，飯店工作佔百分之八，其他工作佔百分之四，共計佔百分之三十一。連同英文部份合計爲總數的百分之四十四。

人事工作中，辦公室工作居第一位，製衣廠與餐館工作同居第二位，其餘工作的比例較小。此種比例數字顯明的看出，辦公室工作的比例雖然最大，但其中包括許多種不同的職位，例如：文書、電腦、會計、貿易、銀行、旅遊、工程及醫院等等。每一種工作在人事比例中的數字並不大。製衣廠工作與餐館工作的比例數字相同，是一項很有意義的統計，舊金山是華僑在新大陸的第一個「家」，到今天爲止，仍然是華人最集中與佔當地都市人口比例最高的大都市。據華人歷史書籍記載，自淘金潮時代到第二次世界大戰結束前後的一百年間，華僑的工作領域限於「三館」：餐館、衣館（洗衣與縫衣）與賭館。現在，賭館隨著華裔社區品質的逐漸改善已經成爲陳跡，但三館中的其餘兩館仍然是華人生活天地的有力支柱，其中今天在衣廠裡工作的華人中女性佔大多數。

房地產：房地產在小廣告總數中佔百分之二十四，以分佈地區來劃分，舊金山市佔百分之十一，其次爲東灣區佔百分之六，其餘爲金門半島、北灣與南灣等地區。在舊金山市方面，以列治文區與日落區的數字爲大。房地產小廣告的內容包括，出售與出租兩大項。

生意：生意在小廣告總數中佔百分之二十一。因爲餐館與製衣廠兩項工作爲人事的項目，故生意小廣告統計中並不包括這兩種生意在內，但包括餐館出售一項。生意小廣告的內容相當的廣泛，涵蓋各種公司與店舖，其中包括：汽車、貨車、水電、建築、裝修、油漆、園藝、地板地毯、及搬運等等。

在人事、房地產及生意等三大項目之外，其他內容的小廣告尚多，例如：文化教育、傳播、法律公告、物品拍賣、東方按摩、卡拉**OK**以及社交婚姻等。在社交婚姻小廣告中並且可以發現不少很有趣的小故事。

科羅拉多州丹佛市一位「淑女徵婚」說：「現職美國科州電腦軟件工程師，二十六歲，碩士畢業，青春美貌，誠徵美籍華裔學士以上，誠實正直、體健貌端之中青年成功男仕爲侶，自傳、簡歷、近照等……」。

廣州「淑女徵婚」說：「廣州女，三十一歲，高一點六四米，未婚，品德美，健美、文靜、溫柔，意者請函中國廣州水蔭路……」。

一位「眞誠徵婚」者說：「女，三十六歲，未婚，文職，貌娟，徵四十六歲以下男士，離婚無孩亦可，照寄香港中環機利文街……」。

「我們爲您搭起友誼愛河的橋樑，我們奉行高質量的婚姻介紹。……祝天下有情人早成眷屬，歡迎來電與我們結緣。」

（星島日報報慶特刊，一九九五年八月一日）

沉默的俄裔

華裔慶祝春節，日裔慶祝櫻花節，愛爾蘭裔慶祝聖柏楚克節，法蘭西裔慶祝巴士的獄節，黑西哥裔慶祝自由日，西班牙裔、菲律賓裔……都有他們自己的祖傳節日。但是，在加州，在金門灣區，我們卻極少看到俄羅斯裔人慶祝什麼節日的新聞，爲什麼？族裔專家認爲這與美、俄關係有關。

曾任舊金山市議會議長、舊金山市長與現任國會參議員的范士丹夫人家族就是俄裔，可是她參與俄裔活動的消息卻難看到。

五月底報上連續出現兩件與俄裔有關的報導：俄國青年男女紛紛從西伯利亞渡過百令海峽到阿拉斯加大學求學，俄人重建他們兩百年前在阿拉斯加殖民時代的『俄人埠』。

金門灣區的俄裔在北灣蘇諾瑪縣境內的俄國殖民時代總部羅斯堡，舉行俄國東正教會在美洲傳教兩百週年慶祝，及整修俄裔公墓。這兩項活動都與俄國在美洲殖民歷史有重大的關係。

十九世紀是西方大國在全世界殖民競爭最激烈的時代，英國、法國、西班牙、荷蘭及俄國都全力擴大海外殖民地。由於俄國西伯利亞遠東領土與美洲的阿拉斯加鄰近的便利，一七六四年，俄皇首次派人到阿拉斯加探險，一七八四年，俄人在阿拉斯加的庫狄克建立基地，於是阿拉斯加成爲俄國在美洲的殖民地。

兩百年前即一七九四年，十名俄國東正教會的教士開始在阿拉斯加的卡雅克島建造第一座教堂，次年建成，成爲俄國天主教東正教在新大陸的傳教根據地。然後，俄國的殖民組織『俄美公司』人員與傳教人士循著北太平洋沿海逐步向南方發展，經過今天的華盛頓州、俄勒岡州，一直推進到金門灣區，在北灣蘇諾瑪縣海濱建立一個最大的基地『羅斯堡』，派駐一名總督，繼之在金門灣口外的法拉倫群島上建一個捕海獺站，並到舊金山經營貿易等活動。到一八〇九年時，俄國在美西各地共有二十五處殖民地，並到一八七〇年時，加州境內約有俄人六百多名。

俄國在美洲殖民史上最具關鍵性的事件是，一八六七年俄國因爲窮困，將阿拉斯加賣給美國，地價是七百廿萬美元，平均每英畝只要兩分錢。美國獲得阿拉斯加後，將俄人在西部沿海地區的殖民發展後路截斷，使俄國永遠失去了在新大陸競爭的機會。

俄國在加州殖民活動的時代，值西班牙統治（一七六九年到一八二二年）與墨西哥統治（一八二二年到一八四八年）的期間，其殖民活動最積極的階段大約有三十年之久，到一八四一年俄人以三萬美元代價將其殖民總部羅斯堡售給美國西部開拓鉅子約翰·沙特。於是，俄國在加州，也就是在新大陸的殖民活動正式告終。

十九世紀末期，俄人移民到加州的人數有限。但在一九〇五年的第一次革命與一九一七年的共產黨革命之後，俄人移民美國的數字逐漸增加，其中有許多俄人經西伯利亞，先到中國大陸後輾轉來到加州與金門灣區。（逃到中國的俄人被稱爲『白俄』）今天，據估計加州約有俄裔十萬人。

加州有不少俄國殖民的遺跡，羅斯堡是『俄人埠』，『俄羅斯河』是北加州的重要河流，舊金山今天的高級住宅區『俄羅斯山』，原爲俄人獵夫的墳場區，納巴縣的聖海利納山命名傳說是紀念一位俄國皇后或公主。

位於舊金山市的北方大約八十英里海岸上的羅斯堡（羅斯係詩中用語即俄羅斯人之意），可以說是俄裔的『故都』。俄美公司的代表尼古拉·雷薩諾夫，於一八〇六年首次從阿拉斯加到舊金山商談貿易問題。一八〇八年，該公司派伊凡·庫斯柯夫帶一批俄人到蘇諾瑪縣境內的鮑德卡灣做貿易。一八一二年，他再度來到北灣，並決定建立殖民基地，於是在太平洋沿岸選定一處地勢險要、宜於防守的地點興建一座城堡，即今日的『羅斯堡』（西班牙語稱作普利西度羅蘇）。

庫斯柯夫最初帶了九十五名俄人與八十名阿拉斯加的阿留申土人到羅斯堡從事殖民與貿易業務。庫斯柯夫自稱爲『總督』，足證當時俄國有控制加州的野心。

俄人在羅斯堡經營殖民與貿易活動將近三十年之久，到一八三九年因爲種種問題難以繼續發展，只好自加州撤退到阿拉斯加，終於一八四一年將羅斯堡全部財產賣給加州開拓鉅子約翰·沙特。一九〇六年，舊金山的報業大王赫斯特（評論家報的東主）將羅斯堡購下並將它捐獻給加州政府，由政府闢建爲『羅斯堡州立歷史公園』以迄於今。

羅斯堡原建有總督官邸，俄式教堂與其他大約五十幢房舍。但是，在經過一百八十年久的歲月之後，今天存在的原始建築物只剩下總督官邸。原來的教堂在一九七〇年被大火焚毀，現在的教堂與若干其他設施都是近年重建的。俄裔看到今日的羅斯堡時，諒必與華裔看到樂居鎮的感想無異！

（星島周刊，一九九四年九月）

史坦貝克故居前徘徊

十月初美國圖書館協會說，過去一年間查禁圖書的黑名單中包括，諾貝爾文學獎得主史坦貝克的名著：「憤怒的葡萄」（電影名爲「怒火千叢」），「伊甸園東」（電影名爲「天倫夢覺」）及「人鼠之間」。

十月初台灣一家出版公司說，史坦貝克早期作品之一的「平原傳奇」的中文譯本出版發行，獲得讀者的重視。

十月初一個秋陽宜人的日子，我們幾個人站在史坦貝克故居的門前徘徊。

雖然是個週末，或許因爲時間尚早的關係，除了台灣友好劉君逅餘的夫人與千金及家人一群外，還沒有其他遊客來訪，站在花香草綠的「史坦貝克之家」的前庭園的矮籬笆前，凝視著綠底白字淺黃色的標誌牌子，默念這位生長在美國加州中部農業大平原的世界大文豪，不論你是否喜愛他的作品，都會有很多感慨的。

中外文學作家的「遭遇」似乎相同，如果他的作品內容脫離他那個時代，只是坐在書桌前一本一本生產，便被人評論爲不能反映時代，觀察不夠深刻，體會人生經驗差一點。如果他的作品內容眞眞實實的記錄他那個時代，清清楚楚的反映那個時代，則被人指斥爲下筆太刻薄，措辭太尖酸，只看到那個時代的黑暗面而忽視其光明面。

如果史坦貝克今天仍然坐在這個老家的客廳裡，面對一群一群的朝拜者，他的感慨必然千百倍於我們。他的作品獲得世界最高的文學榮譽，但是到今天，還被列爲禁書。他的名著改編拍爲電影，但是在許多地方被禁止放映。他獲得全球千千萬萬讀者的讚頌，但是卻遭到故鄉鄰人的指責與敵視。台灣新出版的史坦貝克小說「平原傳奇」與「小紅駒」等小說，都是他早期的作品，就是在這幢老宅樓上的房間內寫成的，筆者最先讀過的一部史坦貝克小說「月落」也可能是在這裡寫成的。「月落」的中譯本有幾種，我讀的是曾在中國大陸中央大學與後來在台灣大學執教的錢歌川先生的譯作，而且他將書名譯爲：「月落烏啼霜滿天」——文學氣味很濃。

史坦貝克故居位於舊金山市以南百餘英里的農業城市沙林納，老屋座落在中央大街一三二號，距舊的市中心區不遠。這幢樓房是維多利亞式建築物，大門樓有精工雕刻的廊柱，尖樓頂頗類似教堂建築物，故居外表爲淡黃色，由於保養的細心，雖然有近百年的「房齡」，但看起來還相當的「年輕」。這所老宅是史坦貝克的父親在一八九七年建造的，這位大作家是於一九〇二年二月廿七日在這裡出生與長大的。他父親是在美國南北戰爭後不久從東部移居加州，他母親在沙林納擔任教師多年，是個很美滿的家庭。

我們繞著這座有美觀的外表的名勝建築物欣賞了一週，拍攝幾張照片，登車離去，可惜沒有機會進入看看這位文學大家當年生活的環境，因爲大門口掛著「舉行私人派對」的牌子。

在距離史坦貝克故居不遠處，有一所「史坦貝克紀念圖書館」，它是沙林納市立圖書館的一部分，成立於一九七七年即在史坦貝克逝世後九年，他逝世於一九六八年。

紀念圖書館內有一座史坦貝克的雕像，共珍藏四萬五千件與他有關的文物紀念品，其中包括他的著作手稿，他的作品初版版本及他的生活照片與談話錄音帶等等。

在這些紀念性的照片中，最珍貴的是史坦貝克於一九六二年接受世界最高文學榮譽「諾貝爾文學獎」的鏡頭，另一幀富有人情味的照片是史坦貝克蹲在一棵大樹下，抱著他的愛犬「嘉萊」。嘉萊是史坦貝克的「帶嘉萊旅行記」中的主角。這是他晚年的作品之一，出版於一九六二年，是一部有關他自己的傳記性著述。

影響力最大的自然是史坦貝克的「憤怒的葡萄」，這部以移民生活爲素材的小說爲他贏得榮譽，也爲他招來誹謗，甚至被誣爲共產黨員，眞是荒謬之至！

（星島日報副刊，一九九二年十一月十五日）

「摩特兒」的誕生

不論你是否住過汽車旅館，或者已經住過許多次與許多地方的汽車旅館，我建議你下次到全世界第一家汽車旅館內度一宵，那必然另有一番意義。

汽車旅館的始祖「里程碑」，就在舊金山以南大約四個小時車程的沿海一號公路邊。住於加州中部的人更方便，但你不一定知道這家全美國也是全球的第一個汽車旅客之家。

「里程碑」不只是汽車旅社的老祖宗，更重要的是「MOTEL」這個英文字也是這家旅館創建人創造的新字。「MOTEL」在誕生二十多年以後，於一九五〇年開始被增編於美國的字典中。

今天的里程碑汽車旅館，是一家規模龐大的連鎖企業公司，由加州開始，逐漸擴展到內華達州、華盛頓州以及其他各州，而且仍在不斷的發展中。

今年快滿七十大壽的里程碑汽車旅館，其內部設備雖然隨著歲月有不斷的改善與增添，但仍然保持著它的一切特點與風格。

這家老祖母汽車旅館的建築物外貌，是仿照一座天主教堂房舍設計的。其最顯著的標誌是一個三層樓的「鐘樓」——遠看以爲是座教堂。旅館內部設備自然應有盡有，停汽車間則是其獨有的特色。

一九二五年十二月十二日，加州中部沿海城市聖路易奧比斯波市郊長滿橡樹的山腳下，沿海公路的路邊，出現了一家背山面海的新旅社，有房間、餐廳……更有別家旅社都沒有的設備：汽車停車間。它的名字也十分新奇：「摩特兒」。

七十年前，汽車雖然已經相當的普遍，但是旅客在途中過夜住旅館，他的汽車卻沒有個休息睡覺的地方。

南加州巴沙迪那市的建築師阿瑟·希尼曼很有生意眼，設計創建了「里程碑」汽車旅館——的確稱得上是汽車旅行史上的一個里程碑。希尼曼並且創造了「摩特兒」這個新字，曾向政府當局登記獲得專利權。

希尼曼後來成爲汽車旅館業的鉅子，他創建的汽車旅館建築物特點與風格也蔓延到全美國與全世界。

今天，里程碑汽車旅館的東主是密爾頓·格勞與菩蒂·格勞夫婦——這家大企業的第五屆主人。

（星島日報副刊，一九九二年四月）

懷念好萊塢黃金時代

伊麗莎白泰勒第八次結婚的消息引起了許多閒話，也引起大家對影城好萊塢黃金時代的懷念。

從四十年前的影城「玉女」變爲今天的「玉婆」的麗莎的生活，正好說明好萊塢從盛世到沒落的滄桑。

麗莎又婚，舊金山漁人碼頭的蠟像館也又要忙一陣。蠟像館的「麗莎之家」添了一位新夫佛丹斯基。以尼克・希爾頓領銜的那些舊新郎們，應該在希爾頓大酒店設宴歡迎這位新新郎的「入伙」。

今天的好萊塢，雖然靠著往昔的金字招牌，仍然是洛杉磯的觀光名勝，但她早已失掉當年的光輝，只剩下個空殼子。當年的各大影片公司，有的結束，有的合併，有的出售。雖然有電視影片拍攝，但是氣派、場面與影城黃金時代眞的不可同日而語！

好萊塢的黃金時代持續了廿多年，自二次大戰前後到六十年代中期。當她的全盛時期，有個動人的海報口號：影城的明星多於天上之星。

影都黃金時代的所謂八大公司（米高梅、派拉蒙、華納、環球、聯美、共和、雷電華與華德狄斯奈），控制著美國及幾乎全世界的影片市場。它們每星期有新片推出，每月有鉅片首映，每年攝製的影片在千部以上。

好萊塢黃金時代令人懷念的主要原因是，那個階段的影片大都是世界文學名著改編拍製的。今天，這些電影的錄影帶被列爲「古典」影片，仍然很受歡迎。請看部份名單：

大作家海明威的名著幾乎全被搬上銀幕：「戰地鐘聲」，「戰地春夢」，「老人與海」，「妾似朝陽又照君」。與中國社會有關的女作家賽珍珠的名著：「大地」與「龍種」。狄更斯的「雙城記」。托爾斯泰的「戰爭與和平」及「春殘夢斷」。雷馬克的「西綫無戰事」及「凱旋門」。其他如「小婦人」，「魂歸離恨天」，「魂斷藍橋」，「傲慢與偏見」，「三劍客」，「金銀島」，「亂世佳人」，「鐘樓怪人」，「暴君焚城錄」，「劫後英雄傳」，「哈姆雷特」，「亂世忠魂」……。

就筆者而言，也特別懷念影城的黃金時代。因爲替影劇副刊與影劇雜誌寫稿，有數年的時間不但常看電影，同時讀了不少的中外電影雜誌，那些當年很暢銷的期刊顯然隨著好萊塢的沒落而沒落了。

（星島日報副刊，一九九一年十月）

加州大報減少一家

曾經列名加州十大英文報紙之一的「沙加緬度聯合報」已於一月底宣佈停刊，使該市只剩下一家大報【沙加緬度蜜蜂報】。聯合報的結束使加州日報總數自一一九家減到一一八家，但仍然爲美國各州日報數字的第一位。可是，德州的日報總數已有一〇四家，不久的將來可能取代加州的冠軍地位。

沙加緬度聯合報「死亡」的原因與其他許多企業關閉的病症相同，窮到無法救治。該報的經濟情況自去年十月份開始日益惡化，它爲了節省開支，從每週七天出報緊縮爲每週祇出報三天，銷售數字大減，報費與廣告費收入隨著下降。據報導說，該報的銷路大約只剩下三萬多份，與一九六〇年代的十萬份以上的數字相差甚鉅。美國報紙日銷十萬份以上者即列名於「大報」之林。

聯合報發行人瑞菲・丹尼爾在停刊聲明中說：「沙加緬度將沒有我們的聲音。我們對此唯有傷心。」他說：「日益惡化的經濟情勢，廣告收入的減少等因素，使此種不愉快的決定無法避免！」一個有歷史的團體的結束與一個年長的人逝世一樣，都會引起人們的哀思。

聯合報曾有過光榮的日子，尤其是在創刊的初期。美國大文豪馬克吐溫曾擔任過它的專欄作家，每週自檀香山發回一篇通訊稿，成爲該報最吸引讀者的文字，每篇通訊的稿酬爲二十元——在一百三十年前是最高數字的稿費。聯合報爲了紀念這位大作家，特在報社大廳內保存一座馬克吐溫的半身銅像。該報發行人丹尼爾站在銅像前宣佈聯合報決定停刊的聲明，這確實是個令人深深感傷的鏡頭！

沙加緬度聯合報創刊於一八五一年三月十九日，爲北加州最早的一家日報，舊金山紀事報與舊金山評論家報都是後生之輩。聯合報最初的報名爲「聯合日報」（DAILY UNION），開創時期經營並不順利，在短短兩年內換了兩個東主。該報當時特別反對以理蘭．史丹福爲首的中太平洋（後易名爲南太平洋）鐵路集團四巨頭。但他們有錢立即創辦一家「紀錄報」與聯合報對抗，到了一八七五年，聯合報敗陣被紀錄報併吞，並將報名改爲「紀錄聯合報」，但是到了二十世紀初葉，又恢復使用「聯合報」名稱。一九六〇年代是聯合報的一段黃金日子，在一九六六年由柯普萊報系購入，到一九八九年東主換成丹尼．班尼迪與大衛．卡西斯。最後一任東主丹尼爾於一九九二年購得聯合報，迄停刊時只有短短的兩年。

在沙加緬度聯合報停刊之後，加州今天的「十大」日報中以洛杉磯時報的銷路居第一，計有一、一七七、二五五份；舊金山紀事報居第二位，日銷五五三、四三三份；及第三名爲橙縣與聖他安那紀事報，日銷三四七、六七五份。第四名到第十名依次如下：聖地牙哥聯合與論壇報，日銷二七三、四七二份；聖荷西水星報，日銷二七〇、五一二份；沙加緬度蜜蜂報，日銷二六七、六六九份；洛杉磯每日新聞，日銷二〇三、九四八份；河濱新聞與企業報，日銷一五八、一九八份；佛瑞斯諾蜜蜂報，日銷一四八、五四一份，及舊金山評論家報，日銷一三一、二五三份。

（註：銷售數字係依據「編輯與發行人年鑑」統計。）

（星島日報副刊，一九九四年三月廿日）

讀書隨筆

重讀毛詞「沁園春」

雖然立春已過，但是在中國大陸北方仍然是「千里冰封，萬里雪飄」的景象，翻開半世紀前手抄的毛澤東最得意之作「沁園春．詠雪」重讀，因為最近讀到香港崑崙公司出版的「毛澤東詩詞全集」，其中特別強調「沁園春風波」。

「毛澤東詩詞全集」的編者提到，「沁園春」一詞在重慶公開發表之後，「步毛澤東此詞原韻填『沁園春』一時成為時髦。重慶報章排日刊登，熱鬧非常。文化大革命中，全民奉命拜讀毛澤東詩詞，卻從無類似熱鬧情況。」

的確，「沁園春」當年不但在中國戰時首都重慶文壇、詞壇上激起一場大風波，甚至染上了政治意味，後來「沁園春」在台灣是被禁讀的，一般年輕讀者諒無機會曉得「沁園春風波」。

在民國三十四年（一九四五年）八月對日本抗戰勝利後剛剛兩個月的慶祝歡樂與還鄉聲

中，重慶銷路最大的晚報「新民晚報」，於那年十月十五日刊出了毛澤東作的「沁園春·詠雪」，同時刊出柳亞子的「次韻和潤之詠雪之作，不盡依原題意也」的「沁園春」。

毛澤東在那時發表他的最得意之作顯然是有計劃的。因爲他在勝利之後，應國民政府主席蔣介石的邀請到重慶舉行政治談判，於八月廿八日抵重慶，十月十一日自重慶飛返延安，而「沁園春」是在他離重慶後五天見報的。

「沁園春」在新民晚報發表後，並經重慶大公報在顯著地位加以轉載。由於大公報是當時全國最有權威與影響力的報紙，數天之間，「沁園春」風就吹遍了戰時首都的詞壇、文壇以至於政壇。

於是「沁園春」變成勝利後的一個所謂「熱門」題目。詞家、詩人、政論家，以及像當年我們這類學生讀者各色人等都感染到「沁園春」流行症。

「沁園春」激盪起兩股辯論洪流：從文學觀點說，大都公認爲「沁園春」確是一篇佳作；從政治觀點說，毛澤東供出了「帝王思想」。當時，大公報總編輯王芸生在以「我對中國歷史的看法」爲題的演講中，就特別指出了「帝王思想」這一點。

在經過八年抗戰，國窮民困、創痛猶新之際，「沁園春」潛在的「火藥味」尤其令人關心。因此，大多數詞人的作品中都全力強調和平，不願再看到中國在長期外戰之後又遭逢一場內戰。不過，當時絕得沒有人預料到，在短短的五年之內，毛澤東能穩坐在北京皇宮的龍椅上與睡在龍床上。

「沁園春」風波期間，我們一些學生讀者也隨著「熱鬧」一番。特別是一位很有詩詞才華的同學王君汝濤（現在是大陸上的一位作家），指點我了解這一闋名詞，因此將報上的諸家作品抄錄在讀書筆記內，如今可稱爲私家珍品了。

今天檢視紙已殘破的筆記，共抄錄十六闋「沁園春」，其中兩闋重複，是名詞家易君左的作品，先後刊於重慶中央日報與和平日報（原名掃蕩報，勝利後甫更名爲和平日報，係國府軍方機關報）。

當時，一般都以爲「沁園春」是毛澤東「最近的」作品。現據「全集」中說，這闋詞是毛在一九三六年二月寫的，而且原題爲「沁園春·雪」，但在重慶發表時題爲「沁園春·詠雪」，詞中用字亦有若干不同。

在重慶報紙上與毛詞同時刊出的是柳亞子的「沁園春·詠雪」，並於詞前寫道：「次韻和潤之詠雪之作，不盡依原題意也。」柳詞的結尾是：「君與我，要上天下地，把握今朝。」

詞家易君左在「沁園春」詞前說：「鄉居寂寞，近始讀得大公報轉載毛澤東、柳亞子二詞；毛詞粗獷而氣雄，柳詞幽怨而心苦。因次韻成一闋，表全民心聲，非一人私見；並望天下詞家，聞風興起！」

易詞中說：「一念參差，千秋功罪，青史無私細細雕。才天亮，又漫漫長夜，更待明朝。」

郭沫若在其「沁園春」中說：「八年抗戰，血浪天滔，遍野哀鴻，排空鳴鵰，海樣仇深日樣高。和平到，望肅清敵僞，解除苛嬈。」

蜀青的「沁園春」中道：「卅載兵爭，千里墳堆，萬里血飄。……民苦矣！莫談談打打，暮暮朝朝。」

女詞家慰素秋在「沁園春」中說：「逞詞筆，諷唐宗宋祖，炫盡妖嬈。」

孫佷工的「沁園春」中說：「大好河山，昨方雨歇，今又風飄。……君且住，早回頭是岸，勿待明朝。」

呂耀先在「沁園春」中說：「北望邊城，雲葉初敷，雪蕊旋飄。……陰氣散，祝青天白日，煥矣來朝。」

緘林的「沁園春」結尾是：「猶未晚，與中興人物，珍重今朝。」

耘實在「沁園春」中道：「君休矣！把霸圖收拾，應在今朝。」

顏霽之的「沁園春」中說：「痛白山莽莽，狂飆颯颯，黃河滾滾，禍水滔滔。」

吳誠在「沁園春」的結尾道：「到頭來，只身敗名裂，遺臭朝朝。」

樊旦初的「沁園春」中說：「誰弄歲寒，方嗟冰凍，又見雪飄。……東風解，即消逝無痕，不過崇朝。」

東魯詞人的「沁園春」結尾是：「猶未晚，要屠刀放下，成佛今朝。」

慰儂在「沁園春」中說：「看禹甸兵銷，英雄滾滾。神州離碎，濁浪滔滔。……版圖整，要中原豪傑，奮袂今朝。」

重慶新民晚報刊登的「沁園春　詠雪　毛澤東」全文如次：

北國風光，千里冰封，萬里雪飄。看長城內外，惟餘莽莽；大河上下，盡是滔滔。山舞銀蛇，原馳臘象，欲與天公共比高。須晴日，看紅裝素裹，分外嬌嬈。山河如此多嬌，引無數英雄盡折腰。惜秦皇漢武，略輸文采；唐宗宋祖，稍遜風騷。一代天驕，成吉斯汗，祇識彎弓射大雕。俱往矣，數風流人物，還看今朝。

（星島日報副刊，一九九二年四月廿五日）

惜辭源

華文書籍的讀者可能已經注意到兩則來自北京的出版消息。一則說，一部比『康熙字典』收錄漢字多近一倍的大型漢語字典『中華字海』，經過大陸語言工作者八年的艱苦努力，最近編纂完成，不久將與讀者見面。中國辭書界人士將『中華字海』稱爲『辭海』（此『辭海』係指大陸出版的『新版辭海』）的姊妹篇，其中收錄漢字八萬六千多個，是迄今爲止世界上收錄漢字最多的一部字典。另一則消息說，大陸近年來出版辭書將近四千多種，但是許多辭書『粗製濫造』，同類辭書重複出版現象嚴重，互相抄襲比較突出。『辭海』與『現代漢語詞典』被人抄襲不計其數。

在看過這兩則出版新聞之後，筆者覺得應該爲案頭常用的『辭源』與『辭海』寫幾句話，因爲這兩部著名的工具書與中國大陸上的無數知識分子遭受過同等的『文化大革命』浩劫，令人感到深深的可惜與可哀！

在一九四九年以前，中國出版界有兩部齊名的辭書對文化教育有極大的貢獻，被譽之爲小型百科全書。它們就是上海商務印書館出版的『辭源』與上海中華書局出版的『辭海』。台北的商務印書館與中華書局，分別將其上海時代的原版『辭源』與『辭海』加以修訂續印發行，通稱爲台版或舊版『辭源』與『辭海』，而將北京商務印書館出版的『辭源』與上海辭書出版社出版的『辭海』稱爲新版或大陸版『辭源』與『辭海』。

商務印書館的『辭源』編纂工作開始於清光緒三十四年（一九〇八年），於中華民國四年（一九一五年）以甲乙丙丁戊五種版式出版發行，民國二十年（一九三一年）出版辭源續編，民國二十八年（一九三九年）出版辭源正續編合訂本。一九四九年以後，台灣的商務印書館在王雲五先生的重新主持下，將大陸時代的辭源合訂本在台灣重印發行，後來又經過修訂，這版本就是現有的『舊辭源』。舊辭源正文計有一千七百三十九頁，另有索引等附錄。

台灣商務印書館在序文中說：『敝館纂印辭源一書，匆匆逾五十餘年，其間經過續編之增補，於今亦閱三十有六年。而在此半個世紀中，世事變化之速而大，尤倍往昔，舉凡國家之興替，制度之變革，科學之進步，莫不日新又新；敝館用是採集新詞，重加釐訂，分欄插入原有合訂本中，俾符實況，而便檢覈。』

『新辭源』（修訂本，一至四冊合訂本）是北京商務印書館於一九八八年七月第一次出版的，正文計一九七〇頁，及附錄二八五頁。內容包括單字一二、八九〇個，複詞八四、一三四個，合計九七、〇二四條，總計一千一百二十九萬七千餘字。其內容總字數較舊辭源爲多。

新辭源與舊辭源內容最大的不同點是，刪去舊辭源中的不成詞或過於冷僻的詞目，其目的在於『將辭源修訂爲閱讀古籍用的工具書和古典文史研究工作者的參考書。』換句話說，舊辭源本來是一部小型『百科全書』，新辭源只是小型『兩科全書』。

辭源的『革命』工作開始於一九五八年，修訂本第一冊於一九六四年出版。一九七六年，商務印書館與四個小組共同參與修編工作，將第一冊與其餘尚未出版的三冊加以完成並相繼印行。然後，於一九八三年決定出版辭源修訂本合訂本，到一九八八年七月間，此合訂本首次發行，也就是今天在海外可以看到的『新辭源合訂本』。

新辭源『全書的審訂工作，由廣西、廣東、湖南、河南四省（區）辭源修訂組和商務印書館編輯部協作進行。』這四個小組共有九十七人之衆，加上商務印書館的十二人及三位領銜的編纂，總數達一一二人。十分令人不解的是，爲什麼由廣西等四省的人士參加新辭源的修編工作？難道說只有這四省有適當的人才嗎？這點疑問，從全書中找不到一個解說。

値得一提的是，新辭源是用中國傳統的字體即所謂『繁體』字印刷的，但在正文部份之後附印繁簡字對照表，這對海外與台灣等地的中文讀者來說，自然是一種便利。同時也證明北京政府一方面高喊禁止人民使用繁體字，另一方面承認或者默認中文『一字兩體』事實的存在。新辭源也附印『四角號碼檢字法』，但其發明人王雲五先生的大名卻不見了。

新辭源這部書與大陸上一般出版物的品質並無差別，紙張欠佳，裝訂更差，容易脫落，辭典是一種時時翻閱的工具書，經久耐用是要件之一，大陸的出版界應注意改善。

『這次修訂，以馬列主義、毛澤東思想的立場、觀點、方法爲指導方針。』這是新辭源的『出版說明』。字典也被政治化，可惜！可惜！

（星島周刊，一九九五年一月廿九日）

哀辭海

『辭源』與『辭海』在十年的『文化大革命』浩劫中，與一般知識分子一樣遭到一言難盡的苦難與折磨。在熬過這個中國大陸『黑暗時代』之後，商務印書館的『辭源』的學術靈魂沒有了，但還保住個軀殼，中華書局的『辭海』不但失去了學術靈魂，也失去了它的軀殼。兩者相較，辭源還算幸運一點，或者說，辭海的遭遇比辭源更淒慘，因爲它是『四人幫』指名要打倒的對象之一。因此，哀辭海或許不只是筆者一人的感觸而已！

『辭海』與『辭源』一樣，現在也有舊版與新版之分。中華書局於民國二十五年（一九三六年）出版『辭海』，最初分爲上下兩冊，而於三十六年（一九四七年）印行『辭海合訂本』，亦即今日的舊辭海。一九四九年以後，台北的中華書局將此合訂本加以修訂印行。一九九二年，香港的中華書局宣佈說：『辭海合訂本早在一九四七年出版，因尚有參考價值，故予重印發行』。這一文化出版措施很值得稱頌，大陸文化出版界也應該重視。

現今在海外看到的『新辭海』是一九八九年九月印行的第一版，出版者爲上海辭書出版社而非原來的中華書局。全書分爲三冊，五、七二七頁，總計一五、八八四、〇〇〇字。『新辭海』的誕生是不簡單的，它與『辭源』一樣，是經過『字典革命』後的產物，而且嚐過多次革命的滋味。

『上海辭書出版社辭海編輯委員會』在一九八九年九月說：『一九五七年秋，毛澤東同志倡議重新修訂舊版辭海，並把這項任務交給上海，由原主編人舒新城著手籌備。』於是，在一九五八年春天，成立中華書局辭海編輯所，一九五九年成立辭海編輯委員會，仍由舒新城擔任主編。舒新城於一九六〇年冬天去世，由陳望道繼任主編。在經過『同志們的通力協作』之後，於一九六二年初出版所謂『辭海試行本』，共有十六分冊之多。然後，經過進一步的修訂，到一九六五年四月間，又出版所謂『辭海未定稿版本』。『文化大革命』發生，辭海修訂工作完全陷於停頓。這可以稱爲『辭海第一次革命』。

『一九七一年，周恩來同志提出，把繼續修訂辭海的任務列入國家出版計劃。一九七二年，辭海修訂工作恢復進行，並且按照學科分類，分冊出版以應需要。然後，將各分冊再加以修訂並出版合訂本。『但是在修訂過程中，四人幫橫加干擾和破壞，妄圖使辭海爲他們篡黨奪權的陰謀服務。』辭海直接被拖入政治鬥爭的大染缸內。這可以稱爲『辭海第二次革命』。

『辭海第三次革命』可以說是一件學術文化事業被完全政治化。新辭海在一九七九年版的前言中說道：『一九七六年十月六日，黨中央粉碎四人幫篡黨奪權的陰謀，辭海得到了新生。過去所強加於辭海未定稿的一切誣蔑不實證詞，統統被推倒了』。至於，究竟那些『誣蔑不實之詞』的實際情形如何，在海外尚沒有資料可加以引證。

中共上海市委員會於一九七八年十二月間決定，恢復辭海編輯委員會的工作，因爲主編陳望道已於一九七七年逝世，主編職務由夏征農繼任，並設副主編十六名之多，及參加編輯工作的總人數達一千五百之衆。到一九七九年九月間辭海的修訂工作宣告完成，前後達二十年之久。同時，辭海編輯委員會決定將新辭海（分上中下三冊）交『上海辭書出版社負責出版，而不像『新辭源』仍由原出版者商務印書館印行那樣，由原出版者中華書局印行。

『新辭海』三卷版於一九七九年出版，接著於一九八〇年出版縮印本，於一九八三年出版『辭海增補本』，而且在這段期間出版『辭海二十分冊』（共有二十八本）。到了一九八四年，新辭海再開始更新的修訂，一九八六年開始出版更新的修訂本分冊，而最後於一九八九年出版最新版的『新辭海三卷本』，也就是今天在海外能夠看到的『新辭海』。

新辭海三冊內共有字一六、五三四個，詞目十二萬餘條，總字數一千六百萬，內容包括『成語、典故、人物、著作、歷史事件、古今地名、團體組織、以及各學科的名詞術語等。』

從內容上來說，『新辭海』較『新辭源』廣泛得多，前者總字數爲一千六百萬，而後者只有一千一百萬。『新辭海』係用簡體字印刷，字體較『新辭源』稍大，印製水準與『辭源』差不多。

由於新辭海是『所有參加的單位和同志們充分發揮革命熱情、埋頭苦幹』的成果，其內容的政治化不言而喻。例如『辛亥革命』與『淮海戰役』都是重大歷史事件，前者只有五百字，但後者的文字與圖片合計佔了一千五百字的篇幅。有些團體並無重要價值，只因政治理由而獲編入，例如，『華北電影隊』及『中國濟難會』等等。『辭海革命』可哀！可哀！

（星島周刊，一九九五年二月十九日）

從梁實秋英漢辭典說起

來自紐約的消息說，聯合國總部編譯室已經不再使用台灣出版的梁實秋先生主編的「遠東英漢大辭典」，而改用中國大陸出版的「英漢大辭典」。讀了這則簡短新聞報導之後，使筆者懷念曾參與這部英漢辭典編輯工作的友人們。

當中國大陸關閉的數十年間，台灣出版的書籍中，由梁實秋教授領銜主編的遠東英漢辭典（係一系列的辭典，內容有詳簡的不同），是銷路相當普遍的英語工具書。台灣的一般學生，文化教育機構幾乎都使用這部辭典。學生出國留學或其他出國人士的行李中大都包括有遠東英漢辭典。今天，在美國的許多自台灣來此的華人家庭中最常見的英漢字典就是梁氏的著作。

聯合國秘書處的英漢編譯人員使用遠東英漢大辭典已經有年。聯合國中、英文編譯部門最早的主持人賴璉教授來自台灣，其工作人員中來自台灣者也佔多數。但自北京代表進入聯合國後，中、英編譯人員逐漸改由大陸人士充任，筆者的幾位友人也已先後離開他們的工作崗位。現在，英漢辭典版本的改換亦屬自然的演變。

對遠東英漢大辭典編輯有貢獻的三位筆者的友好是總編輯朱良箴先生，及洪傳田與劉錫炳兩位先生。梁實秋先生在該辭典的序文中特別提到：「字典內容之校訂尤為重要，先後由劉錫炳、洪傳田、張先信三位先生逐字詳為校勘。」其中劉、洪兩位對梁氏主編的數部英漢辭典都有寶貴的貢獻，但他們兩人的遭遇卻是不幸的。

洪、劉兩位在中國對日本抗戰期間，曾在重慶參加「十萬青年十萬軍」的知識青年從軍運動，放下大學書本，走出教室，拿起槍桿，走上戰場。一九四九年，他們從大陸到了台灣，二度棄文就武，投入當時台灣軍事領袖孫立人將軍的新軍部隊裡，從最基本的幹部工作做起，希望成為文武雙全的棟材。他們的精神令人佩服。

軍中生活已經很辛苦，他們除了本身份內工作外，仍然不放鬆繼續求知上進的努力。在體力與心力的雙重支出情況下，劉君不久即患染嚴重的肺病，為了重大手術需要，洪君等曾為他捐血救命。後來，劉君即以健康問題提早自軍中退役。他們兩位先後從台灣南部到了台北，不久即開始追隨梁實秋先生參與英漢辭典的編纂工作。

五〇年代末期，友人突然傳出消息說，洪君與劉君都在夜間「失蹤」。當那個大陸時時叫喊「血洗台灣」與台灣處處「謹防匪諜」的時代，一般人對這類消息都是「不聞不問」，靜待下落。

洪君的遭遇更慘，發生意外時，他剛剛新婚「蜜月」未滿，就開始了新婚夫妻天天不相見的異常生活，而且持續了將近十年之久。朋友們對洪君的遭遇嘆息，對洪太太麗櫻的堅貞更是欽敬不已。

黑暗的日子終於挨過去了。一九七三年筆者離台北來舊金山的前夕，曾到台北重慶南路遠東圖書公司樓上向洪先生告別。他正在爲梁教授的英漢辭典繼續努力，因爲他只能爲私人機構服務工作。洪君與劉君雖然不是「共匪分子」，但罪名是容易找到的。後來聽說，因爲洪君曾在軍中評論過毛澤東的帝王思想詞作「沁園春」，而被誣以「爲匪宣傳」的罪名！

德州的友人秦君振安去年從台灣歸來時說，劉君已去世三年多，洪君仍然在私人機構做些文字工作，他們夫婦倆仍住在老地方，而「沁園春」則已成爲許多人誦讀的名著。時代變了，而且變得那麼大。但是，案頭的「遠東英漢大辭典」裡印著的友人姓名是永久不變的。

還有英漢大辭典的總編輯朱良箴先生，在台北期間我們曾經在兩個機構同時服務過。他的英文寫作才能高超，後來擔任台灣歷史最久的英文報紙「中國日報」總編輯多年，是台灣新聞界的一位傑出人才。在讀過來自聯合國的一段新聞後，使筆者懷念這三位對英漢辭典有貢獻的筆耕者。

（星島周刊，一九九三年）

舊作新版的「家」

大陸上的報紙登出九十高齡的大文豪巴金考慮寫遺囑的消息。很巧，這時筆者剛剛讀畢他的「舊作新版」的「家」、「春」和「秋」。

四十年代讀「家」與九十年代讀「家」，前後相隔半個世紀，從小讀到老筆者的基本印象依然未改。如果將「家」選個「副名」的話，應該是現代中國的「紅樓夢」，而曹雪芹的紅樓夢應該是近代中國的「家」。

以中國舊型大家庭爲背景的文學作品，不論是短篇的或長篇的，數十年來出版了許多許多。但是，獲得評價最高的顯然是巴金的「家」。這部小說今天還有人新排新印，當然是仍然有人要買，有人要讀的明證。

從一九四八年以後，筆者在台灣生活了一大段日子。大陸上的作品（三十年代以前出版的）沒有再讀的機會。不過，許多作家與讀者都很懷念那些作品。當筆者與台灣女作家林海音（含英）及數位文友經營「純文學」月刊期間，曾闢過專欄，簡介三十年代的重要著作。

七十年代來到舊金山後，又看到了巴金和他那個時代其他作家的作品。「家」有若干種版本，最後筆者選購了香港天地圖書公司出版的「家」以及「春」和「秋」。這版本是一九九一年發行的，是最新版本的「家」，也可能是最後版本的「家」。

巴金先生特別珍視天地版本的「家」，親自爲這套小說（三部）寫了文長達四千字的「爲舊作新版寫序」。「家」的內容是不需多談的，小說、話劇、電影、電視連續劇，都已經十分普遍，流行數十年之久。

如果有讀者想「初讀」或再讀「家」的話，筆者建議你選讀這個經巴金先生手訂的最新版本的「家」。而且最好仔細讀讀小說正文之前的：「爲舊作新版寫序」（一九八四年），「激流總序」（一九三一年），「關於激流」（一九八〇年），以及正文之後的「附錄一—呈獻給一個人（初版代序）」（一九三二年），「附錄二—關於家（十版代序）」（一九三七年）與「附錄三—和讀者談家」（一九五七年）。

在讀過這幾篇「附件」文字之後，讀者可以了解這位從二十七歲以「家」成名，堅守到九十歲還要寫作的大文豪的寫作與生活經歷，更可以獲得千萬讀者很想知道的問題的解答：小說中的家是不是作者自己的家？家中的人物是不是作者或與作者有關之人的化身？讀者對家的反響如何？

「家」的時代背景是廿年代前後的四川社會。到對日抗戰時代（三十年代與四十年代之間），凡是在四川居住過的人大都了解四川還是「家」的時代。四十年代後期，千萬曾在「天府之國」度過抗戰歲月的人，又隨著時代洪流到了「寶島」台灣。台灣剛剛從日本統治下重返祖國，而台灣社會，尤其是農村社會，也同樣是「家」的時代——家族的傳統，婚姻習俗等，與四川的情形十分相近。台灣民間那時流傳著一句意味深長的話：「好的台灣女人不嫁外省男人，好的外省男人不娶台灣女人！」過了二十年，台灣社會情勢才開始逐漸改變。

舊作新版的「家」除了爲讀者解答與這部小說有關的種種疑問之外，還告訴你當中國大陸「黑暗時代」（文革期間），「家」的著者的命運與遭遇。

巴金先生在幾篇「附件」文字中的話是充滿怒火的。

他說：「有人批評我『反封建不徹底』，有人斷定『家』早已『過時』。」

他說：「我給關進『牛棚』，押到工廠、農村、學校『游鬥』。」

他說，他有創作計劃，「但是一則過不了知識分子的改造關，二則應付不了一個接一個的各式各樣的任務，三則不能不膽戰心驚地參加沒完沒了的運動，我哪裡有較多的時間從事寫作。」他說：「十載『文革』期間，有人批判『激流』毒害青年，說我的小說是殺人不見血的軟刀子。多麼大的罪名！」

巴金先生又說：「今天我仍然要說我喜歡這個三部曲的主題：青春是無限地美麗，未來永遠屬於年輕人，青年是人類的希望，也是我們祖國的希望。」「其他，我不想講下去了。」

（星島日報副刊，一九九二年八月）

雪

隆冬季節，最宜談雪。大自然景象之一的雪，含著多種意義，它象徵純潔，象徵美，西方新娘穿著雪白的嫁衣，代表純潔的愛情，中國人穿著雪白的孝服，代表對父母純眞的孝心。

中外畫家的許多雪景作品，給人的感觸並非是冷酷，而是清新。詩人文士詠雪、記雪的作品，使讀者不僅愛雪，更使人嚮往雪。

生來沒有見過雪的台灣遊客，抵金門灣區後儘快搭發財車到太浩湖看看雪的眞面目，但是去阿拉斯加工作的人們，渴盼早日回加州，因爲那裡除了雪以外，有錢沒處花。

當然，風雪夜歸人，冰天雪地，茫茫一片，也是窮人、旅客最害怕的遭遇。還有，那麼纖弱的雪花，有時候它的威力卻大過千軍萬馬、坦克大砲，使戰場改觀，英雄落淚，史家浩嘆！法國的拿破崙已經留下了俄羅斯荒野雪地慘敗的血的教訓，一百三十年後的德國希特勒，仍然在史達林格勒走上了雪的覆轍。一九四八年冬天，中國國共兩軍徐州大會戰期間，若非天降大雪，今天的中國歷史定然要改寫，而舊金山、加州、美國各地也不會有這麼多的華人移民！

我們的祖宗對雪的看法如何？他們如何的賞雪、詠雪、談雪、描寫雪、憂慮雪……。如果你在搭車到太浩湖賞雪、滑雪，站於雪堆邊以前，或者坐在大酒店高樓憑窗賞雪之際，細讀與雪有關的種種文學作品的話，必然情趣倍增，會不禁說道：「雪，我愛你！」

潔白晶瑩的美，是雪被普遍選作命名的主要理由，不論中外古今都一樣，山名、水名、廳堂名、著作品名……常常冠以雪字。

距舊金山兩百英里的群峰懷抱中有個美麗的太浩湖，最早居住在湖畔的印第安人，將它命名爲「雪湖」——「太浩」是印第安語的發音。西班牙殖民人士看到了銀蛇般的插天高山，便將它命名爲「雪山」——「賽拉內華達」是西班牙語的發音。紐約州有雪嶺，內華達州有雪水湖，維幾尼亞州有雪山，馬里蘭州也有雪山，猶他州有雪村與雪平原，亞利桑那州有雪湖，華盛頓州有雪峰，俄亥俄州有雪路……。

中國的喜馬拉雅山位於中國與印度的邊界上，在印度佛經中，將它稱爲「雪山」或「大雪山」。新疆省的天山也稱雪山，甘肅省的祈連山又名雪山，四川省的雪山亦稱岷山，湖南省有個雪峰山，浙江省有座雪竇山。台灣省東北部有個小山亦喚作雪峰山。

南宋詩人王銍將其詩文集稱爲「雪溪集」，全集共八卷，但現在只留存五卷，其作品風格大致近溫庭筠與李商隱。元代作家郭翼的著作名爲「雪履齋筆記」，並將其書房命名爲

「雪履齋」。清代作家楊鍾羲著有「雪橋詩話」，其中對滿族詩人與他們的作品頗多論述，是其特點。

宋代大文豪蘇軾（東坡）在湖北黃州期間建造一所「雪堂」，並且親自在堂前種植一棵梅花，據傳說他的梅花樹一直到明朝嘉靖年間才枯死。蘇東坡還有一個「雪浪齋」，並著有「雪浪齋銘引」。蘇東坡的「雪泥鴻爪」是我們常引用的一句成語，他這詩篇的原文為：「人生到處知何似，應似飛鴻踏雪泥，泥上偶然留指爪，鴻飛那復計東西。」

中國歷代文豪、詩人以雪為題的作品不但很多，而且很美，雖然有些詩文使今天的讀者閱讀時會感到有點吃力，但他們的高雅、優美、感人的文學品質是客觀存在的。

曹雪芹通過他筆下的天才美人群對雪的讚頌尤其不平凡，請讀：「一夜北風緊」（鳳姐），「開門雪尚飄。入泥憐潔白」（李紈），「匝地惜瓊瑤，有意榮枯草」（香菱），「無心飾萎苗」（探春）……「光奪窗前鏡」（寶琴），「香黏壁上椒，斜風仍故故」（黛玉），「清夢轉聊聊，何處梅花笛？」（寶玉），「誰家碧玉簫？……」（寶釵）。

羅貫中描述劉備到隆中親訪諸葛亮，兩趟不遇，惆悵空返，第二次適逢風緊雪大，他寫道：「一夜北風寒，萬里彤雲厚。長空雪亂飄，改盡江山舊」。又寫道：「一天風雪訪賢良，不遇空回意感傷，凍合溪橋山石滑，寒侵鞍馬路途長。當頭片片梨花落，撲面紛紛柳絮狂，回首停鞭遙望處，爛銀堆滿臥龍岡。」

「雪花的快樂」是詩人徐志摩的一首新詩，其中說：「假如我是一朵雪花，翩翩的在半空裡瀟洒，我一定認清我的方向，飛颺，飛颺，飛颺，這地面上有我的方向。……等著她來花園裡探望，飛颺，飛颺，飛颺。啊，她身上有硃砂梅的清香，那時我憑藉我的身輕，盈盈的，沾住了她的衣襟，貼近她柔波似的心胸，消溶，消溶，消溶，溶入了她柔波似的心胸！」

（爲節省篇幅，未依新詩格式抄錄）

明末文人張岱是位富有民族意識的愛國者，清兵南下，自杭州進入山中隱居，致力著述，有「西湖夢錄」及「夜航船」等書。他的「湖心亭看雪」雖然只有短短的兩百字，但將大雪後的西湖風光描寫得比一幅圖畫更美。他寫道：「大雪三日，湖中人鳥聲俱絕，是日更定矣。余拏一小舟，擁毳衣爐火，獨往湖心亭看雪，霧凇沆碭，天與雲與山與水，上下一片白，湖上影子，惟長堤一痕，湖心亭一點，與余舟一芥，舟中人兩三粒而已。到亭上，有二人舖氈對坐，一童子燒酒爐正沸。見余，大喜，曰：湖中焉得更有此人，拉余同飲，余強飲三大白而別，問其姓氏，是金陵人客此。及下船，舟子喃喃曰：「莫說相公痴，更有痴似相公者！」

中國史上兩個文學最燦爛的時代唐朝與宋朝，以雪爲題的作品尤其多，這些作品內容大致可劃分爲兩類，一類是描寫與讚頌雪景的美，另一類是由雪聯想到天寒地凍，同情貧窮人們的困難境遇，杜甫的「對雪」，白居易的「夜雪」，韓愈的「春雪」，柳宗元的「江雪」，劉長卿的「雪」，李商隱的「雪」，張孜的「雪」……。宋代兩大民族詩人陸游與范成大，明代的楊基，清代的張實居與王湘綺等也都有詠雪之作。毛潤之的「沁園春・詠雪」（見三○三頁），可稱得上是最現代的一篇與雪有關的作品。

唐代的三位大文豪白居易、韓愈，與柳宗元的作品，可作爲雪詩中的代表，特將其全文照錄於後供欣賞。

白居易的「夜雪」：「已訝衾枕冷，復見窗戶明，夜深知雪重，時聞折竹聲。」

韓愈的「春雪」：「新年都未有芳華，二月初驚見草芽，白雪卻嫌春色晚，故穿庭樹作飛花。」

柳宗元的「江雪」：「千山鳥飛絕，萬徑人蹤滅，孤舟蓑笠翁，獨釣寒江雪。」

（星島日報副刊，一九九三年二月）

中秋與詩人

你還記得一九六九年七月二十一日全世界報紙上都刊登的一則大新聞嗎？

『人已經在月球上登陸並且散步。阿波羅（太陽神）十一號太空船上的兩位美國人，於美國東部夏令時間二十日下午四時十七分四十秒，安全與順利的將其四腳月球小艇歷史性的降於月球上。大約六個半小時後，太空人阿姆斯壯啓開艇門，緩步下梯踏上月球地面之際宣佈說：『這是人的一小步，而是人類的一大步。』

如果你到華府太空博物館參觀時，必然會看到玻璃櫥內陳放著幾片看來很普通的雜色碎岩石。可是，那並非賽拉內華達山上的碎石，也不是洛磯山上的碎石，而是太空人從『嫦娥』故鄉帶回地球的第一塊月球岩石。

或許是因爲我們中國人太頑固吧？或許是因爲我們自己未曾親自乘太空船到月球一遊？在人類登陸月球，發回現場電視，並且帶回證物之後二十多年，我們還在對孩子們談『嫦娥奔月』、『唐明皇遊月宮』，年年陰曆八月十五日中秋賞月、拜月、吃月餅。無論如何，我們過中秋節的傳統將會持續下去。

中秋來臨，讓我們重溫一下：『但願人長久，千里共嬋娟。』以及『百年看月幾回盈，那得中秋度度明？』

我國歷代文人學者以中秋月為主題的詩文作品很多，而且詞藻優美，寓意深長。他們稱頌月、讚美月、欣賞月、對月述懷、對月許願、對月暗嘆、對月幻想……。

宋代大文豪蘇軾（東坡）以中秋為題的名詞『水調歌頭』，是傳誦最廣的文學作品。他的這闋詞作於宋神宗熙寧九年（公元一〇七六年）的八月十五日。他因為與王安石的政見不合，離開京都開封，先到杭州任職『通判』（官名），後來又到山東密州（今山東諸城縣）任知州。『水調歌頭』是他在密州作的。當時蘇東坡與其弟蘇轍（子由）已經闊別五年，因此他在詞前附註道：『丙辰中秋，歡飲達旦，大醉，作此篇，兼懷子由。』

讀過『水調歌頭』的人很多，引用其中名句的人更多。但是筆者仍願將其全文照錄一遍：『明月幾時有？把酒問青天。不知天上宮闕，今夕是何年。我欲乘風歸去，又恐瓊樓玉宇，高處不勝寒。起舞弄清影，何似在人間！轉朱閣，低綺戶，照無眠。不應有恨，何事長向別時圓？人有悲歡離合，月有陰晴圓缺，此事古難全。但願人長久，千里共嬋娟。』

蘇東坡於一〇七三年中秋節在杭州觀看著名的錢塘江潮時，留下五首七言絕句，並於一〇七七年在徐州與其弟蘇轍共度中秋時寫下中秋月三首。『中秋月』中的名句是：『此生此夜不長好，明月明年何處看？』他在『看潮』中寫道：『江邊身世兩悠悠，久與滄波共白頭。造物亦知人易老，故教江水向西流。』東坡的弟弟蘇轍亦有『中秋夜』等詩作。

宋代詩人晏殊與王安石都是江西臨川名士。晏殊的『中秋月』說：『一輪霜影轉庭梧，此夕羈人獨向隅。未必素娥無悵恨，玉蟾清冷桂花孤。』

唐代詩人與文學家留給後人的與中秋或月有關的作品，不但特別的多，也格外的美。李白、杜甫、李商隱、韓愈、王建、李嶠、曹松等的詩文集中常見以月或中秋爲題的作品。杜甫的『月』、『月夜』與『月夜憶舍弟』等篇尤其爲人喜愛。末一首的全文是：『戍鼓斷人行，秋邊一雁聲。露從今夜白，月是故鄉明。有弟皆分散，無家問死生。寄書長不達，況乃未休兵。』

李商隱以極優美的詞藻寫一首『嫦娥』：『雲母屛風燭影深，長河漸落曉星沉。嫦娥應悔偷靈藥，碧海青天夜夜心。』

曹松是唐代一位苦學成名的文人，七十餘歲才中進士。他在『中秋對月』中道：『無云世界秋三五，共看蟾盤上海涯。直到天頭天盡處，不曾私照一人家。』他的其他詩篇中最常爲人引用的一句是：『一將功成萬骨枯！』

王建在賞月時寫的『十五夜望月寄杜郎中』詩：『中庭地白樹棲鴉，冷露無聲濕桂花。今夜月明人盡望，不知秋思落誰家？』

大文學家韓愈在唐順宗永貞元年（公元八〇五年）中秋節作的『八月十五日夜贈張功曹』

詩中，對遭受的政治打擊憤憤不平，十分感慨的說：『一年明月今宵多，人生由命非由他，有酒不飲奈明何！』

宋代詩人蘇舜欽的『中秋夜吳江亭上對月』，寫的是太湖中秋月色，其開首八句是：『獨坐對月心悠悠，故人不見使我愁。古今共傳惜今夕，況在松江亭上頭。可憐節物會人意，十日陰雨此夜收。不惟人間重此月，天亦有意於中秋。』清代『隨園老人』袁枚的『中秋看月』：『百年看月幾回盈，那得中秋度度明？縱使清光常滿滿，若無聲地也平平。』

令人最難忘的偉大作品自然是詩仙李白留下的『把酒問月』：『今人不見古時月，今月曾經照古人。古人今人若流水，共看明月皆如此。惟願當歌對酒時，月光長照金樽裡。』

（星島周刊，一九九三年九月廿六日）

愛情悲劇作品

爲什麼失敗的愛情最感動人，獲得同情、讚頌與懷念？

如果你對這裡提到的小說、詩詞與電影加以默想或回憶的話，大概會有同樣的反響與結論。

「天長地久有時盡，此恨綿綿無絕期！」一千多年來，白居易的這兩句名詩成爲中國人最常引用的愛情形容詞，似乎只有蘇東坡的「但願人長久，千里共嬋娟。」能與之媲美。白樂天寫的是唐玄宗李隆基與楊玉環的悲劇故事：「長恨歌」。

「試看春殘花漸落，便是紅顏老死時。一朝春盡紅顏老，花落人亡兩不知！」林黛玉與賈寶玉間的戀情，是曹雪芹心目中最可惜的愛情悲劇：「紅樓夢」。

宋代「最開放的」女作家朱淑眞描寫偕情人元宵觀燈的情詩「元夜」，是其「斷腸詩詞集」中最突出的一首，其中說：「新歡入手愁忙裡，舊事驚心憶夢中。但願暫成人繾綣，不妨常任月朦朧。賞燈那得工夫醉，未必明年此會同。」

英國女文學家艾美麗・布朗蒂，將一名孤兒—用今天的說法應該是「無家可歸兒童」—與富豪的千金小姐之間的故事，寫成一部西洋文學中讀者極多的愛情悲劇小說：「咆哮山莊」（電影片名為：魂歸離恨天。）這部羅曼蒂克小說，是布朗蒂「一家三姊妹作家」的中享譽最高的作品。

俄國大文豪利奧・托爾斯泰，在其「安娜卡列尼娜」（電影片名為：春殘夢斷。）中，將女主人翁安娜失去丈夫又失去情人的雙重感情悲劇，寫成與其「戰爭與和平」齊名的兩大世界文學鉅鑄之一。

一位七十五歲的老詩人，在春天到當年常遊的「沈園」散心，睹景思人，懷念其已經逝世四十年之久的愛人與前妻，寫下了千古傳誦的情詩：「夢斷香消四十年，沈園柳老不吹綿，此身行作稽山土，猶弔遺蹤一泫然！」宋代愛國詩人陸游（放翁）的這首「沈園」詩，與他三十五歲那年在沈園偶遇前妻唐婉後所寫的名詞「釵頭鳳」，構成一個最淒楚、悲慘，也最感人的愛情故事。

在以上列舉的這些關於失敗的愛情作品中（自然還有許多類似的著作），筆者希望對陸游多作一些指出。

自陸游去世後迄今的將近八百年期間，不論是傳記、小說、評論、傳說及電影等，無不以陸游與唐婉間的似海深情為歌頌與懷念的對象。但是，一般卻忽略了一點：陸游被母親逼迫與唐婉離婚之後，與王夫人結婚（有關她的資料在此不易查得），王夫人爲他持家教子。但是，在陸游的心中一生卻只有唐婉。今天我們誦讀的陸游作品中，只看到唐婉，而找不出一個有關王夫人的字句。王夫人是個感情的受害者，我們很應該爲她惋惜、抱不平。

還有一位感情的受害者是陸游的文友趙士程。唐婉雖然是他的妻子，但她的心中一生卻只有陸游，爲陸游而死！數世紀來，多少文人墨客都未想到爲王夫人與趙士程說幾句公道話！即使有的話，也極少受人注意！

爲什麼失敗的愛情令人最難忘？

（星島日報副刊，一九九三年三月）

一字兩體「字騷擾」

在美國讀報紙，幾乎天天看到「性騷擾」。

中文讀者則時時感到「字騷擾」。字騷擾的罪魁應該是「一字兩體」，這好像台灣海峽兩岸的「一國兩制」的政治騷擾。

性騷擾使年輕美貌的女子們最傷腦筋。

中文一字兩體的「字騷擾」使年輕好學的中文讀者最傷腦筋，而不論是中國大陸、台灣或海外的年輕讀者。

從台灣到大陸的人——尤其是年輕人，對年「齡」與命「令」的不分感到頭痛，他們必需隨身帶一份繁簡字對照表供使用。

從大陸來美國研讀的學生，看到「人民日報」海外版用繁體字排印（自去年開始已改用簡體字）也感到莫名其妙，這或許符合大陸的順口溜：「共產主義像月亮，初一十五不一樣。」

或許只有香港的中文讀者們不會感到一字兩體的字騷擾，因爲數十年來，香港的中文出版品一直在實施「一字兩體」制度，中文的「繁體」與「簡體」和平共存，各有地盤與群衆！

就以大陸上的文字現狀來說，雖然有關當局命令將簡體字定爲「合法的」寫法，但實際上是默認「一字兩體」的存在。最有力的證物是，兩部大陸出版的最重要的辭典：一九八八年七月北京商務印書館出版的「辭源」，及一九八八年九月上海辭書出版社出版的「辭海」（係依據中華書局「辭海」改編的）。「辭源」是用繁體字排印，而「辭海」是用簡體字排印。「辭源」與「辭海」的發行者都是共黨經營的新華書店，應該都是合法的出版品。

追究中文「一字兩體」字騷擾形成的主要因素，顯然是一種「政治目的」。

北京國務院於一九五六年一月通過決定：「簡化字應該在全國印刷物和書寫的文件上一律通用，除翻印古籍和其他有特殊原因的以外，原來的繁體字應該在印刷上停止使用。」這可以說是「一字兩體」制度的正式降生。

在台灣方面，大陸上的一切人、事、物等一律加上一個「匪」字，都在禁止之列，簡體字與橫式書寫與排印當然包括在內。實際上，台灣印刷設備中最主要的部份鉛字都是傳統下來的繁體字，要改爲簡體字勢必花費鉅大的代價。

在開首時曾提到，字騷擾問題使年輕的中文讀者最感頭痛，因爲像筆者這麼年紀的人，字體繁簡雖有些差別，但基本上是可能認識的，因爲我們求學時代，「一字兩體」制度的事實已經存在，沒有合法的繁，也沒有非法的簡，繁簡共存，人人有寫字體的自由，那時代不論書寫或印刷，直行也好，橫行也好，都聽任自由選擇，沒有任何騷擾。

當我們讀中小學時代，許多字都慣用簡體寫法，例如：國、華、歡、體、學、聽、縣、門、漢……這些字的簡體寫法，也就是現行的「合法」的簡體寫法。（本文中所提及的各字的簡體從略。）

如果，你將北京公佈的簡體字表或出版品加以仔細審讀的話，便發現有很大的比例，都是在簡體字「合法化」以前已經普遍使用的。

需要指出的是，合法簡體字中，有些簡化過度，例如：廣、廠、業、導、衛、習……。但有許多字筆畫很複雜，應該簡化而並未簡化，例如：鼎、麟、窿、贛、簸、藏、蠢、虢、鬻……。

從中文讀者立場來說，簡繁字體的法令約束應予取銷，使中國文字仍然繼續其數千年來的自由演變的道路，「字騷擾」問題自然就消失了。

（星島日報副刊，一九九三年五月）

帝王年號也是國粹

今年是一九九五年，就從年字談起。一九九五是耶穌基督紀元紀年制度，也稱西曆紀元制度，現在通稱公元制度。一九九五年在中國人中間有數種不同的說法，中國大陸稱爲一九九五年，台灣稱爲中華民國八十四年，天干地支紀年制度稱爲乙亥年（豬年），舊金山華裔社區依據黃帝紀元制度稱爲四六九三年。

中國歷史上有一個特別名詞：「年號」。年號是歷代帝王在位當政期間紀錄年次的名詞。歷史中常見的年號如建安、貞觀、開元、天寶及靖康等等。

中國歷史上並且有不少含有天干地支紀年方式的重大事件名詞如：「甲申之變」（清兵入關，明朝崇禎皇帝自殺），「甲午戰爭」（第一次中國與日本間的戰爭），「戊戌政變」（清朝光緒皇帝新政事件），及「辛亥革命」（孫中山先生領導的推翻滿清，建立中華民國的革命運動）等等。

中國人讀自己歷史對這麼多的紀年名詞已感到記憶不易，外國人研究中國歷史遇到這些名詞當然感到頭痛。幸好，此種中國獨有的年號制度，在中山先生創建中華民國後已不再使用而只用民國紀元。中華人民共和國建立後已採用公元紀年制度。但是，袁世凱的「中華帝國」還用了八十三天的「洪憲」年號。日本軍隊侵佔中國東北數省後扶植傀儡「滿洲帝國」，並命令清朝末代帝王溥儀（宣統）做皇帝，使用年號「康德」。中國已經沒有了年號制度，但日本人卻還保持著這點中國國粹，叫什麼明治、大正、昭和……。

帝王年號數約八百

中國史上有多少個帝王年號？恐怕難有正確的數字，因為我們有所謂「正統」的傳統觀念。可是，與正統帝王同時存在的還有許多「非正統」的帝王，正統帝王有年號，非正統帝王也有年號。最明顯的例子是東漢末年中國分裂為三個國家三個政府的時代。由於「三國志」著者陳壽將魏國視為正統的結果，他將魏國帝王稱為「帝」，而將蜀國（實際上並沒有蜀國，因為劉備與諸葛亮的成都政府始終自稱為漢朝政府）及吳國的帝王稱為「主」。今天，中國的政治情勢也一樣，北京的中華人民共和國政府與台北的中華民國政府，都以正統政府自居而拒絕承認對方的地位。

中國大分裂的階段南北朝時代，帝王多，年號也多，大皇帝有大皇帝的年號，小皇帝有小皇帝的年號，一一開列出來是個長串，記憶十分困難。大略數數，中國五千年史上的帝王年號約有八百個之多！

年號制度始於劉徹

翻開中國歷史看，首創年號制度的是西漢武帝劉徹。劉徹於公元前一四〇年開始使用年號「建元」，在他以前並沒有正式的年號制度。最後一位使用年號制度的是清朝末代帝王溥儀，其年號爲宣統（公元一九〇九年到一九一一年），也可以說最後一個帝王年號是袁世凱的「洪憲」。

年號是歷代高級知識分子的智慧產品之一，選定年號是件大事。每一位新皇帝登基執政，元老重臣們必集思廣益，費盡心血，從字彙中選取最偉大、最神聖、最吉祥、最崇高、最榮耀與最長遠的字眼擬具若干個年號，由皇帝本人或皇室要人最後決定一個年號。開始使用一個新年號稱爲「建元」。

武曌使用年號最多

帝王年號中有的一個使用數十年之久，有的一年半載就更改。年號改變的理由通常是新君即位，或因國家發生重大事件變故，甚至爲了迷信而啓用新年號以期「避凶趨吉」。

歷代帝王中哪一位的年號最多？答案是中國史上唯一的女性皇帝武曌（則天）。武則天共當政二十年（公元六八四年到七〇四年），共有十七個年號。她在開始掌大權的六年期間，是以「則天后」名義執政，使用四個年號，依時間次序是：光宅、垂拱、永昌、載初。到公元六九〇年，她將國號唐改爲周，自稱則天帝，使用了十三個年號：天授、如意、長壽、延載、證聖、天冊萬歲、萬歲登封、萬歲通天、神功、聖歷、久視、大足與長安。她的年號合計十七個之多。武則天不僅是年號史上數字居第一的帝王，而且她的年號用字足以證明她是個極其專制、霸道、驕傲、狂妄的野心家。

武則天的年號數字多過她丈夫唐高宗李治的年號數字。李治共有十四個年號，居年號數字第二高位。年號制度創始者漢武帝共有年號十一個，居第三高位。帝王年號數目自元朝開始逐漸減少，演變爲一位帝王於其在位期間只用一個年號。明朝共有廿一位皇帝，各有一個年號。清朝共有十二位皇帝，除了太宗皇太極有兩個年號外，其餘十一位各有一個年號，最後一個年號是溥儀的宣統。

年號最長多達六字

歷代帝王年號幾乎都只含有兩個字，現有的史料中，使用三個字年號的帝王僅有三位：新朝王莽的「始建國」，南朝梁武帝蕭衍的「中大通」與「中大同」。四個字的年號有十數個，例如，西漢哀帝劉欣的「太初元將」，東漢光武帝劉秀的「建武中元」，周則天帝武曌的「天冊萬歲」與「萬歲登封」，北宋眞宗趙恆的「大中祥符」及北宋徽宗趙佶的「建中靖國」等。年號最長的達六個字，而且見於史籍中的僅有西夏景宗李元昊的「天授禮法延祚」，與西夏惠宗李秉常的「天賜禮盛國慶」。不過，在歷史上尚未發現五個字的帝王年號。

歷代帝王年號中最常見的字眼是元、太、天、和、永等字。首創年號制度的漢武帝劉徹的十一個年號是例證，他的年號是：建元、元光、元朔、元狩、元鼎、元封、太初、天漢、太始、徵和、后元。

含有元字的年號尚有，元鳳、元平、元康、元延、元壽、元始、元和、元興、元嘉、元熙、元璽、元徽、元象、元豐、元祐、元符……。

含有太字的年號如：太初、太始、太和、太元、太平、太康、太熙、太安、太寧、太上、太興、太清……。

含有天字的年號如：天漢、天鳳、天冊、天璽、天紀、天監、天嘉、天康、天興、天賜、天安、天和……。

含有和字的年號如：綏和、元和、永和、建和、光和、太和、威和、義和、景和、延和、興和、天和……。

含有永字的年號如：永光、永始、永元、永寧、永和、永興、永壽、永康、永漢、永安、永平、永嘉……。

（星島日報副刊，一九九三年六月）

文壇珍聞：「戰爭與和平」的譯者

「戰爭與和平」最新的中譯版本已經在上海出版發行。本文談的是與這部世界文學鉅著中文譯者有關的文壇軼事，而且是件很珍貴的軼事。但是自「戰爭與和平」中文本問世以來的五十餘年間，還未看到有人提到過—至少在海外的報章雜誌上未報導過。

假日在華埠書店翻閱「新書」，突然發現書架上出現了「戰爭與和平」。因爲多年來已經買不到這部托爾斯泰的代表作品，筆者立即決定購一部新版本。但是，書架上只有第二與第三冊，而獨缺第一冊。找不到第一冊，只好詢問書店管理人員，這時他們才發現的確少了第一冊，「或許有人拿去了吧？」不論原因如何，筆者記憶中的一件文壇軼事現在到了說出來的適當時機。

「戰爭與和平」最新版本封面印著「高植譯」，而並非最初版本上印著的「郭沫若、高地合譯」字樣。本文所談的正是高植先生，他的筆名爲「高地」。他是筆者大學時代的英國文學教授，在中國對日抗戰期間，曾譯述過多部蘇聯文學作品。

「戰爭與和平」中譯本最初印行於四十年代初期，因爲著者托爾斯泰是全球聞名的文學泰斗，而譯者郭沫若亦爲當時中國的文壇鉅子，自然十分受人重視，銷路隨著兩個「大名」上升。但是，卻很少人注意到「高地」，也很少人曉得「高地」。

一九四九年以後的數十年間，「戰爭與和平」在大陸上的遭遇如何，海外缺乏資料參考。不過，在台灣仍然有「戰爭與和平」出售。但是，台灣版的「戰爭與和平」是沒有譯者姓名的譯本，既沒有「郭沫若」，也沒有「高地」。這是台灣出版業者的一種「自欺欺人」的作法，爲了避免招來麻煩。那個時代，台灣翻印的大陸出版品大都走這條路。

今天，上海譯文出版社發行的最新版本的「戰爭與和平」的第二冊與第三冊，不但沒有郭沫若的大名，也沒有「高地」兩字，而印著「高植」爲譯者。這是三種版本譯者姓名的變化，一般讀者或許不會注意這一點。

在對日抗戰後期的某天，高植老師於上課休息之際，給我們學生講個「故事」，是有關「戰爭與和平」中文譯者的故事，也就是他自己的故事。

高植先生那時年紀不過三十左右，照台灣今天的流行說法應屬青年才俊之林。他講英文課時很穩練而仔細，與另一位當時的重慶文壇紅人陳銓教授的名士派作風大不相同。

高先生以平和的語氣徐徐說到：「你們看過戰爭與和平吧？你們知道那個與郭沫若先生合譯的人是誰？——是我。」

「高地原來是高老師。」

「當然我是沾了郭先生的光。」

高先生繼續的說：「郭先生在日本留學期間，依據日文譯本的『戰爭與和平』，譯出了第一部（第一冊）。後來他因種種理由沒有繼續完成這部名著的中文翻譯工作，很可惜。我在成都（對日抗戰八年期間，成都、昆明與桂林爲文化中心，重慶爲政治中心）服務期間，花了數年時間，將『戰爭與和平』的其餘部份完全譯出來，但是並沒有立即出版的機會。」

「後來，我給郭先生寫信，並將部份中文譯稿附上，請他看看，是否有出版的可能，自然是希望借重他的大名。」

郭沫若先生當然是同意了高植先生的建議。於是，俄國大文豪托爾斯泰的世界名著「戰爭與和平」的中文譯本，在中國「創造社」文學家郭沫若領銜之下出版問世。這就是「郭沫若、高地」合譯「戰爭與和平」故事的由來。可是，那時「戰爭與和平」的讀者幾乎都是爲了「郭沫若」三字閱讀這部小說，「高地」兩字只是個陌生人！

在高植教授講完這個故事之後，還很謙虛的囑咐說：「希望這件小事現在不必說，等到將來有一天再說。」時間一晃已經五十年。

最新版「戰爭與和平」第二、三兩冊印出譯者高植先生的本名，不曉得此項改變是否是高先生的決定？也不曉得其第一冊是否亦只印出譯者郭沫若一人的姓名？今天，在海外一時無法獲得查証。但是，高植老師一定記得當年他對學生們講述的這則文壇珍聞。

（星島日報副刊，一九九四年八月）

托爾斯泰的愛與恨

不論何時，談到俄國大文豪托爾斯泰，人們就想到他的名句：『幸福的家庭都是一樣的，不幸的家庭各有各的不幸。』正如同談到唐代大文學家白居易，人們就想到他的名句：『天長地久有時盡，此恨綿綿無絕期。』

當我們在細讀一部名著小說時，很容易想到書中的人物是不是眞有其人？他們是不是作者或其周圍人士的影子或化身？《紅樓夢》中的賈寶玉及林黛玉與曹雪芹有沒有關係？《飄》即《亂世佳人》中的史嘉萊和白瑞德與瑪格麗特・密契爾有沒有關係？《安娜卡列尼娜》（亦譯名《安娜哀史》或《春殘夢斷》）中的安娜和伏倫斯基與托爾斯泰有沒有關係？

中國有一群文人稱爲『紅學派』，以專門研究《紅樓夢》與其著者曹雪芹爲宗旨。歐美也有一群文人以專門研究托爾斯泰與其作品爲宗旨，更有『托爾斯泰主義』之稱，足證托爾斯泰不只是對文學有深遠影響的人物，而且是對社會與思想有廣泛影響的人物。托爾斯泰的

『人道主義』與『不抵抗主義』對印度的甘地有影響，甚至亦影響到美國的黑人民權運動領袖馬丁路德・金恩——這是一位美國作家的看法。

新聞記者出身的美國老作家威廉姆・希瑞爾，在其剛剛出版的傳記文學著作：《愛與恨》中，對上述的一個疑問提出了正面的解答：《安娜卡列尼娜》小說中的女主人翁與男主人翁正是托爾斯泰的妻子蓀雅與托爾斯泰自己的影子。這就是說，托爾斯泰有個『不幸的家庭』。《愛與恨》書名的副題寫著：『托爾斯泰與蓀雅的暴風雨婚姻。』

托爾斯泰與其《戰爭與和平》、《安娜卡列尼娜》及《復活》等全部四十五冊的著作，是全世界所共知共曉的，他一生的不平凡經歷是世界文學家史中很重要的一章。但他和許多其他不平凡的人物一樣，也爲後人留下一些待解的謎，其中包括他的婚姻生活與最後的人生結局。中國早期的一段托爾斯泰簡介中說，他「年八十二，忽夜逃，發病死途中驛站。」這短短的十四個字描繪的就是一幅淒涼、悲慘、動人的人生圖畫。

托爾斯泰與其他不少俄國作家的作品，在一九三〇年代前後的一段期間，是中國左翼文人最熱心介紹的著述。他的作品不論長篇、短篇，幾乎都有中文譯本出版：《戰爭與和平》、《安娜卡列尼娜》、《復活》、《童年》、《少年》、《青年》、《懺悔錄》、《一個地主的早晨》、《哥薩克》、《哈吉穆拉特》、《盧塞恩》、《教育的果實》以及根據他參加克里米亞戰爭經驗寫成的《塞瓦斯托波爾故事》等等。

對於影射托爾斯泰夫婦生活的長篇小說《安娜卡列尼娜》一書，左翼文人批評說：『貴族婦女安娜因爲丈夫大官僚卡列寧冷酷庸俗，自私自利，乃愛上軍官伏倫斯基，遭到卡列寧和貴族社會的迫害，終於自殺的悲劇。小說同時還描寫貴族地主列文，想在宗法制社會基礎上改善地主和農民的關係，結果幻想破滅的故事。通過他們的生活遭遇，反映出農奴制改革後資本主義發展時期俄國社會的矛盾，對貴族資產階級社會的政治、法律和道德作了深刻的批評。』

托爾斯泰在十五年期間創作出兩部不朽之作：《戰爭與和平》及《安娜卡列尼娜》。這兩部巨著都經好萊塢製片家改編攝製成電影，一部是歷史名片，一部是文藝名片。

托爾斯泰以六年心血（一八六三—一八六九）完成《戰爭與和平》之後，不久又以四年功夫（一八七三—一八七七）寫成《安娜卡列尼娜》（電影名爲『春殘夢斷』）。《安娜卡列尼娜》的故事正是影射托爾斯泰與其妻子蓀雅之間婚姻關係中的愛與恨。

一般的文學評論家認爲，托爾斯泰婚姻最初的大約十五年期間是比較平靜、愉快的，也是其文學天才發揮的尖峰階段。他的代表作品《戰爭與和平》及《安娜卡列尼娜》都是在這段期間完成的。他妻子蓀雅很欣賞丈夫的創作天才，曾經辛辛苦苦的爲丈夫清抄字跡不易辨認的大堆手稿。

托爾斯泰（全姓名爲：利奧·尼古拉維奇·托爾斯泰，生於一八二八年，逝世於一九一〇年）在世上度過八十二年，其中六十年久的歲月都致力於寫作，他的『創作齡』是世界其他大作家無法相比的。

托爾斯泰在三十四歲那年（一八六二年）與較他年輕十六歲的蓀雅・安楚耶維娜結婚，在經過四十八年久的暴風雨婚姻生活後，他在一九一〇年十月二十八日酷寒的冬夜裡，棄妻子、拋兒女，離家出走，而於十一月七日以肺炎症逝世。他以不平凡的死結束了他不平凡的一生。托爾斯泰以八十二歲高齡的老人於寒夜出走與病死在荒野一個小火車站的事跡的確是一部不平凡的『作品』。

『愛與恨』全書近四百頁，是希瑞爾根據托爾斯泰與其妻子蓀雅兩人的日記、親友們往來的信件，以及他們的子女們的記述等寫成的，新書中所引用的許多極珍貴的原始資料與選取的照片等，都是我們過去沒有機會看到的。尤其是他們兩人的日記，不但是本書的精華，也許是他們的暴風雨婚姻的成因。因此，研究托爾斯泰生平的人士不可不讀這部名人傳記。

從『愛與恨』所引用的托爾斯泰與蓀雅的日記原文中，讀者可以看出這位出身於俄國貴族的大文豪的創作及婚姻與家庭生活情況，也可以看出一個滿懷愛的綺夢的富家千金少女的憧憬，對現實生活的失望，芳心的孤寂、悲觀，以致於精神的逐漸失常，而終於導致婚姻與家庭的不幸結局。托爾斯泰長年累月的創作、創作、創作，對於妻子與家庭的照顧自然有了折扣，而自己也認爲享受的家庭溫暖嫌少，夫妻兩人都覺得對方的愛心不夠，漸漸形成愛的危機，而演變成最後的悲劇。他們的日記裡更顯出不同的性生活立場及女性的妒忌心，這對兩人的婚姻應該有根本上的不利影響。

他們兩人寫日記的恆心是很值得稱讚的行爲。托爾斯泰留下的日記涵蓋六十三年久的日子。蓀雅的日記自一八六二年十月八日即兩人結婚兩星期後開始寫，持續到一九一〇年十一月九日托爾斯泰葬禮舉行後擱筆，長達四十八年之久。

托爾斯泰在日記中說：『永遠沒有人了解我。』

蓀雅在日記中說：『他從來不費心思來了解我，一點都不了解我。』

這兩句話，常人夫妻也會說出來，但從托爾斯泰夫婦口裡講出來的份量就不同了。更出人意料之外的是，結婚才兩星期，蓀雅在一八六二年十月八日的日記中寫道：『自那天以來，我就有了實在可怕的感觸，因爲他對我說，他不相信我的愛。……他好折磨我，看我哭泣。……我想這種關係是多麼的粗俗。我開始也不相信他的愛。當他吻我時，我總是在想：我不是他愛的第一個女人。』

托爾斯泰對新婚的感想與其新娘子恰相似，他在九月底的日記中說：『今天有一幕。我悲哀的是，我倆的行爲與其他人完全一樣。我對她說，她傷害了我對她的感情，我哭泣……。』

蓀雅在十一月底的日記裡寫道：『他不耐煩、發怒。讓他……。和他生活在一起很可怕。我的丈夫今天不是我的，他不講話……。他對我是個陌生人。』

從這些日記中的話看來，托爾斯泰的婚姻是在山雨欲來的情況下開始的。諸如此類女怨男尤的話在兩人日記中佔重要的部份。他們兩人的日記彼此公開，你責我讁，而他們的婚姻能曲曲折折的維持五十年長久的歲月，的確很不平凡！

一九一〇年十月廿八日深夜也就是凌晨三點鐘，托爾斯泰決定離家出走，叫醒其女兒與私人醫師作一些準備，特別小心的深怕驚醒他的妻子蓀雅。清晨六點鐘，他乘馬車到雅斯納亞波萊納火車站，開始其生命最後十天的人世旅程。托爾斯泰給妻子蓀雅留下一紙告別書：『我的離去將使您痛苦。我感到抱歉。但是，您了解與相信，我沒二途可尋。……離開這世俗的生活，爲了在和平與孤寂中度過我一生最後的日子。請諒解，即使您曉得我在何處也不要找我。我感激您與我在一起的四十八年之久的高尚的生活。』字裡行間洋溢著他對妻子的濃愛。

蓀雅在十月廿九日寫道：『洛佛吉克，我親愛的，回家來吧！拯救我第二次自殺。我將做您所希望的一切一切。……您必需救我，您曉得福音書中說，丈夫絕不能因爲任何理由遺棄其妻子。您在哪裡？在哪裡？不要折磨我，洛佛吉克。我願以整個的身體與心靈親愛的侍候您。……再見！或許永遠再見！』字裡行間也洋溢著她對丈夫的深情。

一九一〇年十一月七日清晨六時零五分，托爾斯泰因肺炎症在小鎮阿斯塔波佛的簡陋火車站裡逝世，享年八十二歲。他的妻子蓀雅於一九一九年十一月六日在兩人的雅斯納亞波萊納的故居內去世，享年七十五歲。這對不平凡的夫妻留下一章暴風雨的愛情與婚姻。

『愛與恨』是美國作家希瑞爾的第十五部著作，也是其最後一部著作。他的兩部代表作品是『柏林日記』與『第三帝國興亡史』。他在『愛與恨』的後記中寫道：『這是我最後的一部書。第一本書『柏林日記』於一九四一年六月問世，迄今已半世紀以上。在這五十二年期間共有十四部書出版。這對一位作家說是個悠長的期間。我是幸運的。一九九四年初我將滿九十歲。退休的時機到了。』他的後記寫於一九九三年六月間，過了不久他便在麻州利諾克斯去世，而沒有機會慶祝其九十歲壽辰，也沒有機會看到其最後一部著作『愛與恨』的問世。

（星島周刊，一九九四年十月九日）

從「飄」續集說起

九月下旬，美國文壇與世界文壇上吹起了一陣「飄」風，因爲這部被譽爲美國的「戰爭與和平」的密契爾鉅著的續集出版發行。

「飄續集」的英文書名爲「郝思嘉」（SCARLETT），其結局或許很適合中國人的傳統戲劇觀點：有情人終成眷屬——男主人翁白瑞德與女主人翁郝思嘉終於團圓。

筆者個人看法是，不論全世界的書評家與讀者對「續飄」的反響與評價如何，很多人會買一本看看。同時，由於這部續集的問世，「飄」原著或者說「初集」，「飄」改拍爲電影的「亂世佳人」，「亂世佳人」錄影帶，以及以「亂世佳人」影片鏡頭爲圖案的「飄」紀念郵票，都會有新的暢銷潮出現。

「續飄」出版使人憶起中國許多名著的續集如：「續紅樓夢」，「後紅樓夢」，「續水滸傳」，「續西遊記」……。

一部著作能有續集出版，顯然表示原著或者初集是很有價值與可讀性的。可是，中國的許多名著的續集中，似乎沒有一部能比得上其初集。事實上，一部著作的續集所以能夠吸引人的第一個理由就是，讀者對「初集」留下的疑問期望獲得一個答案。換句話說，任何「續集」都沾了「初集」的光。

中國人讀過「飄」的一定很多，筆者是其中之一。那是在抗戰期間的大學時代，並且讀過由「飄」改編的劇本「亂世佳人」。我們讀的都是傅東華先生的中譯本。「飄」這個書名，及「郝思嘉」、「白瑞德」等譯名都是傅先生的傑作。至於密契爾的英文本，中國人讀過的料想不會太多。

在中外讀者群中，「飄」的影響的形成，由於看電影「亂世佳人」的結果大於讀「飄」原著。而「亂」片的主角克拉克蓋博與費雯麗兩人對讀者與觀衆留下的印象尤其深長。

好萊塢的米高梅（MGM）電影公司很久以前就想利用最新的電影技術與設備，將「亂世佳人」（攝製於一九三九年）重拍一次，但是由於找不到適當的演員而作罷。現在，由於芮普萊女士的「續飄」出版，電影「亂世佳人」續集一定會出現的。

據報載，上海一家出版社已將「飄」初集重新加以翻譯，並且與「續飄」的中譯本合併爲「上下集」出版，而且台灣的「續飄」中譯本也已發行。但是，這些譯本在海外尚沒有機會看到。

（星島日報副刊，一九九一年十月十一日）

西洋文學名著重返大陸

星島日報最近刊登一篇特別報導說，中國大陸的讀者現在愛讀西洋文學作品，及出版業者大量發行歐美作家的名著的中文譯本。這消息使筆者格外高興，特祝賀大陸上的讀者有了讀書的自由，也祝賀書局業者有了出版的自由。

閱讀西洋文學著作的自由在大陸上顯然曾經中斷了半世紀之久。但是，在五十年前或者說我們求學的時代，這種自由是十分平常的事，甚至可以說它平常得大家不覺得是一種自由。

今天，大陸上的一切事物幾乎都在「復舊」——將過去的舊東西看作新東西，歐美作家以前的作品現在變成「最新的作品」。實際上，這篇報導中所提到的那些西洋文學佳作，絕大多數的中文譯本早在三十年代與四十年代時已經相當的普遍，只不過後來都告「失蹤了」。這些歐美著作的英文本在國外十分普遍，而中文譯本並不多，許多來自大陸的或來自台灣的年輕人讀者自然沒有機會閱讀。由於這篇報導使人想起一個老問題：中國人讀者應該閱讀哪些西洋名著？

據紐約哈普爾——柯林斯出版公司一九八九年出版的「世界文學名著評介」的編者的標準，書中共有二百七十部古典文學作品，荷馬、莎士比亞、海明威、史坦貝克、賽珍珠、奧尼爾……的作品都包羅在內。值得特別一提的是，其中的中國人作品只有曹雪芹的「紅樓夢」。從中國人讀者觀點來說，並不需要將這兩百七十部著作一一讀過，專門研究西洋文學的人士自然例外。

上海一家書局已經出版的與計劃出版的歐美文學名著大約在一百種以上，其中包括瑪格麗特・密契爾的「亂世佳人」（飄）與亞歷山曲拉・芮普萊的「亂世佳人續集」（大陸版譯名爲：斯佳麗），托爾斯泰的「戰爭與和平」與「戰爭與和平續集」，夏綠蒂・布朗特的「簡愛」與「簡愛續集」，珍妮・奧斯汀的「傲慢與偏見」與「傲慢與偏見續集」，以及卡特・威金的「蝴蝶夢」與「蝴蝶夢續集」等。

在這百餘部西洋文學著作中，美國文人的作品佔主要部份，其中包括大文豪海明威一生的全部著作共計三十三部，福克納的著作七部，雷馬克的著作五部，亞瑟・海利的著作五部，以及英國大作家毛姆的著作七部等等。

海明威的全部作品雖然有三十三部之多，但通常一般讀者所熟知的約有十部，其中包括他獲得一九五四年諾貝爾文學獎的名著：「老人與海」。這十部作品依照出版時間順序是：「太陽又升起」（電影片譯名爲：妾似朝陽又照君）（一九二六年），「再會吧武器」（電影片譯名爲：戰地春夢）（一九二九年），「死於下午」（一九三二），「吉利瑪哈洛山之雪」（電影片譯名爲：雪山盟）（一九三四年），「非洲青山」（一九三五年），「有與無」（一九三七年），「第五縱隊」（一九三八年），「戰地鐘聲」（電影片譯名相同）（一九四〇年），「渡河入森林」（一九五〇年），以及「老人與海」（電影片譯名相同）（一九五二年）。

「老人與海」先獲得一九五三年的美國普利茲文學獎，接著獲得一九五四年的諾貝爾文學獎。海明威獲得諾貝爾文學獎的理由是，「最近在『老人與海』中所證明的，他的敘事藝術的無與倫比。」他生於一八九九年，逝世於一九六一年。他於一九四〇年與第二位夫人瑪莎·吉爾漢結婚後，曾結伴到中國旅行，然後到古巴居住。

美國文學泰斗威廉姆·福克納於一九四九年獲得諾貝爾文學獎，較海明威早五年，但福克納於一九五五年獲得普利茲文學獎，較海明威晚兩年。（其間一九五四年並未頒發普利茲文學獎）。福克納獲得諾貝爾文學獎的理由爲：「他對美國現代小說的有力的與風雅的無比的貢獻。」他的宗教諷寓小說「一個寓言」獲得普利茲文學獎。

福克納的代表作「喧譁與騷亂」（一九二九年），「八月之光」（一九三二年），「押沙龍，押沙龍」（一九三八年），「小村」（一九四〇年），「城市」（一九五七年），「大廈」（一九五九年），以及獲獎的「一個寓言」（一九五四年）等名著的中文譯本都將在大陸出版，其中的「喧譁與騷亂」等小說早已被好萊塢的製片家改編拍攝成電影。

福克納的曾祖父威廉姆是位作家，他在一八八〇年出版的小說「蒙菲斯的白玫瑰」是當時的一部暢銷作品。當福克納讀小學三年級時，老師詢問小福克納未來的志願，他的答覆是：「我要做一個像曾祖父那樣的作家。」他的抱負圓滿的實現。福克納生於一八九七年，於一九六二年逝世。

「西線無戰事」是一部著名的戰爭電影，係依據出生於德國後來移民美國的小說家艾芮克·雷馬克的名著改編攝製的。他的另一部名著「凱旋門」也是一部著名電影的原著小說。雷馬克的其他重要作品例如：「愛的時代與死的時代」（一九五四年），「天堂無偏愛」（一九六一年）及「里斯本之夜」（一九六四年）。「西線無戰事」出版於一九二八年，「凱旋門」出版於一九四六年。雷馬克在一八九八年出生於德國，於一九七〇年在美國逝世。（附註：歐美著作的中文譯名並不統一）。

（星島周刊，一九九五年五月十四日）

節日雜譚

過節談節

節日是受大家歡迎的日子，因為它給人們帶來快樂、享受、滿足，尤其是孩子們與年輕人。家長們似乎一年到頭在為節日而努力，每辛勤一段日子，準備過一個節日，希望全家同樂。在過節之際，讓我們來談談節日。

金山的華人顯然特別幸運，因為他們一年中的節日比其他地方的中國人的節日要多些：中國的節日，美國的節日，其他許許多多族裔的節日，如果仔細注意報紙上的節日消息的話，幾乎每週都有若干個節日，只不過其重要性大小不同而已。就中國節日來說，新年、春節、元宵節、清明節、端午節、七夕節、中秋節、重陽節、臘八節、祭灶節、雙十節、華僑節……都有其特殊的意義。

一般所說的節日是廣泛意義的節日，其中包括大自然運行的節氣，政府法令規定的節日，民間習俗傳統的節日，以及隨著時代增加的新節日如所謂「同性戀人自由日」等等。

國家有節日，民族有節日，州縣城市有節日，種種宗教有節日，各行各業有節日，宗親家族有節日，還有個人的節日。據說，墨西哥有個小城齊吉美柯，一年共有四百二十二個節日，高居全世界節日數目的首位。

不論中外節日，都有若干共同的性質，每個節日各有它的來源，歷史文化的背景，而且不少節日還有其美麗、動人、富有意義的故事或傳說。

中國人談節氣最常引用的依據是宋代學者王應麟的百科全書鉅著「玉海」中的記載，其中說：「五日爲一候，三候爲一氣，故一歲有二十四氣，在月首者爲節氣，在月中者爲中氣。」有關節氣最古老的記載是周禮春官大史「正歲以序事疏」：「一年之內有二十四氣，節氣在前，中氣在後。」這廿四節氣就是我們日曆或月曆上印著的節日：

春季：立春，雨水，驚蟄，春分，清明，穀雨。夏季：立夏，小滿，芒種，夏至，小暑，大暑。秋季：立秋，處暑，白露，秋分，寒露，霜降。冬季：立冬，小雪，大雪，冬至，小寒，大寒。

美國一年的節日約有二十多個，其中有國定假日與非國定假日兩大類。一年中各月份內的重要節日如次：

一月：新年，金恩生日。二月：林肯誕辰，情人節，華盛頓誕辰。三月：聖巴楚克節。四月：愚人節，復活節。五月：母親節，軍人節，國殤節。六月：國旗節，父親節。七月：國慶節。八月：（無節日）。九月：勞工節，印第安人節。十月：哥倫布節，萬聖節。十一月：退伍軍人節，感恩節。十二月：聖誕節。

美國的天主教界與猶太教界，另有他們自己的若干宗教節日，奉行這些節日的自然限於它們的信徒們。

世界各國皆有自己的節日，每個節日都有各種慶祝活動，與我們過節無異，以下是其他國家的一些重要節日：

一月：英國第十二夜節，英國聖阿格尼節，印度國慶節，澳大利亞國慶節。

二月：瑞士漢斯楚節，日本撒豆節，墨西哥憲政節，多明尼加獨立節。

三月：韓國獨立運動節，國際婦女節，愛爾蘭聖巴楚克節，義大利聖約瑟菲節，阿拉伯同盟節，希臘獨立節，英國婦女節，印尼回教新年。

四月：西班牙勝利節，韓國佛誕節，日本佛誕節，泛美節，委內瑞拉獨立節，西班牙伊莎白拉皇后節，英格蘭聖喬治節，日本天皇誕辰節，荷蘭女皇節。

五月：勞動節，日本兒童節，韓國兒童節，荷蘭自由節，第二次世界大戰歐洲勝利節，南非共和節。

六月：丹麥憲政節，瑞典國旗節，印尼穆罕默德誕辰節，菲律賓獨立節，英國女皇誕辰節，德國統一節，阿根廷國旗節，芬蘭仲夏節，英國仲夏節。

七月：法國國慶節，西班牙國慶節，哥倫比亞獨立節，比利時國慶節，波蘭自由節，秘魯獨立節。

八月：瑞士國慶節，新加坡國慶節，泰國皇后節，巴基斯坦獨立節，印度獨立節，印尼獨立節。

九月：巴西獨立節，西班牙酒節，哥斯達黎加獨立節，日本老人節，黑西哥獨立節，智利獨立節。

十月：印度甘地誕辰節，葡萄牙國慶節，西班牙哥倫布節，奧地利國慶節。

十一月：天主教國家萬聖節，蘇聯革命節（蘇聯已不存在），第一次世界大戰停戰節，摩納哥國慶節，菲律賓英雄節。

十二月：芬蘭獨立節，泰國憲政節，基督教國家聖誕節，尼泊爾國慶節，世界各國的除夕。

（星島周刊，一九九四年一月二日）

聖誕節爭議

「聖誕節爭議」乍聽起來令人費解，若說宗教爭議就不同了。而聖誕節是個宗教節日，宗教節日有爭議就容易爲人們所理解。

歐洲的宗教爭議事件不需多說，就以美國的宗教活動史來說，聖誕節不只引起過爭議，而且聖誕節在新大陸早期曾經被宣佈爲非法，遭到禁止。禁止過聖誕節的是美國的文化古都與革命起義紀念地波士頓。

美國的幾位開國元勛的確是很偉大的，值得欽敬與稱頌。甚至「快樂聖誕」也是他們的豐功偉績之一。「聖誕節」在美國獨立戰爭中也受到影響，因爲這個宗教大節日與失敗的方面—英國國教徒軍隊及保守派—有關係。

美國獨立宣言的起草人與第三任總統湯瑪斯·傑佛遜，爲了平息這個宗教節日的爭議，勸促宗教信徒們將教會與政治劃分開來，使聖誕節成爲一個全民自由慶祝的大節日：快樂聖誕。

至於聖誕節遭查禁的事件是在一七七六年美國獨立運動之前。一六五九年，波士頓當局頒佈命令，禁止一般人於每年十二月廿五日慶祝耶穌基督的生辰。禁令中規定，如果某人被抓到非法過聖誕節的話，要被罰款五仙令（因爲在殖民地時代以英國貨幣制度爲準。）

在禁令期間，過聖誕節列爲非法活動，違反的人要被捉進官衙罰款，當然變成「不快樂的聖誕」。

波士頓不准過聖誕節的禁令曾實施二十二年之久，到一六八一年宣佈解除。當時，正式禁令雖然被當局撤銷，但是少數所謂「頑固」分子仍然堅持每年十二月廿五日不過聖誕節的運動，他們的領袖是清教徒「公理會」專家與牧師印克利斯·麥齊爾。他並且認爲，耶穌基督的生日並不是十二月廿五日，而很可能是九月的某日，但他並沒有確定爲九月的那一天。

今天西方世界的傳統文化—包括風俗節日等—幾乎都與基督教的一切教義與故事有關。但是，研究聖經與宗教史的人士，從聖經及其他古籍中找不到一個耶穌基督降生的日子。

依據現有的最早的文字記載，公元三三六年十二月廿五日，羅馬的義大利人舉行耶穌生日慶祝，史家就將這一天稱爲「聖誕節」。

歐洲西正教（羅馬正教）的各國以每年十二月廿五日爲聖誕節，而東正教（希臘正教）的國家則以每年一月六日爲聖誕節，直到公元第四世紀末期，十二月廿五日才成爲各教派共同遵奉的聖誕節，而只有亞美尼亞教會仍以一月六日爲聖誕節。

美國的文化之根在英國，聖誕節自然包括在內。

但是，美國「感恩節」的創始者清教徒，則希望以感恩節作爲新大陸每年最隆重的節日，因此引起各教派之間的分歧與對立，導致聖誕節爭議。

年年過聖誕，不知耶穌降生究竟在那天？

無論如何，聖誕節爭議已被送入歷史博物館。今天，你不必擔心被警探捉去罰錢五仙，而與家人共度快樂的聖誕。

（星島周刊，一九九二年十二月）

聖誕節的故事：第一個「平安夜」

聖誕節來臨，家家戶戶都在準備度佳節，忙碌、興奮、送舊迎新，抱著某種希望，和中國人準備慶祝春節的心情完全一樣。嗜好文字生涯的人也忙，但忙的不是到超級市場買聖誕樹，購聖誕紅，而是進圖書館翻閱書籍，查看資料，希望多發現一些與聖誕節有關的知識與有關的事蹟。

一九九四年聖誕節，特別在這裡記下兩個富有意義的聖誕節故事，獻給準備過快樂聖誕的人們。一個故事與聖誕節的慶祝有關，另一個是發生在聖誕節的歷史性重大事件，與美國的獨立戰爭及革命運動的成敗攸關。先說平安夜的故事，再談華盛頓雪夜奇襲春頓城。

請聽：「平安夜，聖善夜，萬暗中，光華射。照著童貞母照著聖嬰，多少慈祥也多少天眞。靜享天賜安眠，靜享天賜安眠。」這夜半歌聲爲人們帶來無限的平安、寧靜與神聖之感。我們不禁要問：「這高雅的歌詞，這美妙的旋律，究竟是哪位天才者的傑作呢？」解答就在這裡。

「平安夜」的歌詞與歌曲的作者是兩位音樂之邦奧地利國人，原文是用德文寫的，一八三〇年代先在歐洲各地流行，後來歌聲飛渡大西洋到了新大陸，大約在一八三九與一八四零年間傳到了紐約。最初，「平安夜」是由雷尼爾家族民歌合唱團在各地作旅行演唱。一八六三年，佛羅里達州的英國聖公會的牧師約翰·楊格，將德文歌詞譯爲英文，即今天大家熟習的：「Silent Night, Holy Night, All is Calm, All is Bright……」。「平安夜」在美國已經唱詠一百卅年之久，但它的起源上溯到一八一八年奧地利一個小鎮的聖誕節。

一八一八年冬天，在奧地利與德國邊界薩爾斯堡附近的小鎮奧伯倫多福的居民，正逢到一個銀色的聖誕，他們正在聖尼古拉斯教堂內爲聖誕夜的彌撒而忙碌。但在這時候，二十六歲的助理神甫約瑟夫·莫爾突然發現，教堂內的那架古老的風琴卻於此一年最重要的時刻生了病，不論他如何的用腳踏，一點樂聲也沒有。這時已近傍晚，而且是個大節日，找人修理是絕對來不及了。莫爾雖然失望、焦急，但也正在想個補救之道，而十分不願過個沒有聖樂聲的聖誕夜。

莫爾不只會彈風琴，而且從小就喜愛彈吉他。於是，他進入書房內，要從他的吉他上想解決之道。他曉得一般的聖歌與聖詩並不適於吉他音樂，而必須創作一支新歌曲。莫爾想起最近曾爲一位教友的新生嬰兒母子祈福，慈母抱著愛兒在冬日陽光裡的情景。想著，想著，想到兩千年前的一幅圖畫，他的靈感湧來，筆在白紙上躍進，好像有某種無形的原動力在主宰著他的心靈，引導著他的筆鋒，紙上出現了：「平安夜，聖善夜，……耶穌我主降生。」

眞是一氣呵成，朗誦起來，增添一句嫌多，刪除一句嫌少。

歌詞有了，還不能演奏。莫爾想到一位很有作曲造詣的友人佛朗茲・葛魯比爾（當時三十一歲），在附近的小村阿斯多福做教師，並準備在教會內擔任風琴師與教師。聖誕夕夜幕來臨，莫爾匆匆趕到葛魯比爾的家裡，將其急務說明，希望他能作一支適合吉他演奏的歌曲，以供當夜的聖誕彌撒之需。

葛魯比爾爲莫爾的歌詞的美麗與高雅所感動，立即坐在鋼琴邊開始爲「平安夜」譜曲。莫爾趕返教堂繼續準備一切。在歌譜告成之後，葛魯比爾急忙的親自送交與莫爾。他們兩人利用很有限的時間，將「平安夜」的歌詞歌曲作一次預習。

聖誕夕子夜到臨，教堂內早已坐滿了教友們，靜靜的期待著聽到傳統的聖誕夜讚美詩的聖歌聲。神甫莫爾步到教堂的中殿，並召呼葛魯比爾站在他的身邊。莫爾奏起吉他並唱男高音，葛魯比爾唱男低音，唱詩班和唱著歌中的疊句，柔和圓潤的聲音好像阿爾卑斯山的泉水。接著莫爾神甫主持聖誕夜彌撒儀式，全體教友跪著禱告，完成一次與往年不同的聖誕夜慶祝典禮，在聖誕節史上添了新的一頁：「平安夜，聖善夜。」

可是，「平安夜」的歌聲中間經過了數年的寂靜，到一八二四與一八二五年間才遍傳到歐洲大陸各地，又過了十多年始傳到了新大陸。今天，凡是過聖誕節的地方都會聽到與唱詠「平安夜」。當你在聖誕夜諦聽與欣賞平克勞斯貝或普利斯萊演唱「平安夜」之際，請想到一百八十年前莫爾與葛魯比爾的「平安夜」故事。

（星島周刊，一九九四年十二月廿五日）

聖誕節的故事：華盛頓雪夜襲春城

美國宣佈建國後的第一個聖誕節，是個典型的銀色聖誕。但是，華盛頓將軍領導下的革命軍將士們卻不能圍爐賞雪，過個快樂的聖誕，因爲他們要爲千千萬萬人爭取獨立自由，爭取眞正快樂的聖誕。

一七七六年是美國革命軍十分艱苦的一年。那年下半年的戰局對革命軍很不利，華盛頓將軍的部隊雖然英勇奮戰，但在英王軍隊的強大壓力下，被迫節節敗退。

九月間，華盛頓將軍在紐約保衛戰中受挫，率領殘餘的部隊一邊戰鬥一邊撤退，於十月廿三日完全撤離曼哈頓。十一月十八日，華盛頓將軍決定放棄紐約地區，率軍渡過哈德遜河，向西進入新澤西州境內。他的部隊於十二月一日抵達特拉華河岸地區，爲了避免英軍的壓力，革命軍於十二月十一日渡過特拉華河，進入賓夕法尼亞州境內整頓。此際，革命軍的首都費城已經感到英軍的威脅，只好將國會匆匆遷移到馬里蘭州的巴爾的摩。時局極爲險惡，華盛頓將軍感到他的責任更加沉重，必須艱苦奮鬥，全力來扭轉局勢。他有此種決心，他的數千名革命同志也抱著與他們總司令共存亡的決心。

另一方面，英王的所謂精銳部隊，在華盛頓將軍的革命軍撤到特拉華河西岸之後，立即進駐於春頓城（新澤西州首府）。英軍中包括英國士兵與僱來的德國赫斯人僱傭兵。英軍司令與其部隊一方面準備慶祝聖誕節，同時等待特拉華河水結冰之後，即可輕易的渡過大河，到達彼岸攻擊華盛頓的革命軍。英軍自認爲他們必能一戰擊潰華盛頓的數千名殘軍，也就是消滅了反抗英王的叛軍，消滅了美國的革命運動。

華盛頓將軍自然深知「天時」與軍事行動有莫大的關係。他考慮到敵軍企圖利用隆冬的條件，他自己不只是計劃要利用冰天雪地的大自然條件，更要利用「驕兵必敗」原則與敵人在過聖誕節戒備鬆懈的大好機會。他曉得德國赫斯人一向嗜好大吃大喝，逢到佳節此種習性必較平日更加放蕩。

一七七六年聖誕節是個美國東部標準的銀色聖誕天氣。春頓城內的英國守軍正在過他們的快樂聖誕，卻未料到他們只能快樂一半。他們在大吃大喝、歌舞玩樂之後開始睡大覺。

準備廝殺的革命軍，在華盛頓將軍的指揮下，於聖誕節下午開始整隊向特拉華河岸集結。眞是個風在吼，馬在叫，河水在咆哮，革命軍將士熱血沸騰的時刻，也是個萬分艱苦的時刻。裝備很差的革命軍中，有部份士兵赤腳行軍，凍破的腳的鮮紅血印留在深深的雪地裡。

整個聖誕節的夜裡，雪在飄，風在號。華盛頓將軍的部隊划著平底木船一波一波的將士兵與加農砲等載渡到特拉華河的對岸。大風雪夜進軍，天氣實在太酷寒，數名戰士不幸凍死在途中。

聖誕節次晨三點鐘，華盛頓將軍的兩千四百名部隊中的最後一批士兵抵達特拉華河彼岸。十二月廿六日清晨八點鐘，華盛頓將軍指揮兩千餘革命軍以分進合擊的攻勢衝入春頓城內。革命軍的戰鼓聲驚醒了睡夢中的英軍士兵，倉皇的爬起來應戰，但是太晚了。赫斯人企圖逃命也來不及，只好棄械投降。春頓城英軍司令朱漢·瑞爾上校在受傷後向華盛頓將軍投降。

華盛頓夜襲春頓之役的戰鬥自清晨八時開火，到九時三十分勝利的結束。革命軍沒有損失一卒一兵，但是俘虜了英軍將近一千名，並且獲得千餘支槍械，六門大砲，四十匹戰馬，以及四十大桶的美酒。這就是美國獨立戰爭史上極著名的「春頓之戰」，也是世界軍事史上最成功的奇襲戰役之一。「春頓之戰」的故事很類似中國唐代名將李愬「雪夜襲蔡州」生擒叛將吳元濟的故事。

華盛頓將軍的一位侍從有詳述春頓之戰經過情形的日記，其中十二月廿六日的日記內寫道：「十二月廿六日：清晨三時，部隊全部載渡完畢，船隻返回載渡大砲。我從未看到華盛頓將軍像現在這麼的堅毅。他站在河岸上，穿著大衣，指揮部隊登岸。他沉著，泰然自若，但是萬分的果決。」繼春頓大捷之後，華盛頓乘勝反攻，於一七七七年元月三日收復名城普林斯頓，又攻克哈根薩克及伊麗莎白等要鎮，終於將局勢扭轉過來，並準備新階段的戰鬥。

數年前筆者夫妻到東部旅行，觀光巴士經過春頓城附近的特拉華河大橋駛往費城途中，導遊介紹說這裡就是華盛頓在兩百多年前苦戰獲勝的紀念地。當時因行程匆匆，沒有機會憑弔古戰場紀念公園，但卻牢記著華盛頓聖誕節夜襲春頓城的故事。

（星島周刊，一九九四年十二月廿五日）

快樂的聖誕・悲哀的聖誕

「祝您聖誕快樂！」是人人很高興聽到的祝頌辭。但是，歷史上也有「不快樂的聖誕」。美國的華人社會中，有許多來自香港的居民，他們親身經歷過或聽說過一個最不快樂的聖誕節：一九四一年在日本偷襲珍珠港後三星期，日本的陸海空軍經過慘酷的攻擊之後，於那年聖誕節佔領了香港，使香港的數百萬居民開始忍受連續四個不快樂的聖誕節。當一九九三年聖誕節來臨之際，讓我們展開歷史看看快樂的聖誕、不快樂的聖誕，及許多發生在聖誕節（包括十二月廿四日聖誕夜與廿五日）的事件。歷史上首次記載說，羅馬在十二月廿五日舉行慶祝聖誕節。公元三五〇年羅馬天主教皇朱利阿斯宣佈十二月廿五日爲耶穌基督生日。不過關於耶穌的生日一直沒有定論，聖經中未提到耶穌的生辰。羅馬正教（西正教）人士在十二月廿五日慶祝聖誕，而希臘正教（東正教）人士則於一月六日慶祝聖誕，自公元四世紀末以來，普遍以十二月廿五日爲聖誕節。但是，亞美尼亞教會至今仍然以一月六日爲聖誕節。

一○六六年聖誕節：在法國諾曼第人征服英格蘭之後，英王威廉大帝舉行盛大的加冕典禮。諾曼第人文化對英國的影響至今猶存。威廉大帝亦稱威廉一世，是英國史上的秦皇、漢武。他在倫敦泰晤士河畔興建一座英國的「紫禁城」，即今日到英京遊覽必往參觀的名勝故宮「塔宮」。

一二二三年聖誕節：義大利的聖法蘭士在格利西舉行第一次聖誕節慶祝，正式創建天主教的聖法蘭士教派（即聖方濟會）。聖方濟會的神父首先隨西班牙殖民探險隊到達加利福尼亞，至今仍然有很大的勢力。

一七七六年聖誕節：華盛頓將軍指揮下的革命軍，於聖誕節夜裡悄悄乘船渡過新澤西州的特拉華河，奇襲春頓城（新澤西州首府）的英國守軍。革命軍在冰天雪地的情況下，奮戰一個多小時，英軍司令朱漢・瑞爾投降，士兵百餘人死亡，另九百餘人投降。華盛頓將軍的兩千四百名部隊中只有六人傷亡。革命軍乘英軍官兵在聖誕節大吃大喝後昏睡之中發動奇襲，獲得大捷，也給英軍一次報復，因爲在聖誕節前兩週，華盛頓將軍的革命軍在英軍總司令柯恩威爾勳爵的十二個團大軍壓迫之下，不得不退守特拉華河彼岸待機反攻。藝術家艾瑪諾・劉茲有一幅名油畫：「華盛頓強渡特拉華河」，不但顯示這位革命領袖的大英雄氣概，而且可看出美國「花木蘭」協助划船猛進的情況。

一七八三年聖誕節：經過七年的奮戰之後，美利堅合衆國獨立戰爭勝利結束，革命運動領袖與革命軍總司令華盛頓將軍「解甲歸田」，於十二月廿四日乘船渡過波多馬克河，在冬日的陽光裡，返到他的故鄉維農山的老家，與家人及僕人等共度快樂的聖誕節。是年九月三日，英、美雙方在巴黎簽訂條約，英國承認美國獨立，革命戰爭正式結束。十一月二日，華盛頓將軍在新澤西岩石山發表告別將士演說，次日革命軍正式宣佈解散。十一月廿五日，華盛頓將軍進入紐約市，最後一批英軍搭船撤退。十二月廿三日，華盛頓將軍抵達馬里蘭州首府安那波里斯，向國會辭去「大陸軍」總司令職位，完成他對建立新國家的貢獻，爲美國也爲全世界創下一個眞正偉大領袖的楷模。

一八一四年聖誕夜：美國與英國雙方代表在比利時的根特城簽訂和平條約，結束一八一二年開始的美、英戰爭。戰爭雖然終止，但是引起衝突的若干重大問題如海事爭執及印第安人緩衝區等等並未獲得解決。美國於一八一二年六月四日正式對英國宣戰。一八一四年八月廿四日與廿五日，英軍突襲攻陷首都華盛頓，縱火焚燒國會大廈、白宮與許多民宅，然後被迫撤退，成爲美國立國兩百餘年史上迄今唯一的京城淪入敵軍手裡的國恥。

一八一八年聖誕節：全世界第一次聽到聖誕歌聲：「平安夜」。「平安夜」的聖歌聲雖然不是首先來自音樂之都的奧地利首都維也納，但它來自奧國與德國邊境的小城奧伯倫多福的聖尼古拉斯教堂。每年聖誕節，千千萬萬的人在唱誦「平安夜」，在聆聽「平安夜」。但是，曉得這支聖歌作者的人恐怕不多。「平安夜」歌詞的作者是約瑟夫·莫爾，歌曲的作者是佛朗茲·約瑟夫·葛魯比爾。

一八四三年聖誕節：英國倫敦的商人亨利·柯爾爵士，第一次印製聖誕卡出售，他首先使用的祝賀辭：「祝您聖誕與新年快樂」亦即今天我們最常見的祝賀辭。在這以前，人們都是自己動手書寫的聖誕節賀卡。據專家的統計，現在美國人的家庭中，每年聖誕節平均收到聖誕卡二十六張，及全國約有印製聖誕卡的公司達八百家之多。

一八五一年聖誕節：俄亥俄州克利夫蘭的牧師亨利·舒萬，首次在其教堂內佈置一株「聖誕樹」，作爲給教友們的聖誕禮物。自此以後，教堂與其他公私場所，每逢聖誕節都佈置美麗的聖誕樹。不過，也有記載說，一七七〇年代，賓夕法尼亞州的德國人移民家庭過聖誕節已經有了佈置聖誕樹的習俗。因此，有人將聖誕樹稱爲「德國聖誕樹」。

一八五一年聖誕夜：美國首都發生大火警，國會大廈廂房的國會圖書館被焚燒，多達三萬五千冊書籍化爲灰燼。火災損失之鉅非金錢能以補償的，因爲其中有許多珍藏的歷史性典籍皆屬所謂的「孤本書」——包括開國元勳與「獨立宣言」起草人傑佛遜在一八一五年捐獻的私人畢生藏書。遭大火燒毀的書籍佔國會圖書館藏書總數字的三分之二，委實萬分可惜。

一八六五年聖誕夜：數名南北戰爭中的南軍退伍軍人，在田納西州普拉斯基城組織一個私人俱樂部「K·K·K·」，即今日之「三K黨」的開始。此命名源於希臘字「酷苛勞斯」，係「圓圜」之意，主要創建人爲湯瑪斯·瓊斯與詹姆斯·柯洛威等人。創建人說，他們的團體是個友誼組織，但是有人認爲其目的在於反對在原南軍區內各州的重建工作，而且逐漸變成一個白人至上的種族主義的組織。

一八六八年聖誕節：強森總統不顧強烈的反對意見，下令對於「直接或間接參加」叛亂的一切南方人士一律予以無條件的特赦，以期全國共同努力重建內戰後的國家。此項重大政策的宣佈表示，不論是北方人士所謂的「解放黑奴」戰爭，或者南方人士所謂的「分離主義」戰爭都告正式結束。這是強森總統任內的最後行動之一，因為在是年十一月三日的大選中，南北戰爭中的第一號英雄格蘭特已當選為新總統。

一八七一年聖誕夜：蘇彝士運河通航慶祝典禮在埃及首都開羅舉行，全球各國都派代表參加，情況盛大熱烈。全長一〇三英里（一六五公里）的蘇彝士運河通航之後，使東西雙方的航路大大的縮短，在世界交通史上寫下重要的一頁。此運河的設計人為法國工程師菲迪南·雷賽。一八八八年在英國保證之下，將蘇彝士運河區劃為國際中立區。

一九〇六年聖誕夜：物理學家費丹森首次在麻薩諸塞州布倫特洛市的無線電台廣播音樂節目。

一九二六年聖誕節；日本天皇裕仁舉行登基大典。

一九三八年聖誕夜：西半球二十一個國家的代表，在秘魯首都利馬舉行泛美國家會議，發表「利馬宣言」，重申各國互相磋商的原則。

一九四一年聖誕節：日本軍隊攻陷香港。八日清晨日本飛機首次轟炸啓德機場，陸上日軍開始攻入英界，十二日九龍新界淪陷。十三日敵軍砲轟香港本島。二十日圍城戰進入高潮，居民生活困難，街頭處處有屍體。廿一日敵軍包圍淺水灣。廿二日敵軍攻佔聶高遜山。廿三日敵軍攻陷金馬倫防線。廿四日敵軍攻破禮頓山防線，聖誕夜日軍砲轟維多利亞兵營與海軍船塢。聖誕節香港總督楊慕琦爵士與陸軍總司令馬爾比少將，分別對守軍發表聖誕文告，勉勵他們奮戰到底。敵軍已楔入摩理臣山防線並向灣仔區推進。正午日軍恢復砲轟，英軍在灣仔柯布連道佈防。下午三時，馬爾比少將向楊慕琦報告，英軍已無法維持有效的抵抗。中國駐港抗日領袖陳策將軍向港督商借魚雷快艇兩艘，實行冒險突圍，港方軍政人員一批亦隨隊出發，中途快艇遭敵軍截擊，快艇一艘受創不能行動，陳策將軍下令棄艇泅水登岸，卒獲脫險返國。聖誕節下午五時許，楊慕琦總督渡海至九龍半島酒店，向日軍司令酒井稱降，六時全線停戰，香港淪陷於日軍手裡。在前後十八天的防衛戰中，守軍死傷四千餘人，平民傷亡沒有確實統計數字，日軍自稱傷亡兩千七百餘人，但實際數字不會低於守軍。（參閱林友蘭著「香港史話」，曾連載於星島日報。）

一九四三年聖誕夜：羅斯福總統發表對全國民衆的辭歲廣播演講，宣佈歐洲盟軍最高統帥艾森豪將軍即將揮師反攻歐陸，開闢第二戰場，使同盟國感到振奮。

一九六八年聖誕夜：美國太空船太陽神（阿波羅）八號的三位太空人鮑曼、羅維爾與安德爾，從太空對地球廣播讀聖經並祝聖誕快樂。

一九七七年聖誕節：世界著名的滑稽電影明星查禮・卓別林在瑞士逝世，享年八十八歲。他因爲發表反美言論，自一九五二年開始被禁止返美。

一九八〇年聖誕夜：美國政府戶政局宣佈，一九八〇年人口普查統計結果共有人口二二六、五〇四、八二五人。

一九八〇年聖誕節：遭伊朗拘作人質的五十二名美國公民，在監獄內度他們的第二個聖誕節。牧師到監內探望並報告他們的健康情形良好。

一九八四年聖誕節：伊利諾州華克甘城一家旅館發生大火，造成八人喪生十人受傷的慘劇。

一九八九年聖誕夜：美國派軍隊進入巴拿馬，保衛運河區與拘捕反美領袖諾利亞加，歷時五天的戰役結束，美軍死亡廿三人，受傷三二二人。

一九九一年聖誕節：蘇維埃共黨大帝國滅亡。蘇聯總統密卡爾·戈巴契夫發表聲明說：「我茲宣佈不繼續蘇維埃社會主義共和國聯邦總統職位的活動。」他自一九八五年三月起當政到蘇聯國家瓦解為止。由共產主義領袖列寧創立的蘇維埃社會主義共和國聯邦，自一九一七年十一月六日建國到一九九一年十二月廿五日滅亡，計存在七十四年一月十九天。

（星島周刊，一九九三年十二月廿六日）

鬼、鬼、鬼

十月卅一日萬聖節—鬼節—來臨，處處鬼聲、鬼影、與鬼話。商店要靠鬼賺一筆錢：鬼帽、鬼臉、鬼牙、鬼刀、鬼槍、鬼裝。書局裡擺出了各種鬼畫、鬼故事的出版品。報紙雜誌上也要應景的談鬼、說鬼。

金門灣區有兩個鬼地方：鬼城柯爾瑪與史汀生海灘的鬼屋。

舊金山市南郊有個美麗的小鎮柯爾瑪。它是靠鬼—墳墓—來維持的。柯爾瑪市的主要收入靠公墓或者說喪葬生意。這門行業並且包括多種有關的生意：祭奠用品、鮮花、墓碑、草坪保養等等。這裡有幾家祖傳的生意墓碑店，店裡的雕刻工人曾對人說，他們最感吃力的工作是雕刻直行書寫的中國字墓碑。

柯爾瑪市政府每年要提出市政報告，說明該市成長發展的情形。它的戶口部分包括兩大項：人口（活人）多少、鬼口（墳墓）多少，而且大都是鬼口增加的快，人口增加的有限。

柯城當局總希望鬼戶（墳墓）日增，以充裕其市庫收入。柯爾瑪的確是個「酆都城」。

再說鬼屋。北灣馬連縣有一著名的海濱勝地史汀生灘，那裡有個「艾斯古灘」—鬼屋是也。

據說：一位富有的船長阿福瑞·艾斯古於一八五一年從美東來到舊金山，很快就成爲北灣的一位大財主。十年後，他與一位芳名阿美麗雅的美人結婚，特選定太平洋岸的史汀生灘興建一座豪華的兩層樓房別墅居住，生活美滿，令人羨慕。但是，突然在一八八六年四月九日夜裡，正當艾斯古夫妻用晚飯之際，阿美麗雅感到身體劇痛、昏倒，死於丈夫的懷抱裡。於是，謠言紛起，指丈夫謀殺妻子。但最後經驗明妻子死於心臟病。

據說：自從喪妻之後，艾斯古性情變得冷漠古怪。他訂做一個金鈎裝在少年時受火傷成殘廢的手上，過著孤寂的海濱生活。一九〇五年十二月十日，八十五歲的艾斯古病逝。

據說：當艾斯古的靈柩運往寶利納公墓的途中，突然一陣狂風暴雨，驚人的海浪吞噬了靈柩。從此以後，每逢暴風雨的夜裡，船長艾斯古的幽靈就徘徊於海灘與他的故居四週，尋找他的金鈎……。

（星島日報副刊，一九九一年十月卅一日）

鬼節談：中外鬼話一般同

人每月每週都在過節，從新年直到除夕。鬼一年只有一個節：美國的萬聖節，中國的中元節（陰曆七月十五日盂蘭盆會）。鬼節不多，鬼話卻不少。

照佛家的輪迴說法，人死爲鬼，如果再也不能投生的話，將一直做鬼。如此，今天地球上的鬼數字應該多於人，而不只二十億的數字。處處有鬼，或許是眞的。

生長在中國北方鄉下的筆者，從小就聽到許許多多的鬼話。王家的花園裡有鬼，因爲有人自殺；張家的後樓上有鬼，因爲火警燒死人；東街頭的井裡有鬼，因爲有人跳井；北門口的大樹上有鬼，因爲有人上吊；西門外的河灘有鬼，因爲那裡是刑場……。古老的房屋，古老的莊園，古老的寺廟都是鬼的世界。

不僅是古老的中國到處傳鬼，古老的英國、埃及、印度等國，甚至年輕的美國也有不少鬼話。

更有趣的是，中國的鬼話與歐美的鬼話有若干共同的特點：女鬼特別多，而老翁鬼老嫗鬼與兒童鬼卻不常見。有的鬼爲了報恩，有的鬼爲了報仇，而最普遍與最動人的是鬼與人戀愛，尤其是美麗又多才多藝的女鬼。

中國的鬼話著作很多，歐美亦如此。在中國的這類書籍中，一般都最熟習的一部是清代蒲松齡的「聊齋誌異」，其中有不少故事被改編爲電影，流傳甚廣。但在蒲著以前，中國已有許多這類著述，其中以東晉作家干寶的「搜神記」最受人重視。「搜神記」中的「董永妻」的故事在中國尤其家喻戶曉，京劇中的「天仙配」，及電影「七仙女」等都是依據「董永妻」改編而成的。不過，這篇故事的原文只有短短的一百五十個字，現在流傳的故事情節大部份是後人增添的。其他如「搜神後記」，「幽明錄」，及「逸史」等，皆爲中國早期的以神仙鬼怪妖精爲內容的作品。另有一些零星的類似文章。

歐美也有很多神仙鬼怪的書籍，例如，「疑雲重重」與「鬼怪軼事」等等。「鬼怪軼事」中收集的故事內包括，英國、美國、波蘭及澳洲等國作家的作品，其文字著述時間最早的是一八三〇年代，距今將近兩百年。

現在，就從最近的鬼話說起。據說，在一九二〇年代，每當清風明月的深夜裡，一個人獨自在舊金山諾布山區跑華街與瓊斯街之間的加利福尼亞街頭步行之際，突然間有一位穿著維多利亞時代白色款式晚禮服的妙齡女郎，從你身後旁邊走過來，前進幾步，回首微笑，然後什麼都沒有了。

據說，白衣少女是蘇密頓的幽靈。她的父母強迫她嫁給一位富有的青年男士，她爲了終身大事自由，在一八七六年一次社交派對的前夕，帶著她的巴黎訂做的白色晚禮服離家出走，失蹤，沒有下落。據說，四十多年後發現她在遙遠的蒙他拿州布特城去世，而且化名普德爾女士。人們在其房間內發現許多有關她失蹤與尋人消息的舊報紙，她去世時仍穿著那件白色晚禮服。一個滿懷青春綺夢的天真少女，爲了婚姻自由喪身異鄉，但她依然念念不忘美好的當年，魂兮歸來，在夜間仍在尋覓芳齡時代失去的派對！

聖荷西的「溫吉士」鬼屋是加州最吸引人的鬼名勝，因爲這座大莊院是專爲鬼族建造的。據說，鬼宅的建造者與主人莎萊·溫吉士的丈夫威廉是美國東部康乃狄格州新海芬城的軍火鉅子。可是，丈夫與唯一的孩子相繼死亡，使莎萊無比的傷心、悲痛。據說，有位巫師對她說，那是由於死於丈夫出售的槍械下的無數鬼魂的報復，而且下一個就輪到她自己。如莎萊想逃過厄運，趕快遷居西部，並且必需以鉅金建造一座很大很大的莊院供無家之鬼衆居住，還要繼續不斷的擴建房舍，如果停工，她就會死亡……。今天，佔地九英畝，共有一百六十個房間的「溫吉士鬼屋」，據說是如此造的。

據說，寡婦富婆溫吉士在八十五歲去世之後，變成幽靈，與無數鬼族都住在這幢鬼院內，不時出現在她生前居住的臥室裡與音樂廳內……。

再談英國的鬼話。遊人必參觀的英國皇室故宮「倫敦塔宮」也是個鬼宮。在這座有千年歷史的古老城堡內，發生過許多凄慘的故事，陰森的地下室內就是刑場，皇后也是無頭鬼之一。

據說，皇后寢宮管理員說：「每次我進來時，床單都被人弄皺。我原以爲女侍偷在龍鳳床上睡覺。可是，沒有女侍時，床單依然被弄皺。」

據說：「遊人夜裡醒來，看到一位老太太坐在床邊的椅子上，當客人伸手去觸摸時，她就不見了。」

據說，在英王亨利八世的皇后安妮·鮑琳於一五三六年被斬首之後，每逢明月的夜裡，皇后的幽靈出現，雙手捧著她的頭顱在宮院草坪上漫步……。

（星島周刊，一九九三年十月卅一日）

鬼節談：女鬼爲何最多情

在中國的民間故事與傳說中，或者在有關鬼神怪異的書籍中，女鬼（女仙、女妖）部份最突出，比例特別大，而且有若干共同的特點。這些女鬼不僅容貌美艷，多藝多才，更是情深愛濃，不同「凡人」。用今天的形容詞來說，女鬼們大都是最開放的進步女性。她在靜悄悄的夜裡，選定一個獨居的窮書生或失意者爲對象，單身一人或者最多有名紅娘丫鬟陪同，前往相會。在經過短短的兩三個小時的噴射式的談情訴心之後，就是有緣三生，成親在今宵……她黎明不見，次夕再來。

當然，這類人鬼之戀或人仙之戀的故事，大都是男性文人筆下的產品。男人都企求多情美女，人間沒機會，只好寄夢想於女鬼女仙。同時，這類故事與作品的產生有一個主要的社會因素：在專制與封建制度下，婚姻不自由，女性遭受的約束與壓迫更甚，因此造成人間無數的變故與悲劇。但是，人心的不滿情緒與謀求反抗的意識，在人世間既沒有申訴更沒有

「革命」的機會，那唯有藉著鬼神妖怪來加以反映與發洩，也是一種報復與反抗的方式。

而且，不僅中國的鬼仙如此，歐美的許多洋鬼洋仙也是相同的形態，因爲西方與東方的專制與封建時代的社會條件並無多大的差異。

先說一個自明朝初年流傳下來的鬼故事，講的是唐代名女人薛濤的風流艷事。據說有一位廣州人田孟沂，隨著做官的父親到了四川成都，自然是上流社會的闊少爺，用不到爲吃飯操心。但是，在父親的門第觀念壓力之下，他到一個富家擔任「家庭教師」，工作地點就在成都市郊。據說，某天傍晚田孟沂在途中看到一片桃花林，風景動人，並有茅舍住家，門口出現兩位嬌艷美人，使他一見難忘。次夕他藉故又來，而且經丫鬟招待進入庭院拜訪女主人，女主人吩咐「快辦酒饌」，兩人相對而坐，笑談之間，美人多帶些謔浪話頭。「兩個談話有味，不覺夜已二更。」女主人便道：「妾獨處已久，今見郎君高雅，不能無情，願得奉陪。」於是開始了論畫贈詩，我唱你和，春宵夜夜的生活。

據說，過了大半年的日子，田孟沂的老父終於發覺了寶貝兒子的行徑可疑，並迫使他說出「艷遇」實情。於是，父親偕同兒子友人等前往拜訪。當他們走到兒子常去的地點，看到的只是水碧山青，桃林茂盛，荊棘荒草裡的土塚。據說，這裡就是唐代多姿、多才、多情的名妓薛濤之墓。「小桃花繞薛濤墳」的詩句，或許就是這則鬼故事的出處吧！

宋朝流傳下來的一個人鬼相戀的故事，講的也是唐代的人物。薛昭是一個正義之士，在山西省西南部的平陸縣衙門任職，因爲協助一名爲母親報仇的犯人逃走而被官府流放南方。

幸有一位異人山叟指示他潛逃並爲他預卜美好的前程與艷遇。於是，他從山西逃入河南境內，在洛陽南方的蘭昌宮（唐明皇的行宮之一）附近躲入一幢古殿內。據說，夜間月明風清，有美女三人笑著出現，坐在花壇上聊天。薛昭出來與她們招呼，並且說明他爲何到了這裡。三位女子也告訴他，一位芳名張雲容，一位芳名蕭鳳台，另一位芳名劉蘭翹。她們很高興有嘉賓來會，決定擲骰子，勝者「薦枕席」。結果張雲容幸運，與薛昭配成一對，立即開「派對」慶賀。這位美人也說出她的身世，她自稱是楊貴妃的侍兒，善長「霓裳」舞，並且認識唐明皇的天師申元力，申天師預卜她命短，但給她一粒「仙丹」，囑她臨死時服下，「百年後得遇生人交精之氣，或再生，便爲地仙。」她並且說明另兩位美人也都是楊貴妃的侍兒，遭人害死，與她葬於一處，情同姊妹。薛昭也頓時省悟，曉得那位山叟「老仙人」即申天師。於是雲容吟詩贈予薛昭：「韶光不見分成塵，曾餌金丹忽有神，不意薛生攜舊律，獨開幽谷一枝春。」據說，兩人同寢數夕，張雲容復活，離開墓穴偕同到金陵隱居……。這則鬼故事反映出唐代社會上下慕仙學道的迷信風氣十分流行。

流傳於美國東部維幾尼亞州的鬼故事。在一個冬天的黃昏，強士頓回到彼得堡離別一年多的家，庭園、樹木、一堆垃圾郵件，還有妻子生前喜愛收集的各式各樣的鐘。他將妻子最珍視的一個鐘的彈簧轉足使它滴答滴答的響起來。他想念、憂鬱、悲痛，在沙發上陷於昏睡中。醒來時，外面漆黑，他聽到廚房內有叮噹之聲，他走進廚房，看到洗碗池邊的檯子上放著一杯熱咖啡，兩塊熱吐斯。當年他晚間工作歸來時，妻子總是這麼準備的。他哭了，走上樓從這個房間轉到另一個房間。妻子的拖鞋就放在浴室門口。他頭抵著牆在哭泣。從臥室裡傳出妻子的輕微的歌聲，那是他在很久以前未結婚時教她的。他進入臥室，妻子在那裡。她年輕、美麗，幫他脫下衣服，擁他上床，溫馨的耳語之後，接著是一片沉寂。醒來時，她不見了，一半床是涼涼的，他在床頭櫃的電話機邊發現一張字條：「我愛您！艾黛」

（星島周刊，一九九三年十月卅一日）

鬼節談仙：董永妻與天台仙女

一九九四年萬聖節來臨，今年『鬼節』不談鬼而談『仙』。

鬼與仙有何不同？辭海的鬼條說：『人所歸爲鬼，見說文禮祭法：人死曰鬼。又祭義：衆生必死，死必歸土，此之謂鬼。』辭源的鬼條說：『迷信稱人死魂靈爲鬼。』辭海的仙條說：『老而不死曰仙，見釋名。按道家謂練道長生曰仙，即此義。今稱頌死者亦曰仙，如云仙逝，仙遊。』辭源的仙條說：『釋名釋長幼：老而不死曰仙。非凡的人，如說詩仙，酒仙。』至於究竟有沒有鬼？有沒有仙？並非本文論辯的對象。

中國歷代有許多說鬼談仙的書籍，歐美也一樣。我們最常見的《綠野仙蹤》，《仙履奇緣》，《白雪公主》及《天方夜譚》等等都可歸於鬼仙之類。賭城拉斯維加斯的米高梅（香港譯名美高梅）賭場大酒店的中心大廳，佈置成《綠野仙蹤》的環境情調，令人進入賭場有入仙境之感。

中國的與神仙鬼怪有關的著作，從魏晉開始逐漸增多，到了唐代達到顚峰，這與唐朝帝王多信道教很有關係。其後歷代不斷有新作出現，現在流傳下來的這些所謂迷信的故事中，許多都是有千餘年歷史的老作品，後人只是加以進一步的神仙化、傳奇化而已。《太平廣記》與《全唐小說》（見註）等大部頭著作可以稱爲中國神仙鬼怪傳奇作品的代表書籍。這類千餘年前文人留下的著述，除了供後人作文學欣賞外，也爲我們研究那些時代社會生活情況提供有價值的參考資料。但這些資料是一般正史中看不到的東西。

在中國的以神仙爲內容的作品中，主要有兩大類：男仙大都是年邁的『仙翁』，女仙大都是妙齡『仙女』，而且以寫仙女最爲突出。此種文人作風與描述『女鬼』的作品的文人作風完全相同。閱讀有關『仙女』的文章，很容易看出中國過去在男女婚姻不自由（特別是女性）的情況下所產生的反常行爲，顯示渴望婦女解放與性開放觀念的殷切。換句話說，中國人早在一千餘年前就有了較今日美國人更開放的性觀念，恐怕是金賽博士夢想不到的事。

晉代史學家干寶的《搜神記》是一部研究神鬼怪異問題必讀的著作。其中有兩篇文字簡短的『小說』，是中國民間故事與傳說中最常聽到的『仙女』故事。但是，今天我們所聽到的這兩個仙女的故事與一千五百年前干寶的原著已經相距不只一千五百里遠了。干寶的故事是：『董永妻』與『天台二女』。

『董永妻』就是『董永賣身葬父』，『天仙配』，『七仙女』及『仙女下凡』（大陸各地的名稱不同）等民間故事、戲劇及電影的原始根據，其情節有簡繁的不同，都是後人增添的。雖然原作中並未言明董永的妻子是『仙女』，但是這位妻子的才能是不同於『凡人』的。因爲這篇故事原文只有不到兩百字，特將其全文抄錄於此以供參閱。不過原作爲文言體，閱讀較爲吃力些。

『董永妻：董永父亡，無以葬，乃自賣爲奴。主知其賢，與錢千萬遣之。永行三年喪畢，欲還詣主，供其奴職。道逢一婦人曰：願爲子妻。遂與之俱。主謂永曰：以錢丐君矣！永曰：蒙君之恩，父喪收藏。永雖小人，必欲服勤致力以報厚德。主曰：婦人何能？永曰：能織。主曰：必爾者（註：你若一定要報恩的話。），但令君婦爲我織縑百匹。於是永妻爲主人家織，十日而百匹具焉。』

這則簡短的『小說』，經過一再的神奇化，變成了今天的美貌，涉及孝感動天、夫妻恩愛……，甚至說這位仙女生下的兒子就是漢代主張『廢百家，獨尊孔子』的大學者董仲舒。

干寶另一則對後代許多遊山遇仙一類故事作品影響深刻的『小說』是『天台二女』。不祇歷代文人作家的文學著作受到他的奇想的影響，而且有不少懷著羅曼諦克幻想的單身漢，甚至少年孩子們冒險入深山企求有同樣的艷遇。

『天台二女』的原文也不過三百個字。開頭說：『劉晨、阮肇入天台採藥，迷不得返。經十三日，饑，遙望山上有桃樹，子熟，……啖數枚，饑止體充，欲下山。』他們吃過『仙桃』之後，用杯子從小溪內取水來飲，看到有新鮮的蔬菜葉子漂浮，又看到一隻帶有『胡麻飯』的杯子漂流，便想到附近必有人家。於是，他們攀登過山頭，出現一條大溪，溪邊站著兩個女子，很美麗，看到兩人持著杯子，便笑著說：『劉阮二郎拿著隨水漂流的杯子來了。』他們感到驚奇，而兩位美人卻十分大方的好像老朋友異地重逢似的說：『爲何來得這麼晚？』

兩女子將劉晨、阮肇邀請到家裡，不但有女婢侍候，而且準備好『各有絳羅帳，帳角懸鈴』的臥室兩間。晚餐豐盛，『有胡麻飯（註：芝麻炒拌的飯。）、山羊脯、牛肉，甚美。』食畢行酒，進來一群女子爲她們祝賀新婚。於是『酒酣作樂，夜後各就一帳宿，婉態殊絕。』匆匆過了十天，劉、阮想還家，經兩女『苦留半年』。仙境雖令人十分留戀，但兩人『更懷鄉，歸思甚苦。』兩女最後只好相送，並指示歸路如何走。但是，當劉晨、阮肇回到故鄉時，發現『親舊零落，邑屋改變，無復相識。』因爲他們離開人間已經十世之久矣。

註：《全唐小說》編校者爲大陸王汝濤教授，全書四巨冊，近兩百萬字，與《全唐詩》及《全唐文》鼎足而立，爲研究唐代文學極具價值之書籍。王先生並有《太平廣記選》、《王羲之》及《偏安恨》等著作。本文取材自《全唐小說》。

（星島周刊，一九九四年十月卅日）

鬼節談仙：玉蕊花仙與韓湘子

唐代末年有位作家康駢，在唐昭宗時代撰寫一部《劇談錄》，其中大都是記述唐玄宗（唐明皇）以來的各種奇聞瑣事，自然包括有神仙鬼怪的故事傳說。他所寫的《玉蕊院女仙》一篇最爲後人稱道，文中描寫春暖花開的季節，仙女自天乘神馬而降，落於唐朝京都的寺院『唐昌觀』內欣賞盛開的『玉蕊花』，並採花數枝後凌空離去的情景。從原文看，作者只讚頌仙女的美麗、天眞、純潔，與採了鮮花帶著去參加『玉峰之期』——很可能是與男朋友約會，而不像其他許多有關仙女的那種性開放思想行爲的故事。

《玉蕊院女仙》文中提到的『唐昌觀』與玉蕊花等特別名詞，需要略作解釋。唐昌觀（道士的居所稱爲觀）位於長安市的安業坊南面，以唐玄宗的女兒唐昌公主的芳名命名，觀中種植玉蕊花，傳說是唐昌公主手植的名花，因此唐昌觀又名『玉蕊院』，而玉蕊花也是唐、宋詩人們吟詠的題材。玉蕊花爲白色，與瓊花相似，現在中國大陸是否仍有這種一千餘年前的名貴花卉，在海外尚無資料可查。

康駢的《玉蕊院女仙》全文並不長，約有五百字，自然是文言體，並有數首吟詠玉蕊花的詩篇，是托諸詩人之作。他寫道，玉蕊花『每發，若瓊林瑤樹。』當唐憲宗元和年間春季某天玉蕊花盛開之際，許多人都到唐昌觀內賞花。忽然有一位十七、八歲的少女『衣綠繡衣，垂雙髻，無簪珥之飾，容色婉娩，迥出於衆。』她帶著兩名小仙女與三個小侍僕，下馬後用白色小扇子遮面，逕到玉蕊花前，帶來『異香芬馥，聞於數十步外。』賞花的人們以爲她是唐帝的公主來臨，都不敢近看她。這位仙女在玉蕊花前欣賞頗久，命令侍僕採摘幾朵玉蕊花，然後轉身出院，在乘馬之際對從者說：『曩有玉峰之期，自此行矣。』此際，群衆都凝神注目，不看花而看仙女，他們覺得『煙飛鶴唳，景物輝煥』。仙女騎馬走了數百步的距離，輕風吹揚起一陣微塵，轉瞬之間，風塵消散，仙女已經在半空中飄然離去。但是，仙女賞花時留下的『餘香不散者經月餘』。

作者接著說：『時嚴休復、元稹、劉禹錫、白居易，俱作玉蕊院眞人降詩』吟誦此事。劉禹錫的詩云：『玉女來看玉樹花，異香先引七香車；攀枝弄雪時回首，驚怪人間日易斜。』嚴休復的詩說：『終日齋心禱玉宸，魂銷眼冷未逢眞；不如一樹瓊瑤蕊，笑對藏花洞裡人。』

唐代大文豪與『文起八代之衰』（宋代大文豪蘇東坡的讚語）的韓愈，有一個涉及神仙的傳說，也是一個在中國流傳很普遍的故事。這則故事的出處有不同的說法與記載，最早的可能是五代時前蜀國的文人隱士杜光庭所撰的《神仙傳拾遺》一書。杜光庭另一個很著名的故事是《虬髯客傳》（亦名《風塵三俠》）。因爲他本人是位道士，所以其作品內容與道教思想觀念有關。唐代道教盛行，帝王平民紛紛慕道求仙，迷信風熾。

這個民間故事顯然與韓愈的一首名詩有關，詩篇名爲《左遷至藍關示侄孫湘》，普遍傳誦的兩句是：『雲橫秦嶺家何在？雪擁藍關馬不前。』唐憲宗（李純）元和十三年十一月間，李純有迎佛骨的措施，韓愈上《諫迎佛骨表》，極力譴斥，開罪了皇帝，被『下放』到遙遠的廣東潮州做刺史。他在赴任途中，在藍田縣境內的冬季大風雪天氣裡遇到侄孫韓湘，百感交集，寫下了這篇名詩。韓湘即傳說中的韓湘子－八仙中的那位最年輕的仙人。

杜光庭作品的題目爲：《韓愈外甥》（與韓愈詩中的侄孫有異），其文首說：『唐吏部侍郎韓愈外甥，忘其名姓，幼而落拓，不讀書，好飲酒。』他到處雲遊，廿年之久與韓愈未見面。元和年間他突然又回到京城長安，韓愈擔心他變成幫派分子，使他與表兄弟們一起讀書。但是，韓湘的生性難改，仍然好玩而不讀書。不過，韓湘也有其獨特的地方。他在韓愈面前，『則玄機清話，該博眞理，神仙中事，無不詳究。』而且韓湘常玩弄些不平凡的小技，表示他並非凡人。那年秋天，韓湘看到院內的白牡丹花，便對人說，他能使明年春天花開時變爲五彩的顏色，並且將一些藥品埋於牡丹花根下面。然後，韓湘又離開長安，沒有了消息。

不久，抗議迎佛骨事件發生，韓愈遭到李純的『下放』潮州，隆冬自京城出發，途中到終南山的『商山，泥滑雪深，頗懷鬱鬱。忽見甥迎馬首而立，拜起勞問，扶鐙接鑾，意甚殷勤。至翌日雪霽，送至鄧州。』然後，韓湘又回仙山去了。韓愈在與韓湘分別時，特寫給他一首詩：『一封朝奏九重天，夕貶潮陽路八千。本爲聖朝除弊事，豈將衰朽惜殘年？雲橫秦嶺家何在？雪擁藍關馬不前。知汝遠來應有意，好收吾骨瘴江邊。』——極爲感人的詩篇。

次年春暖，韓愈庭院中的牡丹盛開，『朵數花色』完全與韓湘所預言的一樣，而且花葉上帶著兩句詩：『雲橫秦嶺家何在？雪擁藍關馬不前。』這確是個十分雅致又充滿人情味的仙人故事。

註：本文取材自王汝濤先生編校的《全唐小說》。

（星島周刊，一九九四年十月三十日）

附錄

加州地名辭典前言

（加州簡史）

加利福尼亞州自十六世紀以來之四百年期間，先後之居民與統治者爲印第安人、西班牙人、墨西哥人，與美國人。因此，加利福尼亞州之歷史與文化遺產中兼含有此數種人之特性，而此等特性於加州地名中極爲顯然。

首先，加利福尼亞州州名爲西班牙語地名。加利福尼亞州現有之五十八縣中，三十二縣之縣名皆爲西班牙語名稱，並有十縣之縣名係以西班牙語記錄之印第安人語名稱。加州今日之重要都市如：州城沙加緬度、舊金山、洛杉磯、聖地牙哥、聖荷西、聖他芭芭拉、聖伯納汀諾，以及佛瑞斯諾等皆爲西班牙語名稱。

加州之其他城鎭、山脈、河流、湖泊、谷岩，與道路等之名稱，幾都源於印第安人、西班牙人、墨西哥人、英、德等歐洲國家，以及少數華人之語言。

由於多元歷史文化關係，加州地名命名之淵源不一，久而久之，其意義與原由漸遭忽視或不為人所了解，而外國移民與遊客尤然。

加州歸屬美國版圖初期，全州之白種人居民僅十餘萬名，而中國人多達百分之十。加州開發之艱鉅工作如開金礦與築鐵路等，華人之血汗貢獻尤為偉大。因此，加州若干地名之命名與華人有關，深值吾人重視與懷念。

自美國新移民法於一九六五年實施以來，華人移民來美者日衆，加州尤其顯見。據一九八〇年美國全國人口普查統計（每十年普查一次），全美國參加調查登記之華人總數為八十五萬左右（由於調查困難，一般認為實際人數超過此數字），其中約有三分之一皆居住於加州境內各地。而且依據美國移民配額規定，中華民國與中國大陸每年各有配額兩萬名。是故，美國境內之華人正以每年四萬人之速率不斷增加中。

由於華人日增，華語使用範圍隨之愈益擴大，而華語地名為極重要之一項。華語報紙、雜誌、電視、廣播，及一般著作與記述等，日日皆觸及地名。但是，加州地名迄無較完整與統一之譯名，確為華人文化方面之一缺憾。

第二次世界大戰以前，旅美華人中以廣東省籍人士居大多數，並普遍使用粵語，加州（美國其他各地亦然）地名之譯名亦以粵語為主，如：三藩市（舊金山）、羅省（洛杉磯）、山姐姑（聖地牙哥）、屋崙（奧克蘭）、山多些（聖荷西），及力他河（太浩湖）等。

一九七〇年代以來，移居美國之華人當中，使用中國國語者日衆，加州地名之譯名亦逐漸使用國語。因此，地名之譯名不一，形成混淆，致使用者與讀者皆感不便，令人關切。

十五年前，本人自台灣移居舊金山，從事華文新聞工作，經常與地名及人名等接觸，對於地名譯名之不統一，深感不便。是故，依仿中華民國新聞編輯人協會統一譯名小組之作業經驗，收集加州地名譯名，編輯成冊備用。

去年，閱及柏克萊加州大學教授與美國西部歷史學家艾文·葛德（Erwin G. Gudde）所著「California Place Names」一書，其內容充實豐富，極具價值。嗣經洽商，獲得加州大學出版部同意授予是書之中文翻譯權與中文版出版權。現本書譯述完成，並定名爲：「加州地名辭典」，即將印刷發行，是爲第一部此種華文書籍。惟本書雖係一地名專著，但其內容廣涉種種知識，譯述難免有不當之處，敬盼專家與讀者指正爲感。

本書譯印計劃，始終承蒙同旅加州之至好唐達聰兄指教、協助與惠賜核校，謹誌謝忱於此。

馬全忠

中華民國七十六年（一九八七年）十月十日
美國加利福尼亞州舊金山市英格賽區寓所

我的讀者生活

近來在報章上讀了不少談「作者生活」及「投稿生活」的文字，之後使我油然想起了自己的讀者生活。

我的讀者生活開始於抗戰發生前一年的夏天。那時我有位舅祖父清新李老先生，他是我的故鄉地方上數一數二的大財主。他老人家除了理財置產外，每天還要知道一些國內外的大事。只是他年紀大了，目力不好，加上報紙上的字跡太小，所以他想找一個能夠而且肯耐心為他讀報紙的人。在這種情形之下，父親看我在這方面還有興趣，所以就把我帶到那位舅祖的跟前，經過「面試」後幸好通過。因此，我就做了一個專為人讀報的讀者。

因為舅祖家住在我們城郊的一所私有大莊園裡。所以，我每天早晨吃過早飯後，就從我家跑了三、四里的路程到他那裡，去替他老人家唸讀當天的報紙—其實與出版的日子已經隔了三、四天之久，只不過是當天才送到家裡而已。舅祖家訂有上海、北平及開封等地的各種報紙—當時我感到訂那麼多份報紙有點奢侈—所以每天要爲他讀到傍午時分。吃過午飯後就在他的園子裡休息玩玩，等到我回家時已是落霞滿天了。

爲別人擔任讀報工作的生活繼續了一整個暑假，直到我的學校開課爲止。我的讀者生活就是從那時開始的，到今天已有十五年之久了。

在抗戰期間的頭六年中，也就是我的中學時代，我的讀者生活的興趣一直在直線的發展。記得有年夏天，學校舉行時事測驗比賽，我曾以九十七分的成績獲得校長的「出類拔萃」獎狀。

等到讀者生活變成我日常生活中不可缺少的一部份之後，除了讀公家的報紙雜誌外，爲了便於保藏起見，自己也開始長期訂閱報刊。因此，每當學期終了向父親報告求學費用的時候，報費開支是僅次於伙食開支的第二項。寫到這裡我更感激我留在鐵幕背後的爸爸，他從來也不曾「扣發」過我數字相當大的報章費用。這樣一直維持到我在重慶讀大學的第二年。

民國三十三年春夏之交，河南家鄉陷敵，經濟來源完全斷絕，雖然有位我母親不讓我喚她爲姨媽的姨媽在渝市作事來供我花費。但那時候感到自己應動動腦筋來想辦法。於是，我才開始向當地報紙投寄學校生活一類的稿子，這樣換來的代價足夠同時訂一份日報，一份晚報，還有一段時間訂有重慶版的英文「大美晚報」（戰前上海的重要報紙），雖然當時英文報上的東西我能看懂的並不多。這個階段到抗戰勝利爲止。

凡是在重慶親歷最後勝利盛況的人，都永遠忘不掉在八月十日以後數天中重慶人搶購號外報紙的精神，那一位不願爭買一份渴待八年才出現的那張報紙？那一位不願留幾張「日本無條件投降」的號外作爲流浪八年的紀念？我自然也不例外。不過，當時我們住在渝市郊區的南溫泉，勝利那幾天的號外與日報賣到南溫泉都已是萬家燈火的時候了。在勝利的那一星期中，爲了搶購報紙號外，我早上吃過飯不上課就溜跑到南溫泉街頭去等，等到中午報販未來時又趕回校吃午飯，午飯後再跑到南溫泉去，等到最後帶著一大束號外、早報、晚報回來時，飯廳裡早已沒有人影了。

在重慶的那幾年中，我私人收藏的報紙期刊等裝滿了一籐條箱子又一中型袋子，其中最有歷史價值的如：開羅會議，印緬遠征，歐洲第二戰場，德國投降，抗戰最後勝利等重大事件的報紙和號外，以及朱毛公開反叛國民政府所發表的一些文件等等。

我的那些「財產」一直同我復員到了南京。迨到民國三十七年初春我來台的前夕，便將它們統統留託給一位在南京某大報服務的朋友（見註），一方面我曉得他對我這筆「財產」的興趣由來已久；另一方面當時我想，過一個短時期後又可以返回首都。因此懶得把它們也帶到寶島來。

可是一年過後，共軍進逼首都，當局勢緊張之際，我曾一再函催那位友人設法將我的「抗戰收穫」寄到台灣來，但未見寄到南京就陷入共軍之手，我多年來讀者生活的紀念品也蒙上了赤色之塵。因此，我現在常想到，將來我們光復首都時，我決心要找回那一袋又一箱的珍品。

由於當讀者的關係，我認識了不少的同道朋友。在重慶、在南京時如此，到台灣後也依然如此，我們的介紹人都是報紙和雜誌，我相信他們之中有些在不久的將來必然是文壇上的後起之秀呢！

我到台灣的頭兩年多，一直住在南部一個小而聞名的市鎮鳳山。當去年台北雨季開始的時候，我們這群「軍用文人」也隨著機構由南部轉到台北來服務。在台北當讀者自然比在南部好多了，街口報牌上貼的有各家的報紙，街道兩邊的攤子上有的是新雜誌。在這種環境之下，我的讀者生活將步入另一個新的階段。（民國四十年六月一日，台北市記者公會出版的「記者通訊」第十六期）

註：政治大學同學劉君彥佶，後來在南京中共黨報「新華日報」（中共將中央日報接收後改辦此報）服務，半世紀無音訊，直到一九九四年接大陸學友王君九齡來信，始知彥佶已於一九九四年秋天病逝。當我離京前夕彥佶與另一位學友王君澤惠曾合影留念，迄今仍保存於照片簿內。附記數語藉以懷念。

「老讀者隨筆」緣起

「老讀者」有兩點意義，一是說自己是個年紀大的讀者，另一是說自己讀報的時間久與所讀的報紙多。

從讀報時間久來說，就以星島日報爲例，在台灣時代讀了二十餘年，來到舊金山繼續讀了將近二十年，合計有四十年以上，可以稱爲一個「老讀者」。

就讀報多來說，從大陸上抗日戰爭期間，初中老師指導學生看報開始，我讀過天津的大公報、北平的晨報、開封的民國日報、洛陽的陣中日報、上海的申報與新聞報、漢口的武漢日報、漢口的新華日報……。

在四川重慶期間，我讀過大公報、中央日報、新民報、時事新報、新蜀報、新華日報、世界日報、民主報、掃蕩報、英文自由西報……。

抗戰勝利後在南京，我讀過中央日報、新民報、大剛報、救國日報、民生報、和平日報、大中華日報，上海的申報、新聞報、時事新報、大公報、文匯報、字林西報、大美晚報、北平的晨報、世界日報……。

在台北期間，我讀過新生報、中央日報、中華日報、和平日報、公論報、民族報、全民日報、經濟時報（民、全、經後來合併爲聯合報），及香港銷台的星島日報、香港時報、工商日報、華僑日報……。

來到舊金山後，我讀過星島日報、少年中國晨報、金山時報、美西日報、世界日報、遠東時報、國際日報、中國時報、中報、舊金山紀事報、紐約時報、華爾街日報……。

在我看過的這些報紙中，有的不斷發展，有的被迫停刊，有的自行關閉，也如同人世一般「後浪推前浪」地演變着。

我這個老讀者不只讀「今天的」報紙，也讀「昨天的」報紙，有時在圖書館找到數十年前或百年前的老報紙讀。

除了讀報紙外，我也讀雜誌、一般書籍，甚至廣告、傳單等等印刷品，這正是自稱爲「老讀者」的緣由。

（星島日報副刊，一九九一年十月九日）

和平！奮鬥！治香港！

一九九七年七月一日以前，我們關心香港，也可以不關心香港，因爲不論如何，香港的好壞究竟是英國殖民地的事，是倫敦唐寧街十號主人的事。

一九九七年七月一日以後，我們關心香港，而且應該關心香港，因爲不論如何，香港的好壞究竟是中國的事，是北京中南海主人的事。

到今天爲止，筆者僅踏過香港與九龍土地兩次，總共不到一百個小時，實在微不足道。但是，我也關心香港，因爲關心，也有一點，二點，三點願望：

一點是：希望中國政府與香港特別行政區政府宣佈，將七月一日定爲一個全國性的紀念日。有人說應該稱爲『回歸節』，有人說應該稱爲『香港光復節』，……筆者則建議稱爲『香港特別行政區區慶節』——簡稱爲『區慶節』。

二點是：希望香港特區千萬不要發生像中國光復台灣省後不久發生的那個『二二八事件』。

五十年前的『二二八』，確是今天『台灣問題』的一粒不祥的煙火種籽，它的餘燼迄今還在冒煙。萬一不幸，香港特區出現了『二二八』，接著就有了個新政治名詞『香獨』。在『台獨』、『藏獨』、『新獨』問題之外，又添個『香獨問題』。

三點是：近百年來，中國人已經爲『革命』二字吃盡了苦難。善良的人們都不願再聽到『革命』二字。香港特區誕生之後，要求『革新』也好，要求『革面』也好，要求『革心』也好，要求『革正』也好，就是千萬不能要求『革命』。萬一不幸，香港特區出現了『革命』，那將絕對不只是數百萬香港人的禍殃，勢必牽連到幾千萬的台灣人、西藏人、新疆人……。

一九九七年七月一日，筆者願雙手合十，聲聲祝禱：和平！奮鬥！治香港！和平！奮鬥！治香港！

（星島日報香港回歸特刊，一九九七年六月二十九日）

歸來走筆晴窗下，寫憶巴山秋雨時

老讀者從台灣到大陸遊歷一圈，重圓舊夢，回到美國後，才遠洋飛鴻，把這個消息告訴了筆者。不久「舊景新寫」一篇篇寄來，筆者一邊讀一邊想，他爲什麼只選了五組地方寫？當然，從「重慶三十四小時」中可以看出，他得依照原定的旅遊路線走，旅遊路線當初原是他選定的呀！我又想，他爲什麼不去南京而去重慶？而且在重慶的有限的九個小時的遊歷時間中，還要遠去離山城十八公里的南溫泉一趟，我以爲我找到了答案。老讀者有兩個情結：重慶情結和南溫泉情結。套句「陳香梅回憶錄」的標題，他「最憶重慶」，「情繫南溫泉」。

且說重慶。老讀者在「三十四小時」中說：「搭上舊金山的華航客機並於台北、香港、桂林的途中，我一再對妻子回憶說：『我們那個時代是如何的偉大，抗戰的生活是如何的艱苦，學生讀書是如何的努力，人人對最後勝利抱著如何的希望』……。」他一再對未到過重慶的太太（我們這裡時興稱夫人）這樣解釋，正是情結的所在。

的確，老讀者在重慶上大學的那幾年，正是抗戰全程「黎明前的黑暗」時期。他入學一年以後，河南家鄉就淪陷了百分之九十，日軍佔領了平漢與粵漢兩線，經過「衡陽四十七天」之後，失桂林，失柳州，日寇一直打到貴州獨山……。然而，重慶依然是陪都，依然矻立著，而老讀者也依然在努力讀書，對最後勝利的希望毫不動搖，這種最能顯示人的高貴情操的環境，是人們畢生不會淡忘的。幾千年古老的中國，有幾多人能碰上這個大時代，又經歷過這樣艱苦卓絕的磨煉？

正因爲如此，老讀者舊地重遊，感興趣的是印證過去的印象。他寫朝天門雨中泥濘的碼頭，岩石山旁仍然存在的防空洞，南紀門的狹街，改爲解放碑的精神堡壘……。他還要太太體驗一下重慶風情、除了陪著她吃担担麵加牛肉麵，「山城湯圓」（我記得叫撈糟或醪糟）以外，還兩人「相扶將」著在秋雨下下停停中，在汽車、自行車（我眞想不到在高下懸殊的山城街道上竟時興自行車）、摩托車你衝我闖中漫步於窄狹的街頭。說到雨，巴山夜雨正是重慶的特色之一。所以，李商隱才有「何當共剪西窗燭，却話巴山夜雨時」的佳句。

再說南溫泉。南溫泉抗戰時期不過是大重慶的一處名勝，它那短短的街道就不如位於璧山銅梁間的西溫泉和北碚的北溫泉繁華。然而，那裡有一所戰時出名的難以考取的大學，老讀者就讀於那裡凡三年之久。當老讀者四海爲家時，自然對那裡有無窮美好的回憶了。更難得的是，他那報人生涯是在這裡打下基礎。校中有新聞系，馬星野先生任系主任，路透社名記者趙敏恆等講過課。老讀者讀法政系而偏偏學速記，寫報導，一心想作個張季鸞那樣的報人（一本封面發黃了的「季鸞文存」，被他從重慶帶到南京，然後是鳳山、台北、舊金山，至今仍在身邊）。一次高等文官考試借小溫泉政校作考場，老讀者看到一位彎腰曲躬的老考生，和一位身穿旗袍上從上到下綉了一條蛇（也許是龍）的年輕女士，靈感大發，寫了一篇花絮寄給「大公晚報」（大公報的晚刊），很快刊出。要知道那時名作家群星耀陪都，大公晚報的選稿品位很高，竟然用了一個大學生的稿子，可見老讀者文筆不凡。這當然增強了他從業新聞工作的信心。

然而，他沒有寫母校舊址的憑弔，因爲那裡似乎被一個什麼單位佔用了，面目全非。於是，他只寫了建文峰、仙女洞和虎嘯口的「孔園」。記得沈雁冰（茅盾）在一部作品中寫過虎嘯口風景最爲幽絕之處，矗立著兩座巨宅，那就是林森和孔祥熙的郊外別墅。正如老讀者說的：「那時我們作流亡學生，當然沒有進入孔公館的資格。」五十年後，孔公館變成了開放的「孔園」，於是他伉儷二人買了門票，恣意一遊。他到底是位老記者，用不多的文字，精確地記了孔公館的修建、變遷和內部情況，特別寫了一五〇公尺深，六室三出口的防空洞及四百多級達於半山的石階。使我這個曾見過幾十個挑夫從花溪取水交錯地一磴磴爬石階的壯觀場面却無緣一睹公館內部的窮學生，在五十年後藉著老讀者的筆神遊一番。

老讀者用的標題是：「歷史本爲勝者寫——重慶是證。」我却想起了另外兩句詩：「王侯第宅多新主，文武衣冠異昔時。」

末了加上個尾巴。老讀者寄來一張照片，他背倚花溪，站在小橋上，背後有文字記曰：「一九九六年十月七日攝於重慶南溫泉通往小溫泉之花溪新橋頭。」又題詩一首：「花溪殘夢恨綿綿，醒來已逝五十年。同遊故人今何在？秋雨橋頭嘆孤單。」

這證明老讀者的重慶情結五十年未解。筆者作個文仿公，擬一個標題：「情繫南泉五十年——有詩爲證」。

（王汝濤　一九九七年三月於古瑯琊）

（作者王君汝濤，燕京才子，兼長論說、詩、詞、小說，為南泉四友之一，與另兩君濟南張聿級，青島王九齡，皆已退休，現居大陸。

全忠謹誌。）

《權把加州作汴州》編後

唐達聰

〈公元一九四九年（中華民國三十八年）是中國歷史上的一個重要里程碑，是一個朝代取代另一個朝代的開始，也是在中國的君主時代結束之後，從一個「黨主」時代步入另一個「黨主」時代的開始。〉這一段文句，並非錄自甚麼歷史學者的論文，而是這本文集中那篇〈蔣經國記南京棄守前後〉的引言。作者評介的是四五十年前的史實，發表於一九九四年四月廿四日的〈星島周刊〉上，當時似乎並沒有引起太多注意。這幾十字，輕描淡寫，今天讀來，卻是鏗鏘有聲。〈黨主〉時代相對於〈民主〉時代，固然民主政治要通過政黨以實現；可是近年來兩岸民主大潮中逆流奔馳，種種假借民意、摧殘民意，甚至罔顧民意的言行，都披著不同政黨外衣，肆意恣睢。〈黨主〉二字，發前人之所未發，作者灼見，足以傳之久遠。尤其令我驚喜的是，這篇文章，原來出自馬全忠兄大手筆，署名則是〈老讀者〉。

我有幸在這本文集編印前得以讀到所有文章的報紙原件或影本，才知道大部份是全忠近十餘年間爲舊金山版《星島日報》副刊或〈星島周刊〉所寫，他多半以筆名『老讀者』和

『司馬文』見報，此外尚有『蓬生』、『亮公』、『聖秋』等。但最早的一篇〈蔣總統鳳山誓師記〉則是一九四九年七月刊登在台北市發行的《鈕司》周刊，距今已有四十八年了。

全忠兄出身於有中國國民黨黨校之稱的國立政治大學法政系，致力新聞工作，數十年如一日，沒有去做官。原來他在少年時就和報紙結下不解之緣，文集中那篇〈我的讀者生活〉，很生動的敘述他如何替他的鄉下大財主舅祖父朗讀訂自上海、北平、及開封等地的各種報紙，發展出讀報的興趣，以及往後長期訂閱蒐藏報紙雜誌的癖好。另一篇〈老讀者〉記錄他經年累月讀過的中英文報紙有五六十種之多，恐怕是沒有人及得上的。而〈回憶戰時的中國報紙〉、〈回憶台灣初期的報紙〉、〈台灣新聞界三老俱凋謝〉、〈華文報紙優勝劣敗〉、〈加州大報減少一家〉、〈小廣告裡天地大〉等篇充分顯示他對報業的關懷，字裡行間有不少資訊，可以作報業史的補遺。

強烈的新聞性是這本文集的特色，正如我們做報的人常常引述的兩句聯語：〈天地間皆是新聞，新聞中自有天地〉，文集中的篇章並不因爲其發表時的新聞性，或者只是資訊、史料的引述，失去現在閱讀的價值，其內容反倒更加引人入勝，增廣見聞。譬如〈總統府四朝元老評李登輝〉發表於一九九六年三月三日，文中對李登輝的評價，正可以作爲瞭解臺灣爲何一再『修憲』的旁證。又如記孫立人事件的一篇：〈孫立人：我是冤枉的〉，所敘可補坊間孫立人傳記的不足。而那篇〈蔣總統鳳山誓師記〉，寫蔣介石在內戰失利引退後，於一九四九年六月十六日，來到孫立人受命建立的新軍訓練基地，主持黃埔軍校廿五周年校慶典禮。

一個敗兵之將力圖東山再起的悲涼壯懷，在作者筆下展現。值得注意的是，作者生動地描述了孫立人安排新軍「獻火」效忠的場景，同時，也記載著陳誠在現場扮演的角色。這對研究孫立人事件提供很有價值的資訊。此外，如作者在詳細剖析〈中國大陸外人入出境新法令〉之後，又寫了〈吳弘達案「依法處理」〉，特別提醒讀者：『中共的做法有個公式：不論任何事件如果視作「法律問題」對它有利，它就咬定那是法律問題，如果視作「政治問題」對它有利，它就堅持那是政治問題。這個行爲公式十分重要。』眞是切中肯綮，少有人說得這麼清楚明白的。

作者筆下紀念歐戰以及對日抗戰勝利五十周年，告訴讀者的是：〈最長的一日：五十年後〉、是〈美英軍隊爲何不攻佔柏林〉、是〈一個未投的原子彈〉，是〈期待中國的「戰爭與和平」〉、是〈日本干涉美國慶祝勝利五十周年〉、都饒富歷史新義；而〈勝利新聞人人爭讀〉那一篇，臚列著一九四五年八月十六日那份舊報上的重要新聞，儘管只引錄一些標題和導言，迎接抗日最後勝利來臨的原始情況，已經躍然紙上，極其珍貴。〈聞歌猶似抗戰聲〉文末引錄兩首北方的抗戰小調，更具文學價值了。

作者還〈哀辭海〉、〈惜辭源〉，指〈一字兩體「字騷擾」〉；在〈鍾山青、秦淮碧、長江空自流〉，〈雪〉，〈中秋與詩人〉，〈愛情悲劇作品〉等篇中介紹了大量歷代膾炙人口的詩詞；而〈重讀毛詞沁園春〉，追述這闋毛澤東暴露其帝王豪情的自白，在重慶新民晚報發表時的反響，是難得的史料。

我國大文豪托爾斯泰的人道主義精神對文學、對社會與思想都有很深遠的影響，美國老作家William L,Shirer根據托爾斯泰夫婦的日記等原始資料，寫下一本描述他們婚姻生活風暴的傳記作品"Love and Hatred"。文集中這一篇〈托爾斯泰的愛與恨〉，是最先以中文推介這本新作的文章，指出夫妻間愛情危機的形成原因，肯定的說：托爾斯泰名著〈安娜卡列尼娜〉中的男女主角正是托爾斯泰夫婦的影子，解決了文學史上的質疑。

在這本文集中，作者寫美國、寫加州與舊金山以及本地節日掌故的篇章很多，給移民來的中國人開了一扇窗戶，去認識美國的歷史人文。〈一個移民的七四雜感〉和〈美國是天堂？是地獄？還是戰場？〉，這兩篇立意尤其深刻。

全忠兄筆到之處，夾敘夾議，有時不過一句兩句點到爲止，卻如雷霆萬鈞，發人深思。我不必例舉，相信讀者一篇一篇讀完都會有同感。

我與全忠兄一九六〇年相識於台北〈聯合報〉，當時他在〈中央通訊社〉及〈聯合報〉主持編譯事務，熟稔世界局勢，我編輯國際新聞，常常向他請益。後來他舉家移民美國，定居舊金山，先後在〈星島日報〉舊金山版編譯新聞，擔任〈少年中國晨報〉總編輯，那本來是中國國民黨總理孫中山早年在美國鼓吹革命的機關報（現在已停刊多年）；一九七六年，〈聯合報〉創辦人王惕吾在美國創辦〈世界日報〉，全忠兄應邀歸隊，以顧問名義主持舊金山社編譯工作。一九八三年，我也到〈世界日報〉洛杉磯社工作，對於美西各州地方新聞的譯事經常通電話交換意見，獲益甚多。全忠兄在台北時，業餘還與友好經營〈學生書局〉，任董事長，主持出版中國文史經典古籍與相關論著，深受中外學術界推崇，書局對外國學術機構的文件書信來往，都是由全忠兄指導處理。朋友們一向認爲他通曉「洋務」，以「馬帥」相稱。現在讀到這本文集，才知道他讀書閱報範圍之廣泛，蒐藏整合資訊之精勤，眞是博洽多聞；而論事眞誠犀利，敘事旁徵博引，隨手拈來才情並茂。大家一定對他格外欽仰。不記得是誰說過：好的散文須有學、有識、有情，合之乃達〈深遠如哲學之天地，高華如藝術之境界。〉這本文集是當得起這樣的讚美的。

這本文集命名爲《權把加州作汴州》，使讀者很容易聯想起林升那首寫盡南宋朝廷百姓偷安景象、常被引用的七言絕句：〈山外青山樓外樓，西湖歌舞幾時休，暖風薰得遊人醉，直把杭州作汴州。〉我不知道全忠兄有沒有步原韻也寫下一首七絕，但他把林詩第四句易動了兩個字作爲書名，並且安了副題：《一個中國書生移民的話》，令人意會到他命名時心境的痛苦，那是一種蒼涼的痛苦，一種無奈的痛苦。這種痛苦是極其深切的。全忠兄河南人，河南是古汴州之地；毫無疑問，他有著濃濃的鄉愁，他非常懷念著故土，更熱愛著等於是有家歸未得、或許暫時不願意回去的故土，所以寧可「權」把加州作汴州了。

全忠兄至今一直還以不同的筆名在星島日報舊金山版寫專欄，近年更多評述兩岸三地的政情以及美國華人社會種種現象，受到讀者重視。「在齊太史簡，在晉董狐筆」，希望很快能見到這些文章再予結集出版，給中國人歷史留下見證。全忠兄定居舊金山已經二十多年，我知道他長懷故國，從來〈未把加州作汴州〉的，下一本文集就以之命名如何？

（作者唐君達聰，湘江才子，書香世家，為中國金石大師、西湖西冷印社創始人唐公醉石之哲嗣，精通中外文學，馳騁於台灣新聞界，先後曾任聯合報、經濟日報、巴黎歐洲日報等要職，以及美國洛杉磯世界日報社長兼總編輯，業已退休，現居洛城。

全忠謹誌）

國家圖書館出版品預行編目資料

權把加州作汴州：一個中國書生移民的話
／馬全忠著. --初版. --臺北市：
臺灣學生，1997；[民86]
面；　公分. --

ISBN 957-15-0852-7 (精裝)
ISBN 957-15-0853-5 (平裝)

855　　　86012472

權把加州作汴州
一個中國書生移民的話（全一冊）

著作者：馬全忠
出版者：臺灣學生書局
發行人：孫善治
發行所：臺灣學生書局
臺北市和平東路一段一九八號
郵政劃撥帳號〇〇〇二四六六八號
電話：三六三四一五六
傳眞：三六三六三三四

本書局登記證字號：行政院新聞局局版北市業字第玖捌壹號

印刷所：宏輝彩色印刷公司
地址：中和市永和路三六三巷四二號
電話：二二二六八八五三

定價 精裝新臺幣四二〇元 平裝新臺幣三五〇元

西元一九九七年十月初版

85720

ISBN 957-15-0852-7（精裝）
ISBN 957-15-0853-5（平裝）